방문객

A Látogató
Copyright ⓒ 1969 by György Konrád

First published under original Hungarian language title
A LÁTOGATÓ, by Palatinus, 1969
All rights reserved.

Korean Translation Copyright ⓒ 2011 by SIGONGSA Co. Ltd.
Korean edition is published by arrangement with Liepman Agency
through Imprima Korea Agency

이 책의 한국어판 출판권은 Imprima Korea Agency를 통해
Liepman Agency와의 독점계약으로 시공사에 있습니다.
저작권법에 의해 한국 내에서 보호를 받는 저작물이므로
무단전재와 무단복제를 금합니다.

세계문학의 숲 008

A L á t o g a t ó

방문객

콘라드 죄르지 지음
김석희 옮김

시공사

일러두기

1. 이 책은 헝가리 작가 콘라드 죄르지(Konrád György)의 《방문객(A Látogató)》을 우리말로 옮긴 것이다.
2. 번역은 일본 PEN의 번역문학상을 받은 일본어판 《ケースワーカー》(岩崎悦子 번역, 恒文社 발행, 1982년)를 대본으로 삼아 진행하되, 영어판 《The Case Worker》(Paul Aston 번역, Penguin Books 발행, 1974년)를 참고했다.
3. 헝가리에서는 인명을 표기할 때 다른 유럽 국가들과는 달리 성을 앞에 쓰고 이름을 뒤에 적는다. 이는, 헝가리를 구성하는 민족이 몽골족의 한 갈래인 마자르족으로서, 언어학적으로 우랄-알타이어 계통에 속한 결과이다.
4. 본문의 주는 모두 옮긴이 주이다.

차례

규칙과 규제 7
자살하는 사람들 29
지역학 64
점령 79
정신지체아에게 배운다 94
완전 소독 112
인공 스키장 144
변신 164
모든 게 너무 단순하다 205
이름 없는 사람들 220
초대 238

해설 헝가리 문학의 새로운 이정표 249
콘라드 죄르지 연보 255

규칙과 규제

1

 말씀 계속하세요, 하고 나는 상담하러 온 방문객에게 말한다. 여느 때의 습관대로, 상대가 말하고자 하는 바를 미리 짐작하고, 그 솔직성에 의문을 품는다. 방문객은 계속 불평을 늘어놓고, 제 허물은 제쳐놓은 채 남만 헐뜯는다. 때로는 눈물을 흘리고, 말꼬리를 흐리고, 아무래도 상관없는 말만 장황하게 되풀이하고, 무언가로부터 도망치려고 한다. 그는 상황을 절망적으로 생각하고, 나는 흔해빠진 경우라고 생각한다. 그는 참을 수 없는 충격이라고 여기는 모양이지만, 나는 꽤 오랫동안 견딜 수 있는 상황이라고 생각한다. 그는 자살하겠다는 뜻을 넌지시 비치고, 나는 흘려듣는다. 그는 내가 도와줄 힘을 가지고 있다고 굳게 믿고 있지만, 그것이 얼마나 터무니없는 오해인가를 나는 상대에게 알려줄 수가 없다.

 그의 표정이 자주 변한다. 변화는 번갈아 나타난다. 한쪽은 느긋한 표정이고, 또 한쪽은 긴장된 표정이다. 한쪽은 살이 통통하고, 또 한쪽은 비쩍 말랐다. 한쪽 표정은 이미 사람들에게 잊혔고, 또 한쪽은 아직도 나를 제외한 다른 사람들의 주의를 끈다. 암호 같은 혈관과 분화구처럼 돋아난 종기들, 검버섯과 부스럼 딱지들, 까만 반점들의 지형도, 울퉁불퉁한 피부, 흔적도 안 남은 선이나 공 모양의 흉터들, 도중에 끊긴 주름살, 너무나 길고 복잡하여 더 이상 해독할 수 없는 선화(線畫)들. 어쩔 줄 모르는 한 쌍의 눈이 이 모든 것을 파악할 수 있었다. 상대방이 내가 파악한 것보다 더 심한 고뇌에 가득 차 있음을 인정한다 해도, 그것이 과연 객관적인지는 의문이다. 우리는 적대자인 동시에 공범자다. 그리고 그들의 자손에게, 동시대인인 나 이상의 관계는 존재하지 않을 것이다. 차가워지고 턱이 긴장으로 굳어진 그 얼굴들은 아직도 안식처를 얻지 못하고 있다. 나는 완성되어가는 스케치를, 내 방문객의 얼굴을 의무적으로, 그러나 익숙해진 눈으로 바라보고 있다.

2

  5층 사무실에 있는 내 책상 왼쪽의 이중 창문은 안마당 너머로 ㄷ자 모양을 한 관청 건물 벽에 면해 있다. 지난 며칠 동안 바람이 계속 불어, 드럼통이나 콜타르를 칠한 파이프가 촘촘히 놓여 있는 안마당의 콘크리트 바닥으로 굴뚝 연기가 비스듬히 내려온다. 그러나 비상계단이나 사방 벽 틈새로는 내려가지 않고 곧장 한 줄기 직선이 되어, 그 위압적인 건물을 둘러싼다. 솟아오르는 연기가 이 텅 빈 비상계단을 휘감으면 다시 낯익은 풍경이 된다. 이것이야말로 우리들의 세계다. 서로 어지럽게 빛을 반사하는 유리창들과 무질서하게 여기저기서 여닫히는 문들과 높은 난간을 어루만지고 있는 방문객들에게 둘러싸인 세계. 우리는 사회 질서를 좋아하는 자들이 즉흥적인 아이디어를 용납하지 않는 이 상자 속에 틀어박혀, 마치 침대 속으로 기어 들어가는 것처럼 아침마다 이 상자 속으로 빨려 들어온다. 자신도 영문을 모른 채, 벌써 10년 동안이나 그 일을 되풀이하고 있다. 연기가 다시 상공으로 길게 올라가면, 창틀과 맞은편 건물 지붕 사이로 네모난 하늘의 한 조각이 보인다. 하얀 선이 하늘을 둘로 가르더니, 제트전투기가 도시 위를 날아갔다.

3

한 노파가 보조금을 신청하러 관청을 찾아가려고 했다. 연금도 없고, 돌봐줄 가족도 없었다. 그런데 노파는 관청의 철문을 열 수가 없었다. 사무장이 문에다 튼튼한 경첩을 새로 달게 했던 것이다. 목에 금속 고정기를 착용한 수위가 유리상자 안에 앉아, 순환도로에 끊임없이 내리는 눈을 맞으며 나타난 노파에게 잠시 눈길을 멈추었지만, 결막염 때문에 잠시 후에는 여느 때처럼 눈을 감아버렸다. 낙담한 노파는 그냥 집으로 돌아가, 커튼 고리에 목을 맸다. 자살하기 전에 노파는 소장 앞으로 편지를 써서, 문이 열리지 않은 것 때문에 얼마나 참담한 심정에 빠졌는지를 하소연하고, 인색하기 짝이 없는 양자에게 유품을 넘겨주라고 부탁했다. 소장은 화가 나서 사무장을 질책했고, 사무장은 경첩을 바꾸라고 명령했다. 명령은 한 달이 지난 뒤에야 실행되었다. 그동안 철문은 아침마다 요란하게 삐걱거렸고, 들어오는 사람들의 등 뒤에서 시끄러운 소리를 내며 닫혔다. 그래서 사람들은 문틈으로 재빨리 비집고 들어오지 않으면 안 되었다. 지나치게 신중한 사람들은 발꿈치를 호되게 부딪쳐버린다. 노인의 경우에는, 건장한 직원이 하얀 인조 대리석을 깐 로비로 안내해줄 때까지 잠시 철문 앞에 서 있어야 한다. 이 시끄러운 철문은 왠지 절대로 쪼아대려 하지 않는 참새와 더불어, 거의 매일 아침마다 되풀이되는 이 소동 덕분에 나에게는 친숙한 존재가 되었다.

4

나는 현관이나 양배추 냄새 풍기는 로비를 참을 수가 없다. 유산 담당자가 벽에 붙인 종이에서 외롭게 죽은 노인의 유산을 인수할 사람을 찾고 있다. 나도 보관 담당 주임으로서, 유산 목록을 만들지 않으면 안 되었다. 지저분한 일이지만, 그 일에는 새콤달콤한 일종의 친밀감이 있었다. 한창 일하는 도중에—나도 모르게 그들이 생각난다—그리운 노인들의 이름이 번갈아 떠오른다. 내 상상 속에서 그들은 벌레 먹은 호두나무 침대, 벙어리가 된 뻐꾸기시계, 하도 자주 갈아서 날이 닳아버린 식사용 나이프, 차가워진 신발, 금테 액자에 다닥다닥 붙은 가족사진, 그 얼굴에 감도는 영원한 미소, 주인 모를 잡동사니의 빛바랜 공허함과 함께 있다.

오른쪽의 인조 대리석은 죽은 자들의 영역이고, 반대편의 유리상자는 목에 고정기를 찬 수위의 영역이다. 아침마다 그는 들어오는 사람들에게 눈을 깜박여 출입을 승인한다. 벌써 수십 년 동안 그는 고개를 끄덕이지 못한다. 소장이 들어올 때만은 그도 일어선다. 유리상자 안에서 인사말을 중얼거리며, 불구의 손으로 유리창을 두드린다. 소장도 유리창을 마주 두드리고, 격려하듯 미소를 짓는다. 수위는 이 겉치레 미소에 만족하여, 가능하다면 그 순간부터 소장이 퇴근하는 오후 5시까지 가만히 있고 싶을 것이다. 하루에 해야 할 두 가지 중요한 업무 가운데 하나는 이미 해버렸기 때문이다. 그러나 오후 1시에는 문을 닫고, 그 후 문손잡이를 딸깍거리는 일반인들에게는, 업무 시간 외에는 접수를 받지 않는다는 뜻을 전하지 않으면 안 된다. 당연히 방문객들은 저마다 사정의 중요성을 강조한다. 그러나 뭔가를 필요로 한다는 이유로 그들을 비난할 수는 없을 것이다. 그 결과 입씨름이 벌어지고, 귀찮은 사태가 일어난다. 불쾌하게 찌푸린 얼굴이나 내쫓는 시늉만으로는 모자라서, 때로는 "내일 오라니까! 예외는 인정할 수 없어요" 하고 말하지 않을 수 없다. 그러나 정부 관리가 다가오면, 목에 고정기를 착용한 수위 노인은 순식간에 그 얼굴에서 속마음을 알아차린다. 공무로 온 사람과 개인적인 용무로 찾아온 사람의 차이를 한눈에 알아차린다. 이럴 때는 자동문처럼 당장 문을 열지만, 상대의 인사에 매번 답례하지는 않는다. 수위는 무뚝뚝하게 유리상자 안에서 맞은편 벽 쪽으로 재빨리 몸을 돌린다. 언젠가 그에게 유서를 써두었느냐고 물었더니, 아직 죽으려면 멀었고 가족도 없다는 대답이 돌아왔다. 그보다는 오히려 유품을 몽땅 자신과 함께 화장해주었으면 좋겠다고 말했다.

5

내 캐비닛의 서랍 하나에는 개인적인 온갖 잡동사니와 추억 어린 물건들이 가득 들어 있다. 특별히 희소가치가 있는 것도 아니지만, 주목할 만한 물적 증거들을 경애하는 마음으로 소중히 보관하고 있는 것이다. 끝이 세 가닥으로 갈라진 채찍, 납을 채워 넣은 대나무 몽둥이, 손을 묶는 도구 등, 모두 가내 수공품이다. 아버지와 어머니들이 사용했던 것들인데, 아마 여기서 기쁨 따위는 찾아내지 못했겠지만, 그들은 장차 자식들이 부모의 이 같은 엄격함을 고마워하게 될 거라고 몇 번이나 말했다.

사진들도 있다. 한 사진에는 노출 취미가 있는 노인이 찍혀 있다. 자기 방 창문 앞에서 팬티를 끌어내리고 의자에 기대서서, 우아하게 팔을 쳐들어 키스를 던지고 있다. 그는 정신지체아를 수용하고 있는 특수학교 맞은편에 살고 있었는데, 이 사진은 한 여선생이 맞은편 창문 틈으로 찍은 것이다. 노인을 심문할 때, 나도 그 자리에 있었다. 처음엔 그를 노출광이라고 생각했는데, 지능이 뒤떨어진 십여 명의 아이들에게 변태성욕을 시험해보았다는 것을 나중에야 알았다. 아이들을 따라온 부모들은 구치소에서 끌려나온 노인에게 덤벼들었다. 그러나 세 사람의 건장한 심문관이 끼어들어 간신히 린치를 막았다. 그는 취조실에서 울음을 터뜨리며 바닥에 꿇어 엎드려, 증인들의 야만스러운 행위를 개탄했다. 결국 나는 그를 가엾게 여겨, 심문관들에게 노인을 조금 부드럽게 다루어달라고 요구했다. 그는 바로 그날 뇌출혈을 일으켰고, 재판관은 그를 가석방했다. 회복된 뒤 그는 한밤중에 시민공원에서, 몰래 집을 빠져나와 놀러 다니던 아이들을 목졸라 죽였다. 그는 감옥 안마당에서 부드러운 미소를 띠고 목을 가볍게 쓰다듬으며 밧줄 쪽으로 걸어가다가, 교수대 바로 앞에서 쓰러졌다. 처형 2분 전에 일어난 사건으로, 사인은 심장마비였다.

내 수집품 중에는 테이프도 한 개 있다. 소녀들의 비명 소리, 술렁거리는 소리, 몸을 격렬하게 부딪치는 소리, 제3자의 격려하는 소리, 그리고 그 소리들의 배경에는 라디오에서 흘러나오는 댄스 음악이 들려온다. 따분한 십대들이 초등학교 여학생들의 모임에서 보낸 잊을 수 없는 30분을 녹음한 것이다. 한

명을 제외한 나머지 여학생들은 강간에 순순히 따랐고, 몇몇 여학생은 그 후에도 몇 번이나 모험이 기다리는 곳에 제 발로 드나들었다. 그중 한 여학생은 이렇게 말했다. "처음에는 싫었지만 나중에는 오히려 좋았어요. 아주 심심할 때는 키치 아랍이라는 남자애한테 갔어요. 이해하실지 모르겠네요. 한 사람보다는 세 남자랑 함께 하는 게 훨씬 재미있다는 것 말예요. 적어도 뭔가는 일어났어요." 감옥에서 키치 아랍은 발광했다. 기억을 잃고, 하루걸러 스푼을 삼켰다. 간수들은 스푼을 꺼내려고 감자요리를 먹이느라 진땀을 뺐다. 그는 이제 '또라이들'이 있는 곳으로 보내져, 창살이 달린 침대에서 나와, 제정신이 아닌 수용소 동무들과 어울려 미친 세계를 방황하고 있을 것이다.

아이들의 그림도 있다. 제목은 '유령의 학살'이다. 관청에 끌려온 날, 열 살짜리 소년이 내 책상 구석에서 그린 그림이다. 고래가 온통 이빨투성이인 아가리를 크게 벌리고 있고, 그 뱃속에는 두건 달린 망토를 입은 유령들이 우글거리고 있고, 싸움에 가담한 아이들이 화살을 소나기처럼 퍼붓고 있다. 고래 창자 속의 움푹 파인 곳에는 조그만 사람 모습이 팔을 벌리고 누워 있다. 그 위에는 이런 설명이 붙어 있다. "이건 나다. 너희들이 나를 위해 복수하지 않을 것을 알고 있다. 라치." 라치는 1년 전에 죽었다. 보육원에서 탈출하여, 몽유병에 걸린 끝에 겔레르트 산의 암벽을 오르려고 했다. 그리고 정상에 이르기 직전에 추락했다. 복수에 관해서 말하자면, 라치의 말이 옳았다. 나는 두건 달린 망토를 입은 유령들에게 복수하지 않았다.

마지막으로, 먼지투성이가 된 흰 머리카락이 있다. 이 머리 타래는 금빛 리본으로 묶여 있고, 리본에는 탄식의 말이 적혀 있다. "곧 창조주의 품으로 돌아갈 늙은 카롤라가 이 머리카락을 기념으로 드립니다. 선생님께 검은 산양의 무리 따위는 내버려두고 주님의 하얀 양떼에게 돌아오라고 5년 동안이나 권해왔는데, 결국 허사로 끝나고 말았군요."

카롤라를 보호관찰하도록 만든 것은 바로 나였다. 그래서 나를 원망하고, 종종 나를 찾아와 종교에 귀의시키려고 했다. 진절머리가 날 만큼 장문의 종교적인 시를 읽어주고는, 반짝이는 눈으로 내 비평을 기다리곤 했다. 나는 몇 번이나 쫓아낼까 생각했지만, 그때마다 결국은 그 시를 칭찬하고 말았다.

일전에 나는 카롤라의 장례식에 갔다. 마침 동료의 장례식과 같은 날이었다. 하얀 양떼인 신자들이 카롤라의 무덤 주위에 둘러서서 찬송가를 부르고 있었다. 찌르는 듯한 눈초리를 가진 작달막한 노파들이 시큼한 냄새를 풍기며, 카롤라를 신교도로서 장사 지내는 모험을 지켜보고 있었다. 장소에 어울리지 않는 노파들의 찬송가를 목사도 성난 듯이 듣고 있었다. 선글라스를 낀 젊은이가 카메라를 찰칵찰칵 눌러댔다. 서랍 속, 카롤라의 머리 타래 옆에는, 그 젊은이에게 받은, 꽃으로 장식된 카롤라의 무덤 사진과 동료의 장례식 사진이 놓여 있다.

동료의 관 앞에서 낭독된 추도사, 나이와 성별과 관직에 따라 판에 박힌 범례집에서 골라낸 그 추도사의 표현이 아직도 뇌리를 떠나지 않는다. 조문객을 등지고, 우리 관청을 선두로

하여 다른 중요 기관과 민간단체의 순으로, 몇 푼의 사례를 받고 그 일을 맡은 자들이 고인에게 추도사를 낭독했던 것이다. 검은 장막과 하얀 장미꽃 다발로 가득 찬 획일적인 시체 안치소에서, 그는 나들이옷을 걸치고 입을 영원히 닫은 채 해부실 냉동고에서 끌려나와, 조문객들에게 마지막으로 모습을 보였다. 때로는 꾸지람을 받고 때로는 칭찬을 받은 고인의 주위에는, 한껏 들뜬 합창단도 서로 밀치락거리며 줄지어 서 있었다. 땀에 젖은 지휘자의 목덜미에 서산으로 기우는 오후의 햇살이 아쉬운 듯 닿아 있었다. 그는 담뱃진으로 물든 이빨을 드러내고, 어딘지 느슨한 애도의 노래—가사에는 수의, 깃발, 명예, 싸움, 모범 등의 단어가 뒤섞여 있었다—를 슬픈 듯이 불렀다. 합창단 맞은편에서는 조문객들이 입술도 움직이지 않고 그 노래를 따라 부르고 있었다. 산역꾼들이 단조로운 소음을 내며 기름칠한 레일 위로 관을 밀어 운구차에 실었다. 굶주린 시선들이 눈물에 젖은 과부의 얼굴을 핥았다. 다소 지루한 듯한 장례식이 끝날 무렵, 임시로 세운 십자가가 묘지의 부드러운 흙더미 위에 비스듬히 기울어져 있었다. 소장은 흠뻑 젖은 손수건을 움켜쥐고 있는 노부인에게 아름다운 곡선을 그리며 손을 내밀고는, 마치 아들처럼 노부인의 손을 가볍게 토닥였다. "기운을 내세요. 무슨 일이 있으면 저한테 오십시오." 소장의 검은 승용차는 경쾌하게 후진하여, 안개 낀 묘지에서 멀어져갔다. 차를 타고 오지 않은 사람들도 삼삼오오 가까운 술집으로 흩어졌다. 바람이 불어와 불타는 낙엽에서 매캐한 연기가 피어오르고, 흥분한 고양이들이 모래 위를 미친 듯이 달려가고, 어디선가 블라인드가 요란한 소리를 내며 떨어졌다. 술집 입구에서 길게 꼬리를 끄는 낮은 웃음소리가 일어나고, 술과 소시지 냄새가 자욱한 시간—평발인 사람들은 다리를 쉬게 하고, 죽음은 콘크리트 울타리 저편에 남겨졌다. 내일은 하루 종일 근무를 해야 하고, 캐비닛에는 서류가 산더미처럼 쌓일 것이다. 죽은 동료는 더 이상 소시지를 먹지 못하겠지만, 아직 처리되지 않은 사안들을 정리하고, 편지들을 분류하고, 상담하러 온 사람들의 하소연에 귀를 기울일 필요도 없다. 방문객의 이야기는 복잡하게 뒤얽힌 데다 중간에 말참견을 했기 때문에 맥락을 파악할 수가 없고, 에두른 표현 때문에 의미가 왜곡되는 경우가 많다. 죽은 동료는 이제 그런 이야기 중에서 요구와 불평과 고발을 가려내고, 적절한 범례를 인용하고, 규정대로 애매모호한 표현을 써서 소정의 서류를 작성할 필요도 없다. 이제는 선글라스를 낀 젊은이가 찍은 싸구려 사진만이 세상을 떠난 고인의 모습을 담고 있을 뿐이다. 그 사진은 개인적인 잡동사니와 자질구레한 추억과 함께 나의 캐비닛에 보관되어 있다.

6

또 하나의 캐비닛은 회반죽을 바른 벽 중앙에, 단골 의사 앞에서 가운을 벌리는 늙은 복부 수술 환자처럼, 힘없이 서 있다.

나는 아침마다 슬픔과 미움이 담긴 눈으로 그 낡은 캐비닛에 손을 뻗친다. 그곳에는 아직 처리되지 않은 사안들이 날짜와 번호 순으로 3단에 걸쳐 정리되어 있다. 그 서류들은 각각 짧은 끈으로 묶여 규정대로 분류표시가 붙어 있고, 기한이 되면 다른 선례들과 함께 새로운 문서번호를 붙여서 검사를 위해 관련 기관에 보내지고, 거기서는 페이지 귀퉁이를 잘라서 돌려보내거나 또는 장난 섞인 낙서나 신중하게 골라낸 법규를 덧붙여 돌려보낸다. 그런 망령 같은 서류들이 그 캐비닛에 처박혀 있는 것이다.

한꺼번에 온갖 사물들이 소리를 내면 어떨까, 하고 나는 이따금 상상해본다. 서류에서는 이루 형언할 수 없는 소리들이 홍수처럼 밀려올 것이다. 아이들의 울음소리, 여자들의 신음소리, 때리는 소리, 추잡한 욕설, 불평, 반박, 쌀쌀한 부탁, 싱거운 자백, 거짓 증언, 관료들의 형식주의, 허풍스럽게 너털웃음을 짓는 경찰관의 목소리, 빠른 말투로 판결을 내리는 재판관의 목소리, 여자 감독관의 꿈꾸는 듯한 중얼거림, 심리학자의 주문(呪文), 동료들의 짓궂은 농담, 나의 고독한 고함 소리, 그 밖의 온갖 잡다한 소리가 마치 이 세상의 모든 라디오 방송국이 한꺼번에 방송을 시작한 것처럼 방 안에 흘러넘쳐, 급기야는 누렇게 바랜 서류들이 캐비닛의 무의미한 고요 속에서 잠들어 있듯이, 그 모든 소리가 정말로 무의미한 소리의 집단으로 융화될 것이다.

서류들은 탄원과 불평과 신청으로 시작되어, 인용과 기록과 조사로 이어지고, 결국 판정이 내려진다. 관련 법규가 표면상으로는 순조롭게 그 서류의 방향을 선택하면, 서류는 애당초 그 서류의 원인이 된 악의적인 중상모략을 대담하게 뛰어넘어, 처리 과정 자체의 섬세함에서 생겨난 기지로써 전혀 엉뚱한 삶의 행로를 걷기 시작한다. 솔직히 말하면 나는 그 서류에서 논의된 인생의 애매모호함도 이런 과정을 거치면서 해소되고, 서류 자체가 확실히 독립된 존재로 서게 되는 것을 흐뭇하게 지켜보고 있다. 게다가 문제가 규정에 따른 우여곡절을 거쳐 캐비닛에 처박힐 때, 나는 심술궂은 희열을 맛보곤 한다. 그렇지만 때로는 캐비닛에 처박힌 서류에서, 비극작가가 자신이 창조한 주인공이 좌절할 때 느끼는 것과 같은 슬픔을 느낄 때도 있다. 그것은 작가가 주인공을 온갖 무기—잘못된 질서에 개입하는 윤리적인 의도, 명백한 동기, 날카로운 화술, 인생의 사소한 일도 본질적인 것으로 바꾸는 정열 따위—로 무장시키면서도, 결국에는 좌절시킬 수밖에 없다는 것을 예견했기 때문이다. 해부하면, 인간의 나약함이 깃들어 있는 보금자리를 도려낼 수도 있을 것이다. 그러나 인간의 육체가 이물질을 받아들이지 않는 것처럼, 나날의 생활이 성급한 법규나 매력적이고 확고한 평계, 또는 엄격하고 한정된 결과에 대해 저절로 거부반응을 일으켜, 결국에는 애당초 기대했던 방식이 아닌 전혀 다른 형태로 교묘하고 원만하게 일을 마무리짓는다. 내 서류들의 운명은 안타깝고, 끔찍하고, 때로는 우스꽝스럽다.

7

설사 내가 책상에 앉아서 손바닥으로 이마를 괴었다 해도 (내가 책상에 이마를 괸 것은, 사무실 문을 들어서자마자 좌우에서 도무지 침묵할 줄 모르는 난쟁이 같은 타자기들이 요란하게 울기 시작하여, 날마다 주의력이 약해져가는 내 눈앞에 불쾌한 잡동사니 문장을 내던지기 때문이다)……

설사 신경 속에서 몇 방울의 술이 마치 먼지를 뒤집어쓴 중고품 텔레비전의 전류처럼 작동하기 시작하여, 이윽고 경직된 나의 뇌 전체가 바직바직 소리를 내기 시작하고, 견디기 어려운 따닥따닥 소리에서 해방되어, 몽롱한 나의 망막에 우선 기대에 부풀었던 어린 시절의 모습이 떠오르고, 차례로 장면이 바뀌어 마침내 절름거리는 직선 구조의 광경이 밀려오기 시작한다 해도……

설사 아무도 나에게 말을 걸지 않는다 해도, 전화도 나를 귀찮게 굴지 않고, 라디에이터도 딱딱거리지 않고, 스피커도 울리지 않고, 엘리베이터도 열릴 때마다 덜컹거리지 않고, 늘 설사를 하는 비둘기도 내 쪽 창틀을 콕콕 쪼지 않는다 해도, 방문객이 내 창구에서 주뼛거리며 나를 훔쳐볼 때마다 찢어지기 쉬운 구두 바닥이 유리창 저편에서 우왕좌왕하지 않는다 해도……

설사 주먹을 휘두르는 장군들, 종잡을 수 없는 이야기를 하는 공식 대변인들, 법원 유리상자 안에서 꾸벅꾸벅 졸고 있는 학살자들, 몰래 신병이 교환된 노련한 스파이들, 친구를 교수대로 보내고 새로 탄생한 인민 지도자들, 사람을 잡아먹는 황제들, 동상을 제막하고, 새로운 음식을 시식하고, 다리를 맨 처음 건너는 의장병들 앞에 나아가 꽃다발을 바치는 소녀들의 이마에 입을 맞추고, 축전을 보내고, 법질서를 제정하고, 방마다 음극 전파를 보내며 미소 짓는 명사들의 이름, 파도처럼 물거품을 일으키며 밀려오는 그들의 이름을, 차라리 잡동사니 방과도 비슷한 내 기억에서 몰아낼 수 있다 해도……

설사 지난밤 아내와 팔짱을 끼고 언제나 걷는 언덕길을 조용히 산책하고, 집세와 전기료와 전화요금을 지불하고 남은 돈으로 우유와 고기와 사과와 커피와 담배와 포도주를 살 수 있다 해도……

설사 밤에는 오랫동안 정신을 잃은 것처럼 깊이 잠잘 수 있고, 이윽고 자명종이 울리면 세면실로 뛰어 들어가 아직도 잠이 덜 깨어 의식이 몽롱한 채 제시간에 집중적인 의식을 끝마치고, 머리 한구석에 신선한 커피 향기를 담고, 버스 창가에 용케 자리를 잡고, 담배 냄새와 비 냄새와 부엌 냄새가 밴 동료들의 코트에 둘러싸인다 해도……

그럴 때, 아아, 설사 그럴 때라도, 오늘이라는 날은 다른 수많은 날들과 다름이 없을 것이다.

8

　대기실에서 기다리고 있는 방문객들의 술렁거림이 점점 커져간다. 그들은 스탠딩 재떨이를 걷어차고, 라디에이터의 밸브를 돌리고, 기침을 하고, 가래를 뱉어내고, 어떤 결과가 될지 생각하는 표정을 짓는다. 방문객이 오지 않는 날은 단 하루도 없다. 일요일도 문을 연다면, 그들은 분명 일요일에도 찾아와 불평을 늘어놓을 것이다. 방문객들의 얼굴은 연달아서 바뀌지만, 그들의 불만 사항은 거의 변함이 없다. 그들은 기껏해야 관리들이 자신들의 불평불만을 기록한다는 사실에서 비뚤어진 기쁨을 기대하고 있을 뿐이다. 그들이 이곳에 찾아와 귀찮게 구는 것은 지극히 당연한 일이다. 관청 건물이 무너지지 않는 한 방문객들은 이곳을 찾아와서 관리들의 오전 시간을 활기차게 해주고, 고민거리를 털어놓아 관리들을 즐겁게 해준다. 고민이 있으니까 숨길 필요도 없다. 상담실에 들어오면 그들은 긴장하여 기다리다가, 죄의식이 생기고 자신감을 완전히 잃어버린다. 회반죽이 그대로 드러난 벽, 획일적으로 거무튀튀한 집기들, 창백한 얼굴의 담당자들, 옆방에서 들려오는 타자기 소리, 문 밖에서 기다리는 사람들의 소곤거리는 소리가 방문객으로 하여금 자신을 똑바로 바라보게 한다. 이런 경우, 담당자는 편하다. 냉정하게 한 발 물러서서, 동정이 아니라 이해하려고 애쓰고, 의연한 태도를 유지한 채, 뭔가를 기대하고 있거나 두려워하고 있는 방문객, 긴장하고 죄의식에 사로잡혀 있는 방문객이 문제에 직면할 수 있도록 도와주면 된다. 담당자 자신이 문제를 안고 있다면, 당장 방문객의 입장으로 바뀌어, 다른 부서에서 그의 책상과 비슷한 책상 맞은편에 앉는 처지가 될 것이다. 규정된 책상 폭은 1미터도 채 되지 않는다. 그러나 책상에 마주앉아 있는 두 사람은 그보다 훨씬 멀리 떨어져 있다. 마치 감방의 감시창을 사이에 둔 죄수와 간수처럼. 이 책상은 주변을 돌아다닐 수도 없고, 뛰어넘을 수도 없다. 낯선 얼굴을 한 두 사람 사이에는 처형대나 단두대처럼 중립적이기는 하지만 분명히 다른 역할을 지닌 무언가가 가로놓여 있다.

    담당자가 자리를 권할 때까지 방문객은 거북한 듯 엉거주춤 선 채, 손가락에 끼운 담배를 한참동안 만지작거리다가, 담배를 피우게 해달라고 허락을 구한다. 그러고는 계속 식은땀을 흘리고, 숨이 막혀서 얼굴을 붉히며 에두른 말투로 간단히 사정을 설명한 뒤, 친구 사이에도 하기 어려운 심각한 고백을 털어놓는다. 처음부터 끝까지 일방적인 고백이다. 이야기할 권리는 그에게 있으니까. 참회는 낡아빠진 집기들과 말없이 담배만 뻐끔거리는 관리 앞에서도 가능하다. 관리는 귀를 기울이는 자세를 취한 채 두세 개의 익숙한 질문만 던지면 그걸로 충분하다. 외과의사가 메스를 휘두르고, 어머니가 아픈 아이의 배를 어루만져주듯 질문하면 된다. 담당자는 부드러운 평상시의 목소리로 있지도 않은 자세한 내용을 캐묻고, 이따금 "속상했겠군요…… 그 사람한테 그런 취급을 당했습니까…… 물론 알고말고요…… 그건 확실히 잘못됐군요……" 하고 맞장구를 친다. 그러면서도 무의식중에 자칫 함정에 빠져 상대방의 말에 공감하는 일이 없도록 애쓴다. 그의 앞에서 알몸을 드러내는 허약함에 대해서도 절도 있게 비판하고, 때로는 몸에 밴 불신감으로 방관한다. 문제가 평범할 경우에는 따분해하고, 극단적일 경우에는 곤충학적으로 관찰한다. 모델에 대한 마음가짐에 따라, 규칙적으로 반복되는 결과를 미리 예측하기도 한다. 방문객은 문제의 배후에 가려 조그맣게 느껴지고, 담당자 역시 권위의 배후로 빨려 들어간다. 문제는 종이 서너 장에 타자되고, 마지막에는 상투적인 말이 이어진다. "그 밖의 다른 사항은 말하고 싶지 않음. 여기에 적힌 내용을 확인하고 서명함. ○월 ○일."

이 일을 처음 시작했을 무렵, 나는 마치 주먹만 한 흙덩어리를 집어삼킨 것처럼 씹을 수도 없고 그렇다고 뱉어낼 수도 없는 심정이었다. 10년 동안 "자, 앉으세요"라는 말을 3만 번은 되풀이했을 것이다. 동료, 증인, 고발인, 호기심에 찬 신문기자, 그리고 몇 명의 정신장애자 외에도 많은 사람이 나를 찾아왔다. 대부분의 경우 그들의 고민은 복합적이고 치유될 수 없다고, 상담실에 어울리는 이 방에서 나는 그렇게 느꼈다. "제발 믿어주세요. 난 정말 괴로워요." "이젠 도저히 견딜 수가 없습니다." "꼭 죽을 것만 같아요." 등등의 말이 롤러코스터의 비명소리처럼 일상다반사였다. 내가 던지는 질문은 차라리 종기를 건드리지 않고 상처를 꿰매는 외과의사의 치료를 연상케 했다.

방문객들은 누구나 어떤 일정한 심리 상태를 가지고 있다.

나를 찾아오는 방문객은 서커스를 보고 웃고, 온천에서 목욕을 하고, 전차 안에서 주위 사람들에게 신경을 쓰고, 권투경기에 열중하여 함께 싸우고, 묘지에서는 평화주의자가 된다. 그는 몇 가지 고민거리를, 자신의 아들과 딸들에게 계승된 실패를 내 방으로 가져온다. 그들이 허물어지기 쉬운 세월의 두더지구멍을 통해 내게 보여주는 스냅사진은 어쩌면 착각인지도 모른다. 어제는 문전박대를 당했고, 오늘은 위로를 받았으니, 내일은 귀여움을 받을지도 모른다. 그런데 나는 오직 어제밖에는 보지 않는다. 세심한 배려를 기울이기는 하지만, 그래도 스냅사진을 믿는다. 설사 그 자신에 대해서는 알 수 없다 해도, 그의 환경을 알고 있기 때문이다. 그 실책은 다른 사람과 비교하면 오로지 그 자신만의 것이고, 그중에서 예측할 수 없는 부분은 예측할 수 있는 부분의 덤에 불과하다는 것을 자백하고 있다. 그리고 그들의 환경은 가혹하다. 나는 공직자로서, 그의 상황과 습관과 과거의 실패에 관한 보고를 받는다. 물론 많다고는 할 수 없지만, 그의 행동 범위를 파악할 수 있을 만큼은 알 수 있다. 그것조차도 그 자신이 아니라 그의 행동 범위에 불과하다. 나는 좋든 싫든 방문객들을 그 많은 잡동사니와 동일시하고, 비록 제약을 받기는 했지만 고작 그 정도밖에 실현하지 못한 것을 가엾게 여긴다. 환경과 좀 더 복잡하게 관련을 맺고 좀 더 다채로운 법률에 따랐다면, 벌써 그것만으로도 칭찬할 만하다. 그러나 체계는 너무나 단순하고, 수입은 적고, 집은 황폐하고, 시력은 희미하고, 짐은 무겁다. 행동의 자유는 평균

보다 훨씬 제약되어 있고, 그 충동은 제멋대로 충돌하여 이따금 사건을 일으킨다. 그러면 구경꾼들이 몰려들고, 교통질서를 지키기 위해 당국이 현장에 나타난다. 내가 할 일은 그의 어린 자식들과 국익에 대한 옹호를 방패삼아, 환경과 서로 타협하게 하고, 그를 고민으로부터 다시 일으켜 세우는 것이다. 나는 법률과 나의 판단이 허용하는 권한 내에서 조치를 취한다. 그리고 질서로부터 따돌림을 당하자마자 무(無)의 세계로 산산이 부서져가는 그를 나는 꼼짝도 못한 채 바라보고만 있다.

9

군복무 시절에 나는 반년쯤 공병대 지뢰 제거반에 소속되어 있었다. 주위는 온통 평화롭고, 우리가 일하는 곳만 전쟁터였다. 우리는 그저 파격적인 봉급, 오렌지, 초콜릿, 특수부대의 자긍심뿐만 아니라 도박의 기회에 매혹당한 존재였다. 우리는 오전 내내 지뢰 탐지기를 들고 땅바닥에 엎드려, 마치 풋내기 조련사가 신경이 곤두선 맹수의 목덜미를 쓰다듬듯 조심스럽게 지뢰를 제거하며 죽음과 맞섰다. 눈에 선명한 숲의 늪지대나 아무도 없는 양지에서는 통통한 잠자리가 독일군 기갑부대의 누런 해골 위에 앉아 일광욕을 즐기고 있었다. 우리는 몇 달 동안 이 해골들과 싸우고 있었다. 이중으로 포위한 지뢰가 그들을 지켜주고 있었다. 싸울 겨를도 없었던 소련군과 독일

군은 지뢰를 매설하여 눈에 보이지 않는 포위망을 이중으로 쳐 놓은 뒤, 완강한 부대를 굶주림과 들새들에게 맡겨둔 채 앞으로 전진해나갔다. 우리에게는 양쪽 군대의 포위망을 풀 수 있는 열쇠가 없었다. 그 열쇠는 승리를 했건 패배를 했건 양쪽의 전사자들이 가지고 있었기 때문이다. 어쨌든 그것은 광기의 응급 체계, 경박한 전몰(戰歿) 체계였다. 우리는 둘러쳐진 연결망을 풀지 못하고, 그저 손으로 더듬어 지뢰를 찾아낼 수밖에 없었다. 우리는 말라리아가 만연해 있는 숲의 보이지 않는 정신과 신사협정을 맺고, 정오에 점호할 때는 아침에 출발할 때보다 인원수가 줄어들지 모른다는 절박한 불안감 속에서 작업을 했다. 아마 평시였기 때문에, 지뢰가 언제 폭발할지 모르는 순간순간을 가벼운 스포츠쯤으로 느끼고 있었으리라. 바로 그 때문에, 오후가 되면 다림질한 와이셔츠 차림으로 커피를 홀짝거리며, 어두운 정적 속에서 아직 폭발하지 않았거나 젖어서 불발이 된 지뢰들의 뇌관을 지탱하고 있던, 눈에 보이지 않는 구리선을 상상 속에서 몸을 떨며 손가락으로 살짝 건드려보곤 했다.

당시는 후방에서도 불의의 습격을 당하는 불쾌한 사건이 많이 있었다. 어느 동료의 형은 교수형을 당했고, 또 다른 동료의 아버지는 반죽음을 당했고, 강제로 이주된 사람, 수용소에 끌려간 사람, 증거도 없이 가까운 친척에게 죄인 취급을 당한 사람, 그리고 아무런 피해도 입지 않은 사람도 있었다. 후방에서 어디에 벼락이 떨어질지는 여자 이름을 가진 지뢰와 마찬가지로 예측할 수가 없었다. 이쪽 일이 훨씬 깨끗하다고 어떤 동료가 말했고, 우리는 그 말에 동의했다. 무엇과 비교해서 깨끗하지? 좀 더 엄격한 질문을 하는 동료는 한 사람도 없었다.

우리는 오래전에 제대해서, 어쩌다 처음 만난 여자와 결혼하여 자식을 낳았다. "5시 반에는 돌아오겠다"고 말하면서 아침에 집을 나서고, 대개 6시 15분 전에는 집에 돌아간다. 방문객이 총을 쏘는 일도, 서류가 폭발하는 일도, 양복깃에 배지를 단 낯선 사내들이 찾아와 우리의 팔을 붙잡는 일도 없다. 그래도 그 당시 진실이었던 것은 지금도 진실이다. 우리와 해골만 남은 독일군 사이에 작가의 손을 떠난 작품이 갖는 잔인하고 이해할 수 없는 암호가 횡행하는 가운데, 탐지기를 들고 질퍽질퍽한 숲 속을 기어 다니는 것이 하얀 커프스를 달고 해마다 착착 성장하고, 게다가 언제 어떤 실수로 폭발할지 모르는 지뢰—그것은 기억, 침대, 말, 주먹을 대신하는 민간인의 지뢰다—를 줍는 일보다는 훨씬 깨끗하다. 조작하는 사람은 실수하기 쉽지만, 언젠가는 시한장치가 작동하여 누군가는 습격당하게 마련이다. 그게 내일일까? 아니면 10년 뒤? 안달할 필요는 없다. 그때가 오면 알게 될 테니까. 이미 때를 놓쳐 손을 쓸 수 없게 된 그 순간에.

자살하는 사람들

1

 요즈음 자살하는 사람들 때문에 바쁘다. 그들은 가족과 책상과 몇몇 움직임을 세상에 남겨둔 채, 고통 없는 정적 속으로 뛰어든다. 대부분 비밀리에, 마치 재촉이라도 받은 것처럼 앞을 다투어 떠나간다. 아무리 오랫동안 고민했다 해도, 너무나 인간적인 방식이다. 통계에 따르면, 100건 가운데 97건이 어쩔 수 없는 죽음이고, 3건이 자유의지에 따른 죽음이다. 여러 민족 가운데 헝가리인의 자살률이 가장 높다. 그렇다면 헝가리인이 가장 자유로운 것일까? 그 자유를 조종하고 있는 것은 타락과 좌절의 천사라고 나는 생각한다.
 해마다 천 명의 동포들 가운데 한 명이 자신을 포기하려고 한다. 때마침 그 한 명에게 관심을 기울이는 사람이 있을까? 나 자신도 그들에게 관심을 기울이고 있을 수는 없다. 길거리에서, 전차나 가게나 카페에서 내 곁으로 다가오거나 멀어져가거나, 떼거리로 모이거나 뿔뿔이 흩어져, 낯선 벽에 둘러싸여 고립된 군중 가운데서 올해도 천 명 가운데 한 사람이 음독하거나, 청산가리를 먹거나, 목을 매거나, 손목을 긋거나, 달리는 버스에 뛰어들거나, 창문에서 뛰어내리거나, 관자놀이에 방아쇠를 당기거나, 얼음이 떠다니는 도나우 강물에 몸을 던지거나 할 것이기 때문이다. 우리는 그를 알지 못한다. 알려고 하지도 않는다. 그는 분명히 정신이 나갔다. 우리의 동정은 겉치레일 뿐, 그 배후에는 혐오감이 어둡게 똬리를 틀고 있다. 겁쟁이, 얼간이, 공갈배, 출세주의자! 이 사회가 싫다고? 사라지는 것으로 남의 눈에 띄겠다고? 하늘이여 축복하소서, 부디 우리 눈에 띄지 않도록. 우리는 아직도 좀 더 오래, 아마 5천 년이나 1만 년은 더 살아남을 테니까.

 나는 한 간호사를 알고 있다. 그녀는 구급차에 실려 온 자살 미수자들을 위세척시키기 위해 화장실로 데려간다. 그런데 화장실에 가서는 그 환자를 마구 두들겨 팬다. 이런 태도를 나는 병적이라고 생각하지 않는다. 이런 경우를 나는 너무나 자주 보아왔다. 애정이 있어도 자살 미수자를 혼내줄 수 있다. 인간적 연대감은, 정상 궤도를 벗어나 자살하는 것보다는 차라리 남을 죽이는 편이 옳다고 주장한다.

 내가 그럴 때마다 그들의 뜻대로 행동하는 것은 참된 동정심 때문이 아니라 내 직업 탓이다. 자살자가 어린 자식을 남겼을 경우, 또는 자살자가 어린아이일 경우, 나는 그들의 죽음을 기록에 남겨야 한다. 조사하고, 결론을 내리고, 처리하지 않으면 안 된다. 그리고 그러는 동안, 그들의 자살 방법—그것은 몇 가지 방식으로 거의 규격화되어 있다—에는 관심을 갖지 않는다 해도, 끝나가는 생명에는 좋든 싫든 관계를 맺게 된다. 특히 생명이 완전히 끝나지 않은 경우에는 더욱 그럴 필요가 생긴다. 위를 세척하고 상처를 꿰매고 가스가 가득 찬 부엌에서 자살 미수자를 끌어내고 목에 잠긴 끈을 푼다. 한마디로 말해서 목숨을 건져주는 것이다. 목숨을 건진 자든 죽어버린 자든, 다음 순간에 집착하는 인간 사회의 개념에 따라 내가 그 책임을 지고, 부탁받은 것도 아닌데 내 지식을 동원하여 피곤한 개인사를 생각해주지 않으면 안 된다. 이럴 때 나에게는, 단 한 사람인 자살 자원자가 나머지 999명의 사람들—이들은 상황이 유리하게 작용하기 때문에 쾌활하게 살아가거나, 또는 불평을 하면서도 인생의 무거운 짐을 짊어지고 있다—보다도 훨씬 중요한 대상이 된다.

    나 자신은 무거운 짐을 견딜 수 있는 인간이나 비난하는 자들의 편이다. 따라서 누구든 이 모래주머니 같은 짐을 나 대신 떠맡아줄 사람이 있다면 내 특권을 기꺼이 넘겨주고 싶다. 왜 내가 허약함에 짓눌려 으깨진 자들을 짊어져야 하는가? 함정을 찾아낸 것은 틀림없는 나 자신이지만, 하다못해 분노라도 토해내게 해주었으면 좋겠다. 나는 다른 사람들과 마찬가지로 저임금에 시달리고 불평불만에 가득 찬 평범한 공무원에 불과하다. 동전을 가지고 있어도 종종 거지 옆을 서둘러 지나치고, 환자를 문병하는 일 따위는 아주 싫어하는 인간이다. 집으로 돌아가는 버스에서는 속으로 투덜대면서 마지못해 노인에게 자리를 양보하고, 과부가 된 이웃집 여자의 신세타령을 듣기가 지겨워서 인사조차 하지 않는다. 그런데 왜 날이면 날마다 관청에서 낯모르는 불행한 사람들의 고약한 냄새를 맡지 않으면 안 되는가? 내 책상 앞 응접용 의자가 그들의 불행에 스쳐서 닳아 떨어질 때마다, 어디서 공감을 찾아내란 말인가?

이런 종류의 불평을 할 때, 나는 방광염으로 이빨이 다 빠진 관리인과 비슷하다는 생각이 든다. 밤중에 초인종이 울리면, 그는 잠옷 위에 반코트를 걸치고 대머리에 털모자를 쓰고, 더듬거리며 겨우 문간에 다다른다. 하지만 아무도 없다. 장난질한 놈에게 저주를 보낸다. 그러나 솜으로 틀어막은 귀에 울음소리가 들려서 땅바닥을 내려다보면, 포대기에 싼 갓난아기가 발밑에 누워 있다. 관리인은 눈을 의심한다. 그는 어쩔 줄 모른 채 목덜미를 긁적거리며 개미새끼 한 마리 없는 거리를 둘러보다가, 이윽고 욕설을 퍼붓기 시작한다—이보다 더 솔직하게 행동할 수도 없을 테지만. 갓난아기를 놓고 간 자에게 저주받은 지옥의 미래가 있기를 빈 다음, 하느님에게 묻는다. "주님, 왜 하필이면 저입니까? 3번지 관리인은 피코르이고, 7번지 관리인은 자호레츠입니다. 그런데 어째서 그놈은 하필이면 이 5번지에 아이를 놓고 갈 필요가 있었단 말입니까? 왜 저를 선택한 겁니까? 주님, 당신은 이 문제에 관여하지 않았다는 겁니까?" 하느님은 예상대로 침묵을 지키고, 관리인은 질문하는 데 싫증을 느낀다. 보채며 울어대는 이 선물을 피코르나 자호레츠의 문앞에 옮겨놓고 초인종을 누른 다음 잽싸게 돌아올 수도 있으리라. 그런데 관리인은 그렇게 하지 않는다. 들킬까봐 두려워하고 있든지, 아니면 그동안 아기가 감기라도 들까봐 걱정하는지도 모른다. 아마 결국에는, 생전 보지도 듣지도 못한 어떤 인간의 선택이 다소는 타당했다고 생각할 것이다. 피코르는 술을 너무 마시고, 자호레츠는 뇌동맥경화로 나날이 멍청해지고 있기 때문이다. 그는 마구 울어대는 아기를 품에 안아들고, 현실적으로 해야 할 일을 생각한다. 그리고 훨씬 뒤에, 이를테면 한참 기저귀를 빨고 있다가, 앞으로도 결코 유쾌하다고는 말할 수 없을 듯한 이 과업이 왜 하필이면 5번지에 주어졌는가 하는 의문을 문득문득 생각해내곤 할 것이다.

2

전화선 저편에서 들려오는 시시한 소리에 견디다 못해, 자살자들은 인생이라는 열쇠가 채워진 공중전화 부스의 유리창을 부수고 추락한다. 나에게 상담하러 오는 방문객들은 요즘 기력이 무척 약해져 있다. 포로들이 감시가 느슨한 수용소에서 이렇게 차례로 탈출해 나간다. 아무도 없는 간이침대에 신경이 곤두서서, 반원형 막사의 따뜻함을 뿌리치고 철조망을 넘어 무(無)의 세계로 몸을 던지는 것이다.

최근에 K— 부인이 그 도화선에 불을 댕겼다. 그녀의 남편은 너무 오랫동안 폭력을 휘둘렀다. 병든 그녀에게 "남편을 고발하라"고 말하면, 그녀는 딱 잘라 거절했다. 그녀는 사과 두 개와 접이식 의자를 들고 전차를 타고서 휘뵈슈 계곡으로 나갔다. 그러고는 망가진 구두를 신은 채, 눈 덮인 돌비탈을 미끄러지고 고꾸라지며 올라갔다. 이튿날 경찰이 발자국을 더듬어가서 보니, 농가의 하얀 벽에 총알이 줄지어 박혀 있듯 산꼭대기까지 발자국이 점점이 이어져 있었다. 부인은 산꼭대기에서 사과를 다 먹은 뒤, 류머티즘에 걸린 손처럼 오그라든 나뭇가지에 빨랫줄을 매고, 받침대로 삼았던 의자를 발로 걷어찼다. 발견되었을 때, 비닐 끈은 부인의 몸무게로 축 늘어져 발이 땅바닥에 닿아 있었고, 틀니가 입에서 튀어나올 때 할퀴었는지 얼굴에 혈흔이 말라붙어 있었다. 저고리 주머니에서는 가족사진이 나왔다. 나는 부인의 자녀들을 위해 사진을 놓고 가라고 형사에게 부탁했다. 일요일에 회전목마를 타고 있는 군복 차림의 남편 사진. 빛바랜 결혼식 사진에서 부인은 빌려 입은 웨딩드레스가 배 언저리에서 부풀어 올라, 국화꽃 다발로 그것을 살짝 가리고 있다. 인생의 고비마다 찍은 사진들. 배가 잔뜩 불러 있는 아기, 그 뒤에 하얀 양말을 신고서 눈을 크게 뜨고 있는 형과 누나들, 그리고 맨 뒷줄에는 부모가 서 있다. 무심하게 치켜든 손으로 얼굴의 주름살을 가리고 있고, 입은 움푹 들어가 있고, 눈은 퀭해서 모든 광경이 서서히 흐려지는 듯하다. 부인은 "성모 마리아님, 이제 그만하면 충분합니다"라고 말하는 듯하다. 남편은 손으로 때리기보다 발로 걷어차는 경우가 많았다. 그리고 술에 취하면 그녀의 거웃과 겨드랑이 털에 불을 붙였다. 아이들은 오들오들 떨면서 물끄러미 바라보고만 있었다. 넓적하고 거만한 K—의 얼굴. 누군가에게 얻어맞을 것 같으면, 생각에 잠기거나 어쩌면 울음을 터뜨릴지도 모른다. 장례식이 끝난 뒤 그는 죽은 마누라의 사진을 술병에 기대놓고, 턱을 괸 채 그 사진을 탐색하듯 바라보고 있었다고 한다. 그 다음날 나는 아이들을 아동복지시설로 데려갔다. K—는 항의하러 와서는 내 책상을 두드리고 타자기를 쿡쿡 찔렀다. 나는 그를 쫓아냈다. 며칠 전에 술집에서 그를 우연히 만났는데, 그는 두 명의 굴뚝청소부에게 자기 마누라가 깨끗한 것을 무척 좋아했다고 울먹이는 소리로 말하고 있었다. 청소부들은 그에게 등을 돌리고는, 무언가 다른 일로 웃어댔다. K—는 나를 알아보고 인사를 했다. 옷차림은 더럽고, 꺼칠하게 여윈 얼굴에 눈꺼풀이 튀어나와 있었다.

다음 방문객인 O— 부인은 환상 속의 망원경으로부터 자유로워지려고 했다. 그녀는 남편이 "천장에 구멍을 뚫고 망원경을 집어넣어 옆집을 엿보고 있다"고 고발했다. O—는 술집 호스티스 때문에 아내와 쌍둥이 아들을 버리고 집을 나가버렸다. 당신이 무관심하면 남편도 엿보거나 하진 않을 거라고 격려해주면, "내가 망가진 꼴을 그 계집년에게 보여주고는 둘이서 나를 비웃고 있다"고 우기며 내 말을 받아들이려 하지 않았다. 남편에게 질투심을 일으키세요, 몸을 좀 더 풍만하게 하고, 유행하는 옷도 사 입고, 애인도 만드세요, 하고 나는 권했다. 그녀는 내 말대로 남자들을 집 안에 끌어들였지만, 그중 한 사람인 푸줏간 주인은 나중에 털어놓기를, "그 여자 하는 짓이 정상이 아니었다"고 말했다. 침대에서는 애인의 사내다움을 누군가에게 자랑이라도 하는 것처럼 얼굴을 찡그리거나 천장을 쳐다보았고, 때로는 웃음을 터뜨리거나, 큰 소리로 울거나, 침대 밑에 숨으라고 푸줏간 주인에게 애원하기도 했다고 한다. 그는 물론 침대 밑에 숨을 마음이 나지 않았다. 그 집은 방이 두 칸이었고, 그녀의 몸뚱이도 아직 피둥피둥했는데, O— 부인의 애인들의 발걸음은 점점 뜸해졌다. 그러자 O— 부인은 "남편이 내 집에 오는 사람들을 모두 쫓아내버린다"고 투덜거렸다. 그래서 집을 바꿔보라고 권했더니, 부인은 5층에서 3층으로 바꿨다가 다시 1층으로 옮겼다. 집은 점점 내려갔지만, 망원경은 끝까지 그녀를 뒤따라갔다. O— 부인은 남편에게 사로잡혀 있었기 때문에, 애가 탄 나머지 남편이 자기를 엿보고 있다는 피해망상을 품게 된 것이다. "그저께 남편이 내 앞을 지나갔어요. 손으로는 여자 귀를 만지작거리고 눈으로는 맞은편에서 걸어오는 사람을 쫓고 있는데, 그중 한 사람을 돌아보다가 나를 알아보고는, 내 쪽으로 다가오려고 했답니다. 하지만 나는 침을 탁 뱉고는 달려가버렸죠. 남편은 밤마다 망원경을 들여다보면서 그 갈보년한테 이렇게 말해요. '저것 봐, 나랑 함께 살 때는 생기가 돌았는데, 버림을 받고 나니까 꼭 죽을 것 같군.' 그 말이 맞아요. 남편 없이는 모든 게 끝이에요. 아이들도 내 눈에 아예 들어오지 않는걸요." 부인은 자살하겠다고 몇 번이나 말했다.

나는 별로 주의도 기울이지 않고 그녀를 달랬다. 누구나 이런 말로 나를 협박한다. 황야의 리어 왕도 그들만큼 허풍 떨지 않는다. 어느 날 밤, 그녀는 부엌문을 활짝 열어놓고 가스를 틀었다. 아들 하나가 눈을 뜨고, 가스대 앞에서 어머니를 끌어낸 다음 환기를 시켰다. 그 후로는 두 아들이 밤마다 교대로 손톱을 깨물며 불침번을 섰다. 그러나 O― 부인은 어느 날 아이들의 저녁식사에 수면제를 넣고, 밤중에 다시 자살을 기도했다. 그때는 고양이가 눈을 떠서 문에 몸을 부딪치고 시끄럽게 울어대면서 집 안을 휘젓고 다녔다. 쌍둥이는 숨이 붙어 있었지만, 어머니는 가스 다리미의 고무호스를 입에 물고 이미 숨이 끊어져 있었다. 지금 보호시설에 들어가 있는 쌍둥이는 이따금 산수와 역사 성적을 나에게 알려온다.

 G― 클라라의 아버지는 전쟁 때 학살을 저지른 죄로 적발되어, 클라라가 열세 살 때인 1951년에 교수형을 당했다. 형사가 그녀의 어머니한테 첫눈에 반하여, 그녀와 결혼하기 위해 퇴직했다. 그는 당에서 제명당하고 트럭운전사가 되었다. 부인도 간호사로 일하고 있었다. 두 사람 사이는 원만했고, G―는 클라라를 양녀로 삼았다. 클라라는 G―가 아버지인 줄만 알고 있었다. 전직 형사인 아버지는 1956년부터 원래 직장에 복귀했다. 그런데 친할머니가 작년에 클라라를 찾아와서 진상을 밝히고, 친아버지에 대한 기억을 일깨워주려고 애썼다. 클라라는 겨울에 나를 찾아와서는, 양아버지가 걸핏하면 섹스를 강요한다고 호소했다. 그리고 충분히 믿을 수 있을 만큼 자세히 그 상

황을 설명했다. 성폭행이 증명되면 G—가 감옥에 들어가게 된다는 것을 아느냐고 물었더니, 클라라는 고개를 끄덕였다. 그러고는 오히려 그렇게 되기를 바란다고 대답했다. 의사가 검진한 결과, 분명히 클라라는 처녀가 아니었다. 클라라의 어머니를 참고인으로 부르자, 처음에는 부인했지만 결국에는 확신이 안 서는 듯 울음을 터뜨렸다. 그러고는 어느 날 새벽의 일을 털어놓았다. 여느 때보다 일찍 병원의 야간 근무를 마치고 새벽에 돌아와 보니, 침대에 남편과 딸이 누워 있었다는 것이다. 이불을 들춰 보니 딸은 겨드랑이 아래까지 알몸이었고, 잠옷은 위쪽으로 말려 올라가 있었고, 남편의 손은 클라라의 배꼽 위에 얹혀 있었다. 아침에 물어보니, 클라라가 밤중에 천둥소리가 무서워서 아버지 곁으로 들어온 것이라고, 두 사람이 입을 모아 대답했다. 딸이 샤워할 때 남편이 욕실 문을 열고 들어간 것도 한두 번이 아니었다. 의심스러운 일은 그 밖에도 있었다. 몇 달 전, 남편과 밤늦게 껴안고 있는데 클라라가 문을 열었다. 클라라는 한동안 부모를 쏘아보다가 문을 쾅 닫고 제 방으로 가서 문을 걸어 잠그고는, 며칠 동안 부모와 말을 하려고도 하지 않았다. 나는 부인에게, 증인이 없으니 남편을 잘 관찰해보라고 말했다. G— 부인은 그렇게 하지 않고 딸에게 캐물었다. 게다가 딸이 털어놓은 이야기는 소름이 끼칠 만큼 짚이는 데가 있는 것뿐이었다. 딸이 침대에서 G—에게 들었다는 사랑의 밀어는 바로 남편이 그녀에게 속삭이던 말이었다. 부인은 당장 G—의 상관에게 달려가 자초지종을 털어놓았다. 상관의 의혹은 그 자리에서 폭발하여, 평소부터 사이가 안 좋았던 G—에게 즉각 면직처분을 내렸다. 당국은 G—가 모녀를 협박하지 못하도록, 취조 단계에서 이미 그를 구속했다.

클라라가 나를 다시 찾아왔을 때 사건은 이미 검찰에 넘어가 있었다. 클라라는, 전에 이야기한 건 전부 거짓말이니까 부모님이 너무 화내지 않게 해달라고 부탁하는 것이었다. 나는 왜 그런 짓을 했느냐고 물었다. "그 사람이 내 친아버지를 교수대로 보냈으니까, 그 사람도 험한 꼴을 당했으면 좋겠다고 생각했어요." 네 아버지는 무고한 사람들을 죽였기 때문에 법률에 따라 처형을 당한 거라고 설명하자, 클라라는 "그 사람이 하는 일도 별로 칭찬받을 일은 아니잖아요"라고 대꾸했다. 처녀막은 어떻게 된 거냐고 물었더니, "내가 직접 찢었어요"라고 대답했다. 왜 하필이면 그런 수단을 썼느냐는 질문에, 클라라는 그런 꿈을 자주 꾸었기 때문에 그 가능성을 시험해보고 싶었다고 대답했다. 그리고 자기가 G—의 무릎에 앉으면 그의 얼굴이 점점 빨개지고 바지가 딱딱해지는 것도 알아차렸으며, 그것을 몇 번이나 의식적으로 확인해보기도 했다고 말했다. "그런데 그 세세한 상황 설명은 어떻게 된 거지?" 그녀는 나를 물끄러미 바라보더니 입을 다물었다. G—는 일주일 뒤에 석방되었다. 부인이 딸을 야단치는 것을 내 힘으로는 도저히 막을 도리가 없었다. G—는 아무 말도 하지 않고 소녀를 살펴볼 뿐이었다. 그리고 이런 날이 계속되었다. 하루는 G—가 나를 찾아와서, '학살자의 딸'에 대한 증오심을 참을 수 없으니까 당분간만이라도 클라라를 시설에 수용하는 조치를 취해달라고 부탁했다. 우리는 그 의뢰를 받아들였다. 클라라는 두 달 동안 편지 한 통 보내지 않았지만, 결국 양아버지에게 장문의 편지를 보내어 용서를 빌고, 면회를 와달라고 애원했다. G—가 답장을 쓰는 대신, 어머니가 "아버지는 앞으로도 얼마 동안은 그 일을 잊을 수가 없다고 하신다. 그러니 너도 올해 말까지는 돌아올 생각 마라"고 써 보냈다. 클라라는 보호시설 근처의 숲에서 독버섯을 따 모으고, 면도칼과 손거울을 잘게 부수어 독버섯과 함께 먹었다. 숲 속의 빈터에서 발견되었을 때는 아직 숨이 붙어 있었지만, 구급차 안에서 숨을 거두었다.

  B—는 내성적이고 다소 침울한 사람이었다. 며칠씩이나 입을 열지 않을 때도 있었다. 그는 몇 년 전부터 하루에 밀가루 2백 부대를 나르는 일을 하고 있었다. 부대 하나의 무게는 80킬로그램, 25~30미터의 운반 거리, 간신히 담배 한 대를 피울 만한 휴식 시간. 그에게 낙이 있다면, 일을 끝낸 뒤에 마시는 맥주 한 잔뿐이었다. 토요일에는 그것이 두 잔으로 늘어났다. 독한 술은 절대로 입에 대지 않았다. 생일날에는 오리고기 구이를 즐겨 먹었다. 그날도 그는 여느 때처럼 침대 끝에 걸터앉아, 두 딸이 공부하는 모습을 바라보고 있었다. 그의 어깨가 가늘게 떨리고, 두 주먹은 무릎 언저리에서 흔들리고 있었다. 그러다가 그는 부엌에서 담배를 한 대 피우려고 일어섰다. 부인은 오븐에서 프라이팬을 꺼내려는 참이었다. B—는 맨 처음 빨아들인 담배 한 모금 탓인지, 아니면 피곤해 있었는지, 비틀거

리다가 열려 있는 오븐 문에 정강이를 부딪혔다. 아프다. 통증이 물러간다. 다시 아프기 시작한다. 꾹 참는다. 마침내 견디다 못해 의사에게 진찰을 받았다. 골수암이었다. 처음에는 무릎까지, 이윽고 석 달 뒤에는 허벅지까지 절단했다. 그는 목발과 이전 수입의 절반밖에 안 되는 신체장애자 연금에 기대는 신세가 되었다. 부인은 미친 듯이 일했다. 하루 종일 컨베이어 벨트 앞에서 국수를 열심히 자루에 담았다. 그래도 한 달에 1200포린트* 이상을 벌기가 어려웠다. 딸들은 옷이 작아지고, 크리스마스 선물도 만족스럽게 주지 못하고, 식탁에 고기가 오르는 일도 없어졌다. 사정이 이렇게 되자 비로소 집이 좁다는 것을 새삼 깨달았다. 한 평도 안 되는 방에 찬장과 침대 두 개, 탁자와 의자 두 개가 가득 들어차 있었다. 가구와 가구 사이에는 약간의 공간이 있을 뿐이었다. 너무 좁아서 신경이 날카로워진 B─는 종종 목발을 쓰지 않고, 곪은 다리가 가구에 부딪히지 않도록 조심하면서 한 발로 껑충껑충 뛰어다녔다. B─가 아내와 한 침대에서 자고 있다는 것을 알게 된 의사는 부인을 불러서, 잠자리를 따로 하라고 명령했다. 잠결에 남편의 다리를 걷어찰지도 모른다, 조금만 부딪쳐도 위험할 뿐더러 어쩌면 목숨이 위태로울지도 모른다고 말했다. 부인은 잠자리를 방바닥으로 옮겨, 찬장과 침대 사이의 50센티미터도 안 되는 공간에 낡은 외투를 깔고, 밤마다 신음하면서 몸을 뒤척였다. 남편은 턱을 괴

---

*제2차 세계대전 이후 1946년 8월 1일부터 채용된 헝가리의 통화 단위.

고 앉아, 볼이 홀쭉해진 아내의 얼굴에 달빛이 비치는 것을 바라보았다. 밤마다 옆에서 자달라고 부탁했지만, 아내는 화를 내며 계속 거절했다. 하루는 남편이 "여보, 혹시 나한테 정이 떨어진 건 아니겠지?" 하고 물었다. 부인은 화가 나서 하루 종일 말을 하지 않았다. 나는 그들 문제로 주택과에 갔다. "어쩌면 1년 뒤, 아니 2년 뒤에나 가능할 겁니다." 멍청한 얼굴의 동료는 이렇게 말하면서 화가 난 듯 파이프를 뻐끔거렸다.

    B—의 나날은 고통 속에서 흘러갔다. 목욕하기도 곤란해지고, 한쪽 다리를 끌며 화장실에 가기가 귀찮아지고, 시중들어 줄 사람이 필요해졌다. 딸들은 점점 그에게 말을 걸지 않게 되었고, 그의 상태에 관심을 기울이지도 않게 되었다. 그리고 처음보다 자주 환기를 시켜야 했다. 아내와도 대화가 없어졌다. 부인은 직장에 대한 불평을 늘어놓았지만, 그에게는 그만한 화젯거리도 없었다. 그는 오로지 먹는 것에서 삶의 보람을 찾았다. 하루는 부인이 무심코, 아마도 농담으로, "옛날 밀가루 부대를 나를 때보다 더 잘 먹는군요" 하고 말했다. 남편은 며칠 동안 이 말을 곱씹었고, 실제로 감자와 콩 때문에 뚱뚱해지기 시작한 것을 깨달았다. 같은 건물에 장님이 살고 있어서, 오전 중에는 바깥 복도에서 만나 이야기를 나누곤 했는데, 하루는 B—가 장님에게 말했다. 신체장애자 연금 대신 과부 연금을 받게 되면 액수 자체는 약간 줄어들지만, 자신의 식비와 담뱃값이 절약되니까 오히려 이익이라고. 장님은 B—가 왜 그런 말을 하는지 이해할 수가 없었지만, 맞는 말이라고 생각하여 "인생

이란 돈이 드는 법이지" 하고 맞장구를 쳤다. B—는 어느 날 아침 양잿물을 마시고, 좀 더 일을 확실하게 하기 위해 담배 달인 물을 단숨에 들이켰다. 침대를 더럽히지 않으려고 부엌 바닥에 쭈그리고 앉아서, 목이 타들어가는 소리가 복도에 들리지 않도록 재갈을 물고 있었다. 마지막 행위까지도 그는 과묵했다. 메모지에는 "내 외출복을 팔아서, 그것으로 장례를 치러 달라"는 글이 적혀 있을 뿐이었다.

3

오후에는 정신지체아를 시설에 데려가지 않으면 안 된다. 그 아이의 부모—반둘라 엔드레 박사와 그의 아내인 체팔바이 보르발라—는 그저께 음독자살을 했다. 그들은 커버도 씌우지 않은 이불을 덮고, 받침대 대신 벽돌을 받친 철제 침대에 누더기를 깔고 누워 있었다. 침대 탁자 위에는 《티베트 사자의 서》와 복권, 손바닥만 한 베이컨 껍질이 흩어져 있고, 다섯 살짜리 아이가 똥오줌으로 미끌미끌한 침대 속에서 털북숭이 알몸을 드러낸 채 웅크리고 있었다.

이웃 사람들이 문을 부수고 들어간 것은 부모가 죽은 지 12시간이 지난 뒤였다. 반둘라 부부는 이웃 사람들을 미워하면서도 그들이 주는 물건을 받고 있었다. 또한 이웃 사람들은 반둘라 부부를 동정하면서도 끊임없이 두 사람을 관청에 고발했다.

나한테도 고발장이 여섯 통이나 들어와 있었다. 그러나 나로서는 어쩔 도리가 없었다. 반둘라는 꾀병을 부리거나, 눈물 작전으로 나오거나, 때로는 발칵 화를 내거나 거짓으로 기절하여 나를 놀라게 했지만, 결국에는 나를 깔보고 무시했다. 정신병 환자라는 쪽지는 비밀경찰 수첩이나 나병의 반점에 못지않은 효과가 있었다. 반둘라 부인은 꺼져드는 듯한 목소리로 행복했던 어린 시절과 폐쇄적인 종교에 대해 이야기하고, 죽은 시어머니가 얼마나 엄했는지, 이웃 사람들이 얼마나 냉담한지를 하소연했다. 그리고 자기네 세 식구가 얼마나 가난하게 사는지를 자세히 설명하곤 했다. 내가 아들 이야기를 꺼내면, 그녀는 화제를 다른 데로 돌리거나 침묵에 빠져버렸다. 그리고 이따금 내리깐 시선을 들고서 슬픈 듯이 나를 쳐다보는데, 그게 너무나 태연한 눈길이어서 내가 오히려 당황해버린다. 그녀의 눈길이 잠시 나에게 쏟아진 뒤, 두 사람 모두 타자기 쪽으로 눈을 돌린다. 그녀의 몸은 비곗덩어리다. 볼, 코, 젖가슴, 배, 팔까지도 축 늘어지기 시작했다. 이가 차례로 망가져 타고난 이가 금니로 변하고, 약간 혀 짧은 소리가 되고, 갈색으로 변한 두꺼운 입술을 끊임없이 핥고 있다. 옛날에는 미인이었다는데, 이제는 먹는 일 말고는 흥미를 보이지 않는다. 중국산 부채와 집안 문장이 새겨진 상아 접시를 고물시장에 내다판 것을 시작으로, 여러 친척과 국가와 교회로부터 받은 보조금까지 부인은 전부 먹을 것으로 바꾸었고, 반둘라는 전부 술에다 쏟아부었다. 이 경쟁에서 탈락한 것은 아들뿐이었다. 그런데도 아이는 살아남왔다. 지금 아이는 아기침대 안에 서서, 솜털이 보송보송한 알몸을 난간에 비벼대고 고추를 만지작거리면서 웃고 있다. 하루 이틀 정도는 아파트 사람들이 먹을 것을 준다 해도, 그 이상은 바랄 수 없다. 결국 보호시설에 넣어야 하는데, 어디나 만원이다. 아직도 반둘라 페리케를 어떻게 하면 좋을지, 좋은 생각이 떠오르지 않는다. 그 귀찮은 일을 내가 떠맡게 될 것 같다. 튀어나온 갈비뼈를 긁어주면 아이는 무척 좋아한다. 이럴 때는 정상인보다 더 들떠서 까르륵거린다. 나는 그 아이에게 갈 때마다 긁어준다.

    반둘라는 법학 박사에 정치학 박사였고, 전쟁 때는 참사관이었으며, 4층짜리 아파트의 주인이었다. 그는 아파트 3층의 방 세 개짜리 집에서 어머니와 아내와 함께 살고 있었다. 우파적 경향이 세상을 지배하게 되자마자, 집주인으로서 유대인 생선 장수와 발목을 삔 공산주의자 타자수를 쫓아냈지만, 몰래 돈을 주고 다른 집을 구해주는 것으로 보상을 했다. 직장에서는 정치적 행동을 삼갔고, 사람을 불안하게 만드는 통계 자료를 비교적 무난한 형태로 정리하는 일을 했다. 이 일은 그의 마음에 들었지만, 동료들이 연합국의 윤리와 규율을 헐뜯으면 침묵을 지켰다. 약간 얼빠진 것처럼, 약삭빠른 상관의 명령에는 비밀 정보라는 것을 이유로 내세워 소극적으로 대응한 결과, 상관들은 그를 발탁했다. 동료들은 특별한 의견이나 바람피울 구실이 필요해지면 그에게 부탁하곤 했다. 그러면 반둘라는 그들을 동정하고, 뭔가 풍부한 지식을 예상케 하는 미소를 띠며 고개를 끄덕이는 것이었다.

　어머니가 살아 계실 동안에는, 집에 돌아오면 우선 어머니 방에 가서 인사를 하고, 장관의 하루 일과를 보고했다. 그럴 때는 어머니를 즐겁게 해드리려고 약간 거짓말을 섞는 게 보통이었다. 아내에게는 그다음에야 인사를 했다. 잠귀가 밝은 노부인의 귀에 밤마다 부부 침실에서 삐걱거리는 침대 소리가 들려오면, 노모는 무거운 걸음으로 부부의 방에 가서 지팡이로 문을 두드렸다. "오늘 밤은 그만하면 됐다! 엔드레! 내일도 일하러 가야 하잖니. 내일 생각도 좀 하렴. 알았니?" 그러면 아들은 "알았어요, 어머니" 하고 캄캄한 어둠 속에서 대답했다. "피로슈카, 네 생각은 어떠냐? 대답이 들리지 않는데." 그러면 며느리도 당장 대답했다. "어머님 말씀이 옳아요." 노부인은 그제야 기분이 풀려서, 잘 자라는 인사를 하고 지팡이로 가구를 두드리며 제 방으로 돌아가, 거울 덮개가 달린 침대 속으로 들어가서는, 밤마다 거울에 비친 자신의 모습을 집어삼킬 듯이 바라보곤 했다.

　딸이 태어나자 남편은 딸을 웃기려고 네 발로 기어 다니며 개 흉내를 냈고, 아내는 뚱뚱해져가는 알몸으로 아침마다 딸을 끌어안았다. 부부 사이에는 1년 반 동안 눈이 번쩍 뜨일 만큼 무럭무럭 자라는 딸의 성장밖에는 공통된 화제가 없었다.

　폭격이 한창일 때, 할머니가 손녀에게 일광욕을 시키려고 안뜰로 데려가다가, 저공비행으로 날아온 전투기에 의해 둘 다 피격당하고 말았다. 반둘라의 고통스러운 비명 소리에 방공호 속에 숨어 있던 주민들은 두려움을 느꼈다. 부인은 반쯤 정신이 나간 채 딸의 시체를 계속 흔들며 딸을 절대로 매장할 수 없다고 버티었다. 그래서 그녀가 잠들어 있는 사이에 품에서 아이를 빼내지 않으면 안 되었다. 반둘라는 그날부터 붉은 수염을 기르기 시작했고, 부인은 아이를 마지막으로 안았을 때 입었던 옷을 몇 달 동안이나 벗지 않았다. 딸애가 없어지자 부부는 서로 나눌 화제를 잃어버렸다. 각자 게으른 명상에 몸을 맡긴 채, 매사에 무서울 만큼 무관심해져서, 집이나 살림살이가 황폐해져도 아랑곳하지 않았다. 기다릴 일이 없는 어정쩡한 상태가 부부의 생활을 잠식해갔다.

전쟁이 끝난 뒤, 구체제의 관리였던 수염이 덥수룩한 반둘라는 파면당했다. 그들의 집은 국가가 관리하게 되었고, 방 셋 가운데 두 개는 다른 사람에게 배당되었다. 그 후, 세든 사람 하나가 주택국에서 일하는 사촌형의 직권을 이용하여 욕실을 달라고 요구했다. 반둘라가 상급 기관에 청원하자, 과거 파시스트였고 현재 치과기공사인 그 사람은 반둘라가 보석을 은닉했으며 외국 방송을 듣고 유언비어를 퍼뜨렸다고 경찰에 고발했다. 반둘라는 1년 동안 구금되었고, 어머니의 반지와 장신구를 몰수당했다. 수용소의 간수 하나는 그를 놀려먹는 일에서 즐거움을 얻었는데, 의자를 주고는 그가 앉으면 건방지다고 때리고, 일어서면 명령에 따르지 않는다고 때렸다. 반둘라는 결국 정신이상을 일으켜 귀가 조치되었다.

그가 수용소에 들어가기 전에는 벽돌 나르는 인부로 일했지만, 수용소에서 돌아온 뒤에는 취직을 하려들지 않았다. 가구들이 가득 들어찬 방 안에 웅크리고 앉아서, 날씨가 화창한 날에도 꽁꽁 닫아건 창문 너머로 별다른 사건도 없는 시장 풍경을 멍하니 바라보며 지냈다. 외출을 두려워하고, 부득이할 때는 의사의 증명서를 지갑에 넣어서 가지고 다녔는데, 그가 정신분열증 환자라는 진단서였다. 팔아 치울 물건이 없어지자 일자리를 찾기 시작했다. 그를 받아주는 직장은 많았지만, 늘 졸린 듯이 꾸물댄다는 비난을 받으면, 그때마다 낭패하여 사표를 내곤 했다. 그러다가 결국 취직을 포기해버렸다. 대신 딸아이의 죽음을 주제로 시를 몇 편 썼다. 부인이 여러 벌 타자로 쳤고, 그러면 그는 초록빛 안경과 하얀 지팡이로 변장을 하고 카페나 식당을 돌아다니며 그것을 팔았다. 한마디도 하지 않은 채 그저 손님의 코앞에다 시집을 들이밀고는, 주머니에서 빳빳한 쪽지를 꺼내는 것이다. 그 쪽지에는 "불쌍한 상이군인입니다. 도와주세요. 시집 가격은 1포린트"라고 적혀 있었다. 때로는 2포린트를 주는 사람도 있었지만, 대다수는 1포린트조차 주기를 아까워했다.

 그는 이 일이 마음에 들어, 시내 곳곳을 헤매고 다녔다. 초록빛 안경으로 정체를 감추고, 그 따분한 생활을 종이에 옮겨 쉽게 번 돈으로 술을 배우기 시작했다. 술맛보다, 술이 주는 힘이 그에겐 매력이었다. 알코올의 힘을 빌리면, 세상만사가 아무래도 상관없는 일처럼 여겨졌다. 참사관이든 거지든 다를 바가 없고, 적의에 가득 차서 느닷없이 분노를 폭발시키는 사람들을 향긋한 시가 냄새가 밴 붉은 벨벳 의자에 앉아서 바라보든, 새콤달콤한 냄새를 풍기는 포도주통 위에서 바라보든, 아무래도 좋은 일이었다.

아침부터 취해 있을 때가 많아서, 시집을 들고 비틀거리며 카페 안을 돌아다니다가 그만 의자를 뒤엎고, 화가 난 종업원에게 쫓겨나곤 했다. 게다가 때로는 문간에서 경찰관에게 얻어맞기도 했는데, 그럴 때는 의사의 증명서를 보여도 소용이 없었다. 하루는 무릎을 걷어차여, 그 통증이 좀처럼 멎지 않았다. 그 후 다리를 절룩거리고 다녔는데, 그것도 익숙해지자 기분이 좋았다. 처음에는 가볍게 절름거렸지만, 결국에는 필요 이상으로 과장되게 절름거리고 다녔다. 부부는 이따금 끼니를 잇기도 어려웠다. 그럴 때는 술값을 되도록 절약했다. 식당에 살짝 숨어 들어가, 손님이 술잔에 술을 절반쯤 남겨둔 채 화장실에 가면 그 술을 슬쩍 마시고 뺑소니쳤다. 때로는 길거리에서 붙잡힐 때도 있었다. 뒤에서 뛰어오는 발소리를 듣고 붙잡힐 것 같다는 생각이 들면, 눈물이 저절로 흘러넘쳤다. 그는 오른손으로 목덜미를 가리고 왼손으로는 얼굴을 덮고서 엉엉 울었다. 쫓아온 사람들은 그가 부인하든가 덤벼들든가 아니면 도망칠 거라고 생각했는데, 아예 설설 기는 태도로 나오자 오히려 당황했다. 그래서 대개는 시늉만으로 한두 번 주먹질을 하고 "이 영감은 미쳤어" 하고 풀어주었지만, 때로는 술집으로 다시 데려가서 술을 사주는 사람도 있었다.

반둘라 부인은 타자를 배워서 일자리를 얻었다. 그리고 신홍종교인 '회개한 신의 협회'에 가입했다. 이 모임의 회원은 전 세계에 고작 200명이어서 서로가 서로를 알고 있다는 것이 그녀의 마음에 들었다. 교주는 땀을 많이 흘리고 비쩍 마른 갑상선비대증 환자였다. 세 자식과 오르간 하나와 함께 어떤 노파의 가게에 세를 들어 살면서, 암병동의 화장장 해부실에서 조수로 일하고 있었다. 신자들은 이따금, 사람 키만 한 냉동관이나 해부용 대리석 테이블에 시체들이 볼썽사납게—팔다리는 축 늘어져 대롱거리고, 몸뚱이는 조각조각 잘리고, 머리는 빡빡 깎여 있었다—누워 있는 작업장으로 그를 찾아갔다. 장소가 장소인 만큼, 자기네 신앙의 기묘한 계율에 관하여 설교하는 해부실 조수의 말은 더한층 이해하기가 쉬웠다.

교주는 "내일이라는 날은 없는 셈 치고 살아라!"는 말을 기본 계율로 선언했다. 무슨 일에 대해서나 "해서는 안 된다"고는 말하지 않고, 그저 "아무래도 좋다"고만 말했다. 피투성이 고무장갑을 낀 손으로 크게 허공을 가르며 이 말을 특히 강조했다. 신자들이 삼삼오오 무리를 지어 찾아오면, 교주는 세상 사람들이 자기들을 억압하거나 또는 자기들끼리 서로 억압하는 것은 전혀 쓸모없는 일이라고 말했다. 생명의 원리는 신의 고뇌이고, 인간은 신이 흘린 땀의 결정이라는 것이다. 우리가 죽으면, 신은 피조물의 명백한 결함을 인정하고 죄를 씻어주며, 우리가 내세에서 받게 될 보상—신의 승리—은 눈부시게 아름다운 무(無)이고, 지복(至福)의 무형이며, 완전한 휴식과 평온이라고 말했다. 그리고 우리가 살아 있는 동안은 생활의 갈

등에서 해방되어야 할 뿐만 아니라, 발작적으로 난폭하게 우리를 덮치는 동시에 무너지기도 쉬운 자부심의 굴레에서 벗어남으로써, 고뇌하는 신을 위로해드려야 한다고 서로 다짐했다. 이 모임의 신자들은 정치를 비웃고, 활자를 거부하고, 편안하긴 하지만 더러운 누더기를 걸치고, 노래를 부르고, 서로 녹초가 될 때까지 사랑을 나누었다. 그러고는 천천히, 걸신들린 것처럼 먹어댔다.

전직 지방 행정관의 딸이었던 반둘라 부인은 백일몽을 꾸면서 굼뜨게 일을 했다. 상관이 편지를 불러주고 있을 때도 몇 번이나 생각에 잠겼다가, 이야기의 맥락을 잊어버릴 것 같으면 얼른 재미도 없는 편지의 세계로 되돌아오곤 했다. 부인은 통통한 다리에 죽죽 올이 나간 스타킹을 신었고, 스웨터는 언제나 한쪽이 말려 올라가 있어 누런 피부가 드러나 보였다. 정치 집회에 가면 땅콩을 씹고, 모두 일어나 만세삼창을 하고 있는데 그녀는 언제나 그대로 앉아 있었다. 왜 일어나지 않았느냐는 질문을 받으면, 미처 듣지 못했다고 웃으면서 변명했다. 그런데도 몇 년 동안 그녀의 존재가 용인되어온 것은 상관 덕분이었다. 그녀는 날마다 동료들이 퇴근한 뒤, 터무니없을 만큼 싼 시간급을 받고 상관의 사적인 일거리를 타자해주었던 것이다. 한번은 상관이 반둘라 부인에게 왜 일을 그따위로 하느냐고 다그쳤다. 부인은 이제까지 있었던 몇 가지 계기와 종파에 대해서 숨김없이 털어놓았다. 상관은 즐거운 듯이 귀를 기울이며, 그렇게 터무니없는 종파도 아니라고 생각했다. 그리고 '회개한 신의 협회' 신자들은 의무적으로 자신을 억제해야 하느냐고 물었다. 부인은 아니라고 대답했고, 그 종파는 성적 쾌락을 인정하느냐는 질문에는 서슴없이 그렇다고 대답했다. 그리고 어두워진 관청의 책상 위에서 관계를 갖자는 상관의 제안에도 선선히 응했다. 그녀는 마음껏 헐떡거렸고, 흐트러진 옷매무새를 매만지면서도 그 일에 관해서는 한마디도 하지 않았다. 다른 곳에서 만날 수 있는지도 묻지 않았다. 얼빠진 듯 겁먹은 태도로, 부르르 떠는 사내의 몸을 어루만지고, 음란한 말을 소곤거려 사내를 흥분시켰다. 그러나 어느 날, 한 페이지를 다 타자했을 때 상관이 갑자기 그녀를 딱딱한 책상 위에 쓰러뜨리려고 하자, 부인은 왈칵 울음을 터뜨리며, 앞으로는 근무시간 외에는 단 한 줄도 타자하지 않겠다고 말했다. 상관은 그녀에게 등을 돌렸고, 그 후 관청에서는 반둘라 부인의 모습을 볼 수 없게 되었다.

그리고 2년 뒤, 반둘라 부부에게 아들이 태어났다. 바라던 임신은 아니었다. 부인은 임신하고 있는 동안 요통과 부종에 시달렸고 심장까지 약해져, 이 둘째 아이는 태어나기 전부터 부부의 고민거리가 되었다. 그 전부터 반둘라 부부는 돈에 쪼들려, 미국에 있는 친척이 보내주는 약간의 돈으로 근근이 살아가고 있었다. 아이는 제왕절개로 낳았는데, 세상에 나오고도 15분 동안이나 울지 않았다. 배를 가른 부인의 뚱뚱한 몸이 정신을 잃고 더러운 수술대 위에 누워 있는 동안, 의사들은 갓난아기를 살려내려고 진땀을 뺐다. 처음 젖을 물렸을 때 산모는 아기의 머리에 마름모꼴 숨구멍이 없는 것을 알아차렸다. 의사들은 아기가 자궁 안에 있을 때 두개골이 달라붙었기 때문이라고 간단히 설명했다. 태어난 지 몇 주밖에 안 된 아기를 데리고 이 병원 저 병원을 찾아다녔지만, 의사들은 매달리는 부모의 뜨거운 시선을 피했다. 마침내 어느 늙은 의사가 부부를 똑바로 바라보면서 말했다. "미안하지만, 이 아이는 바보가 될 거요. 유감이지만 도와드릴 수가 없군요." 반둘라 부부는 그 말이 무슨 뜻인지 이해할 수가 없었다. "먹고 마시고 똥오줌 가리는 정도는 배울지 모르지만, 그 이상은 무리일 겁니다." 의사는 아이를 슬하에 두고 직접 키울 거냐고, 즉 그런 아이를 제대로 훈련시킬 수 있겠느냐고 물었다. 그러고는 지금 신청해두면 1~2년 뒤에는 장애자 시설에 보낼 수 있을 테니까, 되도록 빨리 신청하는 게 좋을 거라고 권했다. 부모는 당황하며 거절했다.

낙심한 부모는 아들을 슬하에 두긴 했지만, 완전히 될 대로 되라는 식이었다. 자신들이 먹고 입는 것 이상으로 아들을 돌봐준 것도 아니었다. 이제 와서 곰곰 생각해보면, 아마 자기네 일을 제쳐놓고 아들을 우선적으로 보살펴주지도 않았던 모양이다. 물론 시설에 보내어 부담을 덜려고 하지 않고 자기네 슬하에 두긴 했지만, 그것은 부질없는 희생이었다. 사람들은 그들의 선행에 의혹을 품었고, 단순하면서도 교활한 그들의 논리에 역겨움을 느꼈다.

반둘라 부부는 나름대로 애를 썼지만, 아이는 똥오줌 가리는 것조차 배우지 못했다. 게다가 세 살이 되자, 아이의 피부는 더 이상 고무로 만든 방수 기저귀 커버를 받아들일 수 없게 되었다. 허벅지 관절이 비어져 나와, 옷을 벗길 때마다 옷까지 흠뻑 젖어버렸다. 후두염, 늑막염, 점막염, 천식에 차례로 걸려, 가래가 끓고 항상 콧물을 흘렸다. 나을 가망도 없는 병원 치료를 되풀이한 끝에, 반둘라 부부는 방수 기저귀 커버와 감기의 악순환을 끊기 위해 아이를 야생아로 키우기로 결심했다. 아이가 훈련을 견뎌내고 잘 자라주든가, 아니면 몸을 망쳐서 죽든가 둘 중 하나였다. 한여름에는 발가벗기고, 가을이 와도 옷을 입히지 않았다. 실내 온도의 변화 때문에 바깥 추위에 대한 적응력을 잃지 않도록 난방도 하지 않았다. 따뜻한 요리도 주지 않고, 당근과 양파와 우엉을 하루 종일 먹이고, 거기에다 말고기와 쇠간과 골수를 날것으로 주었다. 그 결과 페리케는 몸이 튼튼해져 감기에도 걸리지 않게 되었고, 금발의 배내털이 짙어져 온몸을 뒤덮었다.

 이웃 사람들은 부모가 아이를 죽이려 한다고, 부부에게, 특히 이런 치료법을 생각해낸 반둘라에게 의혹의 눈길을 보냈다. 그들은 여러 기관에 진정서를 보내어 자신들의 추론을 늘어놓고, 이 건물의 전 주인은 감옥으로 보내고 불쌍한 아이는 적당한 보호시설로 보내야 한다고 결론지었다. 나에게도 장문의 탄원서가 몇 통이나 날아들었는데, 나는 내용을 검토한 뒤 상급 기관에 보고했다. 그리고 훈련이라는 명목의 살인 음모를 묵인한 죄로 나도 공범자라는 비난을 받았다. 사실 나는 반둘라 부부를 간섭하지 않았다. 이따금 반둘라나 그의 아내를 불러내어 이야기를 나누었을 뿐이다. 필요한 경우에는 의미도 없는 조서에 서명을 받았지만, 그래봤자 아무런 변화도 없으리라는 걸 잘 알고 있었다. 생명 그 자체에 의미가 있으며, 아무리 수준이 낮다 해도 인간의 생명에 관하여 제멋대로 결정을 내릴 특권 따위는 아무에게도 없다는 것을 나는 예를 들어 설명했다. 그러나 그런 내 생각에는 온갖 낙오자들의 버림받은 모습이 늘 따라다녔다. 죽이는 자가 없으므로 동작이나 말도 없고, 울타리나 침대 속에서 숨 쉬는 살덩어리, 썩은 살덩어리에 갇힌 죄수가 살고 있다. 나는 마음속으로 끈기 있게, 그 살덩어리를 죽이는 사람이 없는 게 당연하다고 멍하니 중얼거렸다. 맨 처음 진정이 들어왔을 때 나는 직접 반둘라를 만나러 집으로 갔다.

페리케는 아기침대 안에 서서 발을 동동거리고 있었다. 발 밑에는 배설물로 더러워진 비닐 시트가 깔려 있고, 그 위에는 사과씨와 양배추, 당근, 그리고 피투성이 고기 찌꺼기가 군데군데 붙어 있는 먹다 남은 양 갈비뼈가 흩어져 있었다. 동물원 우리에 갇힌 원숭이처럼 천진난만한 생물. 아이는 행복에 들떠 침대 난간을 마구 흔들면서, 짐승처럼 근육이 발달한 배를 문지르고 쳇소리를 내며 애정을 표시했다. 그 눈길에는 먹을 것에 대한 기대감이 담겨 있었다. 페리케 외에 집에 있는 사람은 반둘라뿐이었다. 반둘라는 검은 레인코트 차림으로 매트리스도 없이 벽돌 받침대 위에 고정시킨 철제 침대에 누워 있었다. 목에는 물빛 수건을 두르고, 수염에는 빵부스러기와 담뱃재가 묻어 있고, 손에는 너덜너덜해진 범죄소설책을 들고 있었다.

제목은 《파키르의 복수》. 책표지에는 더부룩한 머리를 바닥에 대고 물구나무서 있는 모습이 그려져 있었다. 나는 방 안을 둘러보았다. 탁자 위에는 뚜껑 없는 냄비가 놓여 있고, 냄비 안에는 사흘치 국수가 담겨 있고, 그 옆에는 부채와 팬티, 폐기된 옛 지폐, 먹다 남은 빵 조각, 호박씨, 하모니카, 문자반 없는 자명종이 놓여 있고, 의자에는 요강과 양초와 등잔이 놓여 있었다. 창틀에는 검은 레이스 브래지어가 걸려 있고, 방구석에는 줄이 없는 테니스 라켓 두 개가, 선반에는 석유난로와 점성술에 쓰이는 천궁도와 고무줄로 묶은 옛 복권과 치즈 덮개가 놓여 있고, 덮개 안에는 흰쥐 두 마리가 들어 있었다. 깨진 창문에는 삼베 커튼이 쳐져 있어서 방이 좀 어두웠다. 빗물로 얼룩지고 부풀어 오른 벽에는 핏자국이 있고, 아이의 침대 위에는 손톱 크기의 다갈색 얼룩이 보였다. 나는 아무 데도 앉을 마음이 나지 않았지만, 그래도 다리가 짝짝인 부엌용 의자에 잠시 앉았더니, 축축한 설탕가루가 바지에 달라붙었다. 방에는 악취가, 독하고 고약하고 참기 어려운 냄새가 가득했다.

"만나 뵙게 돼서 영광입니다, 동지." 반둘라가 팔꿈치로 턱을 괴면서 말하고는, 손에 들고 있던 소설책으로 내가 앉을 자리를 가리켰다. 그의 겁먹은 눈동자가 나를 재빨리 훑어보았다. 그는 수염을 잡아당기면서 경찰에서 오셨느냐고 물었다. 그러고는 수색영장을 가지고 오지 않았다면 돌아가달라고, 상황이 장밋빛이라고는 말할 수 없지만 그렇다고 해서 불법 행위를 참아야 할 의무는 없다고 말했다. 내가 대답도 하기 전에 그는 자신의 말에 스스로 놀라, 다리가 불편하다고 하소연하면서 바지 자락을 걷어 올려 장딴지를 탁탁 쳐 보이고는, 과장된 몸짓으로 정신병원 진단서를 꺼냈다. 그러고는 다시 하룻강아지처럼 건방진 태도로, 당국이 어떤 결정을 내렸는지 알려달라고, 감옥에 들어갈 바에는 차라리 창문으로 뛰어내리는 편이 낫기 때문이라고 말했다. 내가 경찰이 아니라는 것을 알자, 기분이 좋은 듯 팔다리를 쭉 펴고는 담배를 달라고 부탁하면서, 설사 로마법이라 하더라도 논할 준비가 되어 있다고 말했다.

그 후 한 시간 반 동안, 그는 놀라운 진실, 종잡을 수 없는 넋두리, 아무 의미도 없는 거짓말을 계속 지껄이고, 건방지게 구는가 하면 우는소리를 늘어놓고, 저주를 퍼붓다가 끝내는 훌쩍훌쩍 울기 시작했다. 그러면서도 중간 중간에 벌떡 일어나, 기름이 굳어서 번질번질한 국수를 한 숟갈 떠먹고, 아들에게 입을 맞추고, 먹다 남은 찌꺼기를 시트에서 털어내고, 다시 나에게 담배를 요구했다. 그러고는 "법학 박사 학위 소지자로서……" 단호하게 말했다. "당신이 나를 체포한다 해도 나는 아이의 인생을 책임지겠소." 나와 아내 말고는 페리케에게 밥을 먹이거나 몸을 씻어준 사람이 아무도 없었다. 아이는 우리와 함께 1300일을 살아왔다. 그 기간 동안 아이의 운명을 걱정하지 않은 날은 단 하루도 없었고, 다른 누군가가 그 걱정을 나누어 가진 날도 단 하루 없었다. 그러니 나를 그냥 내버려둬 달라. 이 세상에는 아직도 놀랍거나 슬퍼해야 할 일들이 많다. 그러니 나 같은 건 무시하고 잊어달라. 그게 마음에 안 들거든,

지옥이든 어디든 꺼져버려라. 아무도 나에게 피해를 줄 수 없다. 나에게는 더 이상 빼앗길 것도 없다. 그러니 이 아이만은 빼앗아가지 말아달라……. 그는 하소연하면서 주위를 가리켰다. "이 침대에 걸터앉아 내 아들 옆에서 느낄 수 있는 자유라면 감옥에서도 얼마든지 찾을 수 있소. 나는 정신병원에 갇힌 죄수들 틈에서 노래를 부르고 싶은 충동에 사로잡혀, 머리에 떠오르는 대로 소리 높여 노래를 부른 적이 있지요. 그랬더니 간수가 와서 내 손을 등 뒤로 비틀어 올리고는 난로에 꽁꽁 묶어놨어요. 왜 이런 짓을 하느냐고 물었더니, '푹 썩으라고' 그런다지 뭐요. 아팠느냐고요? 나는 말해줬지요. 나도 인간이다. 인간이 썩을 리가 없지 않느냐? 그랬더니 간수는 '네가 인간이라고?' 하면서 침을 뱉고는, 나를 묶어둔 채 그냥 가버렸지요. 그러다가 무슨 생각이 들었는지는 모르지만, 다시 돌아와서 이럽디다. '네가 인간이라고? 인간도 썩어서 나쁠 까닭은 없지. 이렇게 좁아터진 곳까지도 인간이 우글거리니까.' 그러면서도 밧줄을 풀어주고, 나와 카드를 했지요. 우리는 같은 로마법을 배운 동지가 아니오. 원칙, 법령, 형벌 등, 당신은 아직도 그런 것에 구애받고 있나보군요. 당신이 그런 것에 구애받지 않고 사물을 생각한다는 건 정말로 드문 일이겠지요. 예를 들면 이가 아플 때나 그렇게 할까? 하지만 나는 달라요. 애당초 나에게는 인간의 말 따위가 존재하지도 않습니다. 내 아들도 그렇지만, 나도 이제 더는 인간이 아니니까요. 잠깐, 담배나 한 대 피웁시다. 나라는 존재는 우연에 불과해요. 이렇게 말하면, 이 말도 분명 인간의 말이 되어버리겠지만……." 우리는 함께 웃음을 터뜨렸다. 그리고 그는 아들에게 당근 껍질을 벗겨주었다. 우리는 아이가 당근을 베어 먹는 모습을 지켜보았다. 잠시 후 나는 그의 집을 나왔다.

이리하여 우리의 교제가 시작되었다. 나는 그를 좋아했지만, 한편으로는 견딜 수 없을 만큼 싫기도 했다. 생물 특유의 노골적인 공허함이 나의 내부에 숨어 있던 가능성을 일깨웠다. 그는 내 꿈속에까지 밀고 들어왔다. 그 꿈속에서 나는 수갑이 채워진 채, 창살로 가로막힌 복도를 끝에서 끝까지 끌려 다녔다. 문은 회색 펠트천으로 덮여 있고, 그 앞에는 고무몽둥이를 든 장화 신은 간수가 서서 지키고 있었다. 다른 꿈에서는 반둘라가 등을 곧게 펴고 긴 손가락을 타자기에 올려놓은 채, 내 책상 맞은편에 앉아 있었다. 그는 진실을 말해야 한다고 충고하면서, 나에 대한 조서를 꾸미고 있다. 개인적인 자료를 다 기입한 뒤에 그는 나에게 자기를 좋아하느냐 아니면 존경하느냐고 물었다. 어느 쪽이라고도 말할 수 없다고 대답했더니, 그는 타자기를 걷어차면서 소리쳤다. "어서 인정해! 내 자리를 노리고 있지? 내 권한이 부럽지! 안 그래?" 그가 오른쪽 다리를 뻗은 순간, 그 위에 무거운 추가 소리를 내며 떨어졌다.

마침내 이웃 사람들이 반둘라 부부에게 소포를 보내오는 미국 친척에게 실정을 알렸고, 이 노력은 당장 효과를 거두었다. 그들은 아이가 짐승 같은 처지에 놓여 있으며, 보내오는 물건은 몽땅 술값으로 바뀌고, 원조는 오히려 게으름 피우는 구실이 되고 있을 뿐이라고 써 보냈던 것이다. "친척이 도와주지 않으면 어떻게 먹고살아갈지 막막해요" 하고 언젠가 반둘라 부인이 말한 적이 있다. 그녀는 직장에서 해고당하고, 심장병이 악화되었으며, 부종에 걸린 다리는 심한 육체노동을 견뎌내지 못했다. 좀 더 편한 일을 찾아 급료가 싼 직장을 두 달마다 한 번씩 옮겨 다녔지만, 결국에는 그것에도 진절머리가 나서 청소부가 되었다. 처음 얼마 동안은 날마다 일감이 있었지만, 마침내 청소를 부탁해오는 사람이 없어지고, 결국 침대에 드러눕게 되었다. 공짜로 점심을 먹을 수 있도록 편의를 봐주었으니까, 적어도 굶주리지는 않았을 것이다. 그 음식을 집에 가지고 가서 잘 배분하면, 저녁도 그럭저럭 때울 수 있을 정도였으니까. 하지만 그 공짜 음식마저 받으러 오지 않을 때가 많다고 식당 지배인은 불만스러운 듯이 말했다.

마지막 수단으로, 나는 반둘라를 취직시키기로 했다. 시체 운반에 관심이 있으니까 어느 병원에 알아봐주지 않겠느냐고, 그가 먼저 부탁해왔다. 그런 종류의 일에는 위엄과 신비롭고 엄격한 표정이 필요하다고 그는 설명했다. 그리고 그는 이런 조건에 알맞다고 자부하고 있었다. 그는 어느 병원에서 시체 처리원 노릇을 하다가 그만둔 건방진 젊은이의 후임으로 채용되었는데, 이 젊은이는 하얀 가운 주머니에 트랜지스터를 숨겨두고 댄스 음악을 요란하게 틀거나, 시트 밑에 반듯이 누워 있는 노인의 시체 위에다 노파의 시체를 엎어놓곤 했다.

반둘라는 시체에 경의를 표하며 일하겠다는 뜻을 밝혔다.

이리하여 그는 결국 원하던 일자리를 얻었다. 하얀 가운을 검게 물들이고, 등에 노란색으로 '죽음의 표징'이라는 글자를 꿰매 붙였지만, 이 복장에 대한 평판은 별로 좋지 않았다. 얼마 후 그는 어디선가 구식 전축과 베토벤의 장송행진곡 레코드를 구하여, 운구차 아래쪽에서 엄숙한 고별 멜로디가 울리도록 하는 장치를 고안해냈다. 게다가 시체를 들어 올릴 힘도 없어서, 걸어 다닐 수 있는 환자들에게 도움을 받는 형편이었다. 운구차도 난폭하게 운전하여, 어느 날 홀에 있던 임산부 앞에서 운구차를 뒤엎어버렸다. 그는 그곳에서 일주일도 채 근무하지 못했다. 나는 너무나 유감스러웠다. 일을 시작할 때 그렇게 큰 기대를 갖지 않았더라면, 그리고 그 일에 필요한 기술을 배웠더라면, 평범하지 않은 이 일을 평범하지 않은 반둘라도 잘 해나갈 수 있었을 텐데. 약간의 임금, 규칙적인 생활, 학자로서의 긍지—때로는 이런 것들도 삶을 자발적으로 지속하게 떠받쳐 주는 힘이 될 수 있다.

이들 부부에게는 울화통이 치밀 때가 많았다. 그러나 자살해버린 지금에 와서는 그런 평가도 달라졌다. 배내털로 뒤덮인 정신지체아의 등을 앞으로도 그들처럼 기분 좋게 어루만져줄 사람은 아무도 없을 것이다. 그 당시 나는 그들의 방문이 무거운 부담으로 느껴질 만큼 일에 쫓기고 있었다. 그러나 지금은 사무실 문이 열릴 때마다, 대기실에 그들의 모습이 보인다면 얼마나 좋을까 하고 생각한다. 설령 우리 집 벽의 갈리진 틈새만 한 공간일지라도, 그들이 살 곳쯤은 이 세상에 있었을 텐데.

4

　우리는 자살한 사람들에게 경의를 표해야 한다. 팔리지 않았던 배우들이 하느님과 이웃 사람들 앞에서 최고의 연기를 하고 있다. 그들은 희망을 잃은 우주선에서 우리 모두를 흔들어 떨어뜨렸다. 우리가 할 수 있는 일이라고는, 썩어가는 벽에 둘러싸인 채 허공의 황금 문을 빠져나가는 그들의 뒷모습을 지켜보는 것뿐이다.
　긴 행렬이 화장장을 향하여 구불구불 이어진다. 행렬에서 낙오된 자들은 짓밟혀 쓰러진다. 그들에게 어리석다고 말할 수 있을까? 겁쟁이라고 말할 수 있을까? 위선자라고 말할 수 있을까? 패배한 자들, 인간 세상 너머를 바라보는 자들, 우리의 고민을 풀어주는 자들, 공허함으로 어머니를, 타락으로 아버지를, 산사태로 형제자매를 잃은 자들, 이제는 더 이상 다음 순간의 황홀한 달콤함을 맛보지 못하는 자들, 떨리는 무릎과 딱딱거리는 이빨에 거역할 줄 아는 자들, 뱀이 허물을 벗는 것처럼 간단하게 육체에서 빠져나갈 수 있는 자들—이런 자들의 머리카락을 잡아당기며, 1분만 더 기다리라고, 하루만 더 기다리라고 강요해야만 할까? 오, 주여, 그건 제 힘에 벅찬 일입니다. 나는 행렬 속에 머물러, 필요하다면 행렬을 조정하고 갈라진 곳을 고친다. 노새가 재갈을 깨물듯, 나는 내일이라는 날을 깨물고 있다. 그나마 당신에게 말할 수 있는 것은 당신 나름대로 내 방문객을 이러쿵저러쿵 말하지 말아달라는 것이다. 내 주위에서 마음껏 괴로워해달라. 그들도 나도 이미 익숙해져, 남의 눈에는 아예 띄지도 않을 테니까.

지역학

1

나는 부다페스트 시내의, 극단적일 만큼 모양이 똑같고 우중충한 갈색 건물들이 들어서 있는 이 동네를 한 집씩 방문하며 돌아다닌다. 거미줄처럼 얽혀 있고, 더러운 과거를 질질 끌어가고 있는, 새롭지도 낡지도 않은 거리들—처음 생겼을 때에도 보기 싫었을 것이고, 세월이 흘러도 여전히 불편하고 침체된 광장의 모습. 나는 어설픈 기하학 지식으로 만들어진 직각 속을 어슬렁거리며, 균열이 생긴 하수도관, 곰팡이와 그을음, 붉은 녹, 기관총탄이 남긴 곰보 자국, 벗겨진 시멘트 파편, 무질서하고 더러운 벽을 수리한 흔적들을 노트에 적어 넣는다. 한때는 평평하고 빽빽했던 것이 이제는 울퉁불퉁하고 듬성듬성해졌고, 한때는 교묘하게 기능을 발휘했던 것이 이제는 노골적으로 창백하게 튀어나와 있다. 돌과 목재와 쇠붙이가 여기서는 마치 양철통 속에 아무렇게나 처넣어진 닭발들처럼, 아무런 맥락도 없이 뒤죽박죽 모여 있다. 빛바랜 문패, 벽에서 떨어져 대롱거리는 창문, 뿔뿔이 조각난 셔터, 없어진 사자 머리, 문 아래쪽에 달라붙어 있는 얼룩, 오줌 맞은 화분, 중간쯤에서 빠져버린 홈통, 축 늘어진 전선줄, 창자를 찢는 듯한 사이렌 소리, 금방이라도 쓰러질 듯한 울타리에 조용히 피어 있는 붓꽃과 백합, 공동묘지에 공짜로 묻힐 노인들이 사는 지하실, 거기에 걸려 있는 녹슨 열쇠, 내버려진 빗자루, 자전거 체인, 버섯을 기르기 위해 산더미처럼 쌓아둔 나무더미에 잘못 섞여든 종이 나팔, 방공호 입구에 불쑥 튀어나온 콘크리트, 총탄을 맞은 창문에 응급조치로 쌓아둔 벽돌, 아무 도움도 되지 않는 벽지, 플래카드에 적힌 청자색 글자, 커튼이 쳐진 쇼윈도—나는 이런 집들을 좋아한다. 그 안에는 서너 세대가 살고 있고, 거기에는 지나간 계절과 사건들이 스며들어 있다. 제1차 산업혁명의 공룡인 당시의 골목들은 출입문 손잡이에 묻은 부차적인 인간의 지문과 함께 역사 속에 파묻혀가고, 구두를 신은 시체의 발처럼 가족이 팽창해가도 한 사람 한 사람과는 아무런 관계도 없이, 그들에게 긁힌 상처조차 입히지 않고, 훈련된 죽음의 고통 속에서 오직 비바람을 상대로 마지막 대화를 나누고 있다.

 이 노후한 건물 발치에 있는 도랑을 따라 나는 천천히 걸음을 옮긴다. 나는 지도에 인위적으로 기입된 번지를 무시하고 계속 걷는다. 나의 피로는 포장도로의 균열에서 소용돌이를 이루고, 나는 그 소용돌이로 빨려 들어갈 것 같은 발을 질질 끌며 걷는다. 스모그에 덮인 오후의 거리가 되살아난다. 아무도 환영해주지 않는 집을 서너 곳 방문한 다음, 정신지체자의 머릿속에 "당신도 이제 슬슬 어디 살고 있는지 말해줘도 좋을 텐데요?" 하는 의문이 떠오를 때처럼, 무거운 걸음걸이로 길을 걷는다.

이 구역의 불균형 때문에, 뒤죽박죽 모여 사는 어중이떠중이들의 생활은 여기저기서 염증을 일으키고 있다. 내가 지금 들어서고 있는 거리는 한때 홍등가의 중심지였다. 살롱과 매춘굴, 수상쩍은 호텔들은 사라지고 하숙집들이 새로 들어섰다. 가까운 철도역은 시골에서 올라온 노숙자들, 일자리를 찾아온 농민들, 가출한 아버지를 찾아다니는 성난 가족들, 내 눈이 미처 따라가지 못할 만큼 잽싸게 움직이는 수많은 아이들을 이 하숙집으로 토해낸다. 무너져서 버팀목을 대놓은 나선형 계단에서 어쩔 줄 몰라 하는 노인들을 앞질러간다. 집 안은 습기로 눅눅하고, 구두에는 곰팡이가 피어 있고, 마룻바닥 틈새에서는 바퀴벌레가 여기저기 뛰어다닌다. 침대 시트가 있긴 하지만, 이에 물어뜯긴 핏자국이 아름다운 무늬를 이루고 있다. 여기서는 단 하루도 기지개를 켤 수 없고, 네 활개를 펴고 잠을 잘 수도 없으며, 아무에게도 방해받지 않고 남녀가 사랑을 나눌 수도 없다. 시멘트 파편이 부스러져 떨어지고, 구정물이 머리 위에 쏟아지고, 쥐가 아기의 발을 갉아먹고, 건강한 사람의 발밑에 병든 사람들이 오줌을 눈다. 규율을 잡으려는 온갖 시도, 정신병자인 아버지와 함께 갇혀 있는 아들, 직장암에 걸린 시어머니를 봉양하는 며느리, 베개 밑에 고기용 칼을 숨겨두는 남편과 그의 아내. 노파의 십자가에 전류가 흐르고, 상이군인이 창문에서 떨어지고, 순찰차의 사이렌 소리가 울리고, 그리고 다시 일상적인 나날. 하숙집의 숙박인들 가운데 한 사람은 임질 환자이고, 두 번째 사람은 트럼펫을 불고 있고, 세 번째 사람은 공동 화장실에 오랫동안 쭈그려 앉아 있고, 네 번째 사람은 고양이와 쓰레기, 마른 빵껍질, 깨진 유리나 타일, 아교용 뼈나 녹은 버터를 수집하고, 다섯 번째 사람은 엿보는 취미를 가졌고, 여섯 번째 사람은 경찰 끄나풀이고, 일곱 번째 사람은 복음주의 전도사이고, 여덟 번째 사람은 칼을 던지고 있고, 아홉 번째 사람은 부스럼을 자랑스럽게 내보이고, 열 번째 사람은 수프를 달라고 조르고, 열한 번째 사람은 반신불수 노파의 몸을 씻긴 다음 우유를 먹이고 있다. 열두 번째 사람은 입구에 앉아서 자식들과 함께 비눗방울을 날리고 있고, 열세 번째 사람은 인형에게 입힐 구리 단추 달린 소방관 옷을 꿰매고 있고, 열네 번째 사람은 누구에게나 복종하고, 열다섯 번째 사람은 다 죽어가는 병자에게 배 통조림을 보내어 기쁨을 주고, 열여섯 번째 사람은 석탄을 나르는 대신 발정난 젊은이를 침대에 맞아들이고, 열일곱 번째 사람은 사다리를 타고 올라가 지붕으로 달아난 구관조를 붙잡고 있고, 열여덟 번째 사람은 이웃집 아이에게 젖을 물리고 있고, 열아홉 번째 사람은 휠체어를 탄 소녀에게 자동차를 가진 약혼자가 나타날 거라고 예언하고, 스무 번째 사람은 바보한테도 자기가 먼저 인사를 한다.

맑은 날에는 일상생활이 문 앞에서 이루어진다. 사람들은 닭 모가지를 비틀고, 카드나 족구를 하고, 생선 내장을 다듬고, 기저귀를 꿰매고, 스파크 플러그는 태양열로 따뜻해지고, 등의자가 삐걱거리고, 타르 냄새가 나는 화장실 벽에서는 금빛 성상이 흔들리고 있다. 망령난 노파들이 진흙투성이가 된 추억의 조개껍데기 속에서 고개를 내밀고, 미지근한 창틀에 턱을 괸 채 바깥을 내다보고 있다. 바람은 마늘 양념을 한 고기 냄새를 창 너머로 날려 보낸다. 밤이 되면, 허리를 굽힌 소녀들이 가슴을 편 소년들을 벽으로 밀어붙인다. 그리고 하얀 코트를 입은 순찰경관이 자전거를 타고 플래시를 비춘다. 주현절*이 지나면, 석탄가게 앞에 양동이를 든 사람들이 오들오들 떨면서 줄을 서고, 수염을 기른 노인들이 관 속에 들어가고, 마루판자는 난로 속에서 불태워지고, 주정뱅이들은 눈길에서 지갑을 털리고, 콘트라베이스 악단은 콜록거리며 갈지자걸음으로 연회장을 찾아가고, 고양이는 닭뼈를 오독오독 씹어 먹고, 서커스처럼 울긋불긋한 천을 이어붙인 침대에서는 아이들이 엉덩이를 드러내놓고 있다. 꾀죄죄한 손님들의 행렬이 세탁부와 야경꾼으로 전업한 매춘부와 소매치기들의 노랫소리에 맞추어 천천히 지나간다. 이곳은 유난히 사람을 초조하게 만드는 동네다. 몇 년 전 내가 처음 발을 들여놓았을 때는 사람들이 모두 나에게 등을 돌리고 입을 다물었다. 여자들은 이틀 전에 죽은 18명

---

*가톨릭과 감독교회에서 행하는 1월 6일의 축일. 예수가 30회 생일에 세례 요한에게 세례를 받고 하느님의 아들로 공증받았음을 기념하는 날이다.

의 소년과 한 소녀가 묻혀 있는, 표지도 없는 무덤으로 꽃을 바치러 가는 길이었다.

2

고작 이층밖에 안 되는 집인데도, 짐작이 빗나가는 바람에 여기저기 헤매 다닌다. 목뼈가 부러질 것만 같은 가파른 계단을 조심조심 올라가, 먼지가 잔뜩 앉아 푹신한 복도를 더듬거리며 나아간다. 누군가와 부딪치고, 그는 지금 몇 시냐고 묻는다. 여닫이문을 열고, 널빤지 마루를 지나서 철제 계단을 내려가면, 포장되지 않은 안마당이 나온다. 한가운데에는 수도꼭지가 있고, 한쪽 구석에는 화장실이 있는데, 화장실 문짝은 허리 높이까지만 달려 있다. 눈이 없는 소녀의 얼굴이 보인다. 이마와 코 사이에 일직선의 깊은 골짜기가 달리고 있다. "사탕 가져왔나요?" 소녀가 간신히 묻는다. 나는 가지고 온 사탕을 준다. "얼굴을 만져도 좋아요." 소녀가 말한다. "엄마는 아기를 낳았니?" "벌써 죽어버렸어요." 깃털이불 밑에서 숨이 막혀 죽은 것이다. 소녀네 방은 크기가 한 평 남짓한데, 세 사람이 한 침대에서 잠을 잔다. 내가 너무 늦게 왔다. 입구에서 돌아보니, 눈이 없는 소녀는 깡통 두 개를 귓가에 대고 울리고 있었다.

도로를 따라 회색으로 칠해진 네 쪽짜리 철문, 기름으로 윤을 낸 옹이투성이의 나무계단, 안쪽 문에 유리 대신 발라진 형겊과 신문지. 등 뒤의 어둠 속에 보이는 외다리 노인의 모습. 내가 손자를 데려가려 하기 때문에 눈물을 흘리고 있다.

가게의 파란색 셔터. 가게 안은 조용하다. 셔터를 끌어올린다. 그 맞은편에는 가장자리에 쇠테를 두른 나무문이 있다. 감시창 너머에서 움직이지 않는 눈. 속눈썹이 없는 눈꺼풀이 움직인다. 황산으로 짓무른 얼굴. "오신 이유는 알고 있습니다. 기다리고 있었어요."

타르지가 문을 덮고 있다. 그것을 쳐들고 안으로 들어간다. 목덜미를 부딪칠 것 같다. 삼베로 만들어진 커튼. 계단은 없다. 펄쩍 뛰어오르지 않으면 안 된다. 가죽점퍼를 입은 두 사내가 나를 힐끗 보고는 다시 체스를 계속한다. 침대에는 발가벗은 소녀가 자고 있다. 나는 소녀를 깨운다. "일어나." 아까 본 두 사내가 내 뒤로 다가온다. "집에 데려다주마." 나는 소녀에게 조용히 말한다. 뒤를 돌아보면 안 된다.

나선형 계단이 세탁실로 통하고 있다. 나는 수증기와 젖은 시트 사이를 지나간다. 구석에서는 노파가 변기에 걸터앉아 있다. 얼굴을 찡그리고 끙끙대며 고약한 냄새를 풍기고 있다. 언제나 그러고 있는 노파를 만난다. 차가운 난로 위에서 말똥구리가 날개를 퍼덕이고 있다. 소년이 닭모이를 주고 있다. 내가 탁자 위에 돈을 놓자 노파가 황급히 움켜쥔다. 아이는 노파에게 스푼을 던지고 성적표를 꺼낸다. 모두 'A'다. "할머니랑 함께 있어도 돼요?" "물론이지."

현관 옆은 화장실. 들창이 안마당으로 통해 있다. 머리 높이에 펼쳐져 있는 비닐지붕 위가 안마당이다. 휴대용 램프가 상자 두 개를 비추고 있다. 하나에는 이부자리가 들어 있고, 베개 위에는 십자가가 놓여 있다. 또 하나에는 소녀가 들어앉아 손톱을 다듬고 있다. "어떻게 된 건지 말해주겠니?" "말하면 라디시가 제 눈을 후벼버릴 거예요." 나는 휴대용 램프를 켠다. "잘 말해줄게." 소녀는 매니큐어를 꺼낸다. "라디시는 일단 약속하면 반드시 지켜요."

첫 번째 안마당에는 전당포와 미용실과 점집이 있다. 두 번째 안마당에는 장님의 바구니 가게, 옷 대여점, 와플 가게가 자리잡고 있다. 제일 안쪽 안마당에는 유일한 쇼윈도가 있고, 조각을 새긴 금빛 테두리 속에 거울과 신부 사진, 영웅 메달, 그리고 자전거 안장이 장식되어 있다. 문을 열면, 앵무새 인형이 기계적인 목소리로 말을 건다. "용건만 간단히 말씀해주세요. 시간은 돈입니다." 혈전증에 걸린 액자 기술자가 반듯이 누워 있고, 자동장치가 된 철제 의수(義手)가 담배를 입으로 나른다. 아기침대가 천장에 매달려 있고, 통통한 쌍둥이가 그 침대 안에서 즐겁게 떠들고 있다. 공중그네가 낮게 내려와 있고, 그네에는 액자 기술자의 동생인 가게 주인이 앉아 있다. 무릎에 밧줄과 철사가 놓여 있다. 수프 냄비를 든 여자가 부엌에서 나온다. "아이를 하나 더 입양하고 싶으시다고요?" 내가 묻는다. 가게 주인은 성난 듯이, "왜요? 마음에 안 드세요? 집이 좀 좁긴 하지만, 문제없어요. 활차며 윈치, 밧줄 모두 내가 만든 겁니다" 하고 말한다. 내가 공중그네에 앉아서 장치를 움직이자 쌍둥이가 위로 올라간다. 나는 가게 주인의 신청을 거절한다. 여자는 부엌으로 돌아가고, 담배를 든 철제 손이 움직임을 멈춘다.

지하의 긴 복도를 더듬거리며 나아간다. 부드러운 것이 밟힌다. 고양이일까? 쥐다. 쥐가 아이처럼 비명을 지른다. 복도 끝에서 신음 소리가 새어나온다. 나는 문을 쾅쾅 두드리며 내 이름을 말한다. "문을 부수고 들어오세요. 난 갇혀 있어요. 지금 아이를 낳고 있는 중이에요." 손잡이를 잡아당겼더니 부러져버렸다. 어깨로 부딪치지만 꿈쩍도 않는다. 구두 뒤축으로 문에 구멍을 내고 안으로 기어 들어간다. 탁자 위에는 두 개의 누런 발이 얹혀 있고, 그 뒤쪽 침대에는 다리(橋)처럼 부풀어 오른 커다란 배가 보인다. 아이의 뾰족한 머리가 나오도록, 나는 보라색 혈관이 굵게 떠오른 여자의 배를 힘껏 누른다. 그러자 어느새 양막으로 둘러싸인 작고 하얀 몸뚱이가 내 손바닥에 놓여 있다. 나는 젖어 있는 신생아를 왼손으로 끌어안는다. 건강한 남자아이다. 집오리 같은 목소리로 울어댄다. 산모는 정신을 잃고 있다. 춥다. 담요를 덮어주고, 아기를 윗도리로 감싸고, 머리에 헝겊조각을 두르고서 위로 뛰어 올라간다. 맞은편에 미용실이 있다. 여자들은 세면대에서 아이를 목욕시키고, 드라이어로 물기를 말리고, 목도리로 둘둘 말아준다. 여자들은 비명을 지르며 산모에게 달려 내려간다. 구급차가 사이렌을 울리고, 내 옷에 묻은 얼룩은 어느새 떨어져 나갔다. 나는 당황하여 도망친다.

3

　시장에 도착한다. 그 중앙에는 요새 같은 붉은 벽돌 건물이 서 있고, 왕들의 석상이 목덜미에 먼지투성이의 작은 요새를 짊어지고 있다. 튼튼한 다리를 가진 왕들의 생식기는 새파란 석고 팬티로 덮여 있다. 그 무거운 짐은 절도를 알고 있다. 벽돌 요새의 움푹 파인 곳에서 통통한 비둘기들이 부리로 깃털을 다듬고 있다. 그 발밑에 있는 상점가에서는 퉁방울눈의 점원들이 손짓 발짓을 해가며 손님들을 불러들이고 있다. 내가 가는 길에서는 소시지가 프라이팬에서 바직바직 소리를 내고 있고, 치즈가 산더미처럼 쌓여 있고, 토끼들이 천장에 매달려 흔들거리고 있고, 유리 수족관에서는 메기들이 입을 뻐끔거리고 있다. 알루미늄 저장고에는 대리석 같은 돼지 콩팥과 잘게 토막 낸 창자와 하얗게 될 때까지 볶은 족발이 차가운 생명의 종말을 말해주고 있다. 사과 상자와 양배추 바구니, 양파 자루들이 좁은 상가를 가득 메우고 있다. 그리고 시편(詩篇)을 수놓은 벽걸이, 유리구슬을 박은 구리반지, 감자에 구멍을 뚫는 기구, 마법의 딱풀, 싸구려 넥타이, 도자기로 만든 사슴, 꿀이 든 하트 모양의 팬케이크, 가짜 담배, 외설스러운 나무 인형, 자석으로 만든 장난감 쥐덫—이것들의 매력에서 벗어나려면 15분은 족히 걸린다. 시장은 아직도 열려 있다. 그러나 왕들의 어두운 이마에 황혼이 더욱 어두운 그림자를 던진다.
　시장은 이제 곧 문을 닫을 것이다. 히아신스에 물을 주고,

물고기에게는 말린 물벼룩을 주고, 거위고기는 아이스박스에 넣는다. 소시지가 프라이팬에서 마지막으로 튀어 오르고, 장식용 멜론이 다시 자루 속으로 돌아간다. 고무호스가 가죽코트와 흰 타일에 묻은 핏자국을 씻어낸다. 헬멧, 티눈약, 호두 껍데기로 만든 장난감 배는 다 팔리지 않았다. 먼지의 소용돌이가 싸리비 밑에서 피어오르고, 철문이 덜컹덜컹 소리를 낸다. 진열대는 접혀지고, 전류가 약해지고, 전기가 꺼진다. 싸리비 장수가 큰 소리를 지른다. 도로 청소차가 그의 가게로 돌진한 것이다. 주황색 불빛 속에서 청소차의 엔진은 그대로 계속 움직여, 가게 상황을 살피고 있는 싸리비 장수의 주위에 천천히 사각형을 그리고 있다. 벽돌 같은 얼굴의 기마경찰 두 명이 광장에 나타난다. 그들 앞에 재빨리 시선의 행렬이 늘어서서, 그들을 가만히 지켜본다. 시장 앞쪽에서는 무법자인 청소차가 광대처럼 비뚤비뚤한 마름모꼴을 그리고, 뒤쪽에서는 경찰관의 권총집 높이까지 꼬리를 힘차게 치켜든 거세된 종마 두 마리가 납덩어리 같은 똥을 당당하게 떨어뜨리며 앞을 가로막고 있다. 그리고 광장의 구석마다 네온사인이 켜져, 영화관과 백화점, 레스토랑, 술집에 위안의 불빛을 비춘다.

장바구니, 찌그러든 도시락 상자, 상처 난 합성가죽 가방이 가로등 우산 밑을 지나간다. 집으로 돌아가는 사람들이 이마를 앞으로 내밀고 문으로 빨려 들어간다. 모래밭을 걷고 있는 것처럼 먼지투성이의 윗도리를 맞비비며, 남편과 아내가 나란히 집 안으로 들어간다. 기우는 석양이 광장을 오가는 사람들의 앞길을 혼란시켜, 그물코처럼 얽힌 도로망에 무의식적인 잔물결을 일으킨다. 광장의 사용 체계는 이 나선형을 품위 있게 규정하고 있어서, 거기서 벗어나기는 어렵다. 나는 길을 걸으면서 이따금, 가고 싶은 곳에 마음대로 갈 수 있고 여기서 횡단할 수 있고 저기서 구부러질 수 있고 집들을 지그재그로 지나갈 수 있다고 생각하는 버릇이 있다. 그러나 나는 자유에 구애받는 편집광적 상상을 떨쳐버리려고 애쓴다. 그리고 나에게는 명령하고 있지만 다른 사람들에게는 철저히 동조하고 있는 도로 규정에 나 자신을 맡긴다. 길은 걷는 자에게, 문은 들어오는 자에게, 계단은 올라가는 자에게, 테이블과 침대와 컵과 나이프는 귀가한 자에게 명령을 내린다. 그리고 만약 복종이라는 이 컨베이어 벨트의 일부가 고장나 인간이 정해진 규정에서 벗어나게 되면, 길모퉁이의 경찰관과 나는 재빨리 적절한 방법으로 궤도를 수정하는 역할을 떠맡을 것이다.

4

태어날 때가 있고, 죽을 때가 있다. 내 손에는 핏자국이 묻어 있고, 손바닥에는 태어날 때 주먹을 쥐었던 기억이 남아 있다. 이 부드러운 주먹은 정해진 시간 안에 필요한 일을 모두 해치운다. 찢어발기고 벌리고 낚아채고 때린다. 언젠가는 아마 자신의 시간에만 따르지 않고, 사물의 시간도 배우게 될 것이다. 움켜쥐고 쓰다듬고 내던지는 것은 모두 경직된 시간으로 변한다. 아이는 하루하루를 살아가면서, 남의 생명과 맞바꾸어 영양분을 섭취하고, 몸을 깨끗이 하고, 따뜻한 이불에 감싸인다. 인간은 많은 것을 시간으로 지불한다. 침대를 사기 위해 2주 동안 일하고, 고기 한 조각을 사려고 한 시간을 일한다. 이런 식으로 세월을 쌓아 올린다.

마루와 의자와 액자가 살았다는 것을 증명한다. 인간은 마루를 짓밟고, 의자에 걸터앉고, 액자의 먼지를 턴다. 한 번 쓰고 버리는 사람도 있지만, 닳아 없어질 때까지 쓰는 사람들도 있다. 그리고 설사 잠깐 동안 살아남았다 해도, 곧 힘을 완전히 소모해버린다. 아마 부모보다 더 구불구불한 길을 따라 잡동사니의 나락에 다다를 것이다. 그러나 확실히 속도는 빨라졌다.

나를 찾아온 방문객들 중에는 술에 취해 살림을 때려 부순 사람도 적지 않다. 깨지기 쉬운 물건을 벽에 내던지고, 깨진 조각을 칼로 찢고, 발로 차고, 침을 뱉고, 흙투성이로 만든 사람도 있다. 그저 담배에 불을 붙여 물고, 곤히 잠든 어린애처럼 무력하게 그 난장판을 바라보고만 있는 사람도 있다. 그들에게는 나름대로 긍지가 있어서, 자신을 불쌍히 여긴다. 그들의 내면에서 생겨난 이 무의미한 것들이 그들의 행동을 속박한다. 지나간 세월에서 남은 것이 고작 이 정도라면, 그것마저도 남지 않은 편이 차라리 낫다. 그러나 이튿날이 되면, 고칠 수 있는 물건은 다시 고친다. 그리고 완전히 못 쓰게 된 물건은 5년 내지 10년씩 걸려 새로운 물건, 좀 더 좋은 물건으로 보충한다.

살림을 때려 부수는 소동을 나는 진지하게 받아들이지 않는다. 그들의 일상은 아무런 손상도 입지 않았다. 옷장에 달린 거울을 걷어차 부수는 것은 간단하다. 하지만 하루 종일 아무 일도 없이 날이 저물었다 해도, 나를 찾아오는 방문객은 저녁에 무엇을 할 수 있을까? 생일이나 결혼기념일에도 분노를 폭발시킬 수 있었는데, 그들은 그저 옷장에 달린 거울에 화풀이를 한 것에 불과하다. 가구와 주택과 동네가 그들의 걸음걸이를 결정하고, 그들의 습관을 헤아리고, 관계도를 그려내고, 받아들일 수 없는 굴욕을 주고, 더러운 욕설로 상처를 입히고, 사랑하는 가족에게 화를 내게 만든다. 그러나 자기만의 공간이 있기 때문에 가까운 사람이 죽어도 훨씬 많은 위로를 받는다. 주어진 그 공간이 익숙하거나 또는 도저히 익숙해질 수 없는 비좁은 공간이어서, 서서히 신경을 갉아먹는다 해도, 시간은 아직도 그들을 속박하지는 않는다. 눈에 보이지 않는, 우주와 역사의 초인적인 시간이 아니라, 솟아오르거나 꺼져드는 의식이 고동치는 시간이 아니라, 잠에서 깼을 때부터 잠자리에 들 때까지 계속되는 시간, 헐레벌떡 일하러 뛰어다니는 사람의 시간, 긁어모으면서도 잃기 쉽고, 낭비하면서도 소중히 할 수 있는 시간, 밝게 할 수도 어둡게 할 수도 있고, 숭배할 수도 있지만 동시에 더러움과 뒤섞일 수도 있는 시간, 숨을 헐떡이며 계단을 올라가고, 전차에 올라타고, 출퇴근 카드에 찍히고, 기계 속에서 덜컹덜컹 소리를 내고, 동작을 단축시키고, 단조로운 작업의 굴뚝에서 끌려나오고, 동료의 옆을 그냥 지나치고, 뒤틀린

궤도를 수정하고, 접촉과 갈등과 만남과 헤어짐의 교차를 규정하는 일상적인 시간. 이 부드럽고, 영원하고, 때로는 서로 호의를 가지고 사랑할 만한 권위. 그것은 참고 가까이할 수도 있으며, 얼마 안 되는 덤 대신 얻을 수도 있고, 모든 사람의 어깨 위에 똑같이 얹혀 있으므로 잠시 동안은 무시할 수도 있으며, 두려운 나머지 날마다 죽을 수도 있다.

점령

1

반둘라는 이 광장에 살고 있었다.

나는 문을 지나, 시선들이 발[簾]처럼 드리워진 곳을 빠져나 간다. 안마당 창문에서, 복도의 난간 너머로, 닫혀 있는 문틈으로, 끈질기게 나를 겨누고 있는 시선들. 나는 그들의 조준에서 벗어나 어느 층계참으로 빠져나온다. 다음 층계참에서는 다시 사정권에 들어선다. 이번에는 물속에 잠긴 듯한 노파의 얼굴이 나를 겨냥한다. 이윽고 나는 달콤한 얼음물 같은 미소와 부닥친다. 나는 수많은 동상들이 늘어서 있는 광장을 무거운 발걸음으로, 그러나 침착하게 걸어간다. 계단 난간을 따라 위쪽으로 시선을 들어 벽의 석회와 황산칼륨의 왕국을 조사하고, 나를 쳐다보는 사람에게 힐끗 눈길을 주고, 다시 시선을 떨어뜨린다. 누군가 고개를 끄덕여 인사하고, 나도 답례로 고개를 끄덕인다. 누구네 집을 찾는지, 무엇하러 가는지 묻지도 않는다.

이미 알고 있기 때문이다. 나는 시골에서 올라온 친척도 아니고, 빚쟁이도, 행상인도, 외간남자도 아니다. 내가 반둘라의 집으로 통하는 복도에 발을 들여놓으면, 이 원형극장에서는 여기저기서 신호등이 켜진다. 나는 이제 무장한 점령군처럼 하고 싶은 일은 뭐든지 할 수 있다. 나는 생각에 잠긴 채, 주위에 신경 쓰지 않고 걸어간다. 그들은 반둘라의 집에 들어가 문을 닫는 사람이 당국의 대리인이라는 사실을 이해하고 있거나, 적어도 필요하다면 증언해줄 것이다.

  문은 예상했던 대로 열려 있다. 길고 어두운 현관과 거기서 직각으로 뻗은 복도는 세 집이 공동으로 사용하고 있다. 낡은 집에서 풍기는 냄새가 내 주위를 둘러싸고, 나프탈렌과 석유, 식초에 절인 양파, 썩은 비곗덩어리, 막힌 하수도와 곰팡이 핀 헝겊, 쥐의 시체들에서 풍기는 냄새는 완전히 뒤섞여 있지도 않지만 뚜렷이 구별할 수도 없다. 마치 저 세상에서 지상의 계약을 면제받은 생명처럼, 두세 가지 냄새가 비좁은 공간에 떠돌고 있다. 오른쪽 벽에는 액자를 빼앗긴 프란츠 요제프*가 반지 낀 손으로 지구의를 만지작거리며 생각에 잠겨 있다. 아마 반둘라의 조상이리라. 양쪽으로 갈래진 콧수염과 코안경 렌즈에는 우울한 체념이 나타나 있다. 이 지구는 원래 그런 것, 구제하기 어려운 것이다. 이 성실한 신사는 늦든 빠르든 언젠가는 이 지구에서 반지 낀 손을 뗄 것이다. 그가 시선을 떨어뜨

---

*오스트리아-헝가리 제국의 황제. 1848~1916년 재위.

릴 수 있다면, 뚜껑 없는 상자 속에서 자신의 불쾌한 예언을 입증해줄 증거를 발견할 뿐이리라. 그 상자 속에는, 수레에 실린 광석이나 적의 발밑에 내던져진 무기처럼, 망가진 틀니가 산더미처럼 쌓여 있다. 먼지와 뒤섞인 보랏빛 틀니는 아무리 왕성한 상상력을 동원해보아도 씹는다는 유쾌한 동작과는 결부되지 않고, 오히려 갈라진 틈에서 솟아나오는 지하수와 진흙탕, 땅속의 통통한 벌레와 함께 무시당한 해골의 턱뼈를 연상시킨다. 반둘라를 최초로 고발한 늙은 치과기공사는, 사람들이 소인 찍힌 편지, 고무 스탬프, 공사허가서, 작업장 사진, 세금신고서 사본 따위를 장롱 서랍에 넣고 열쇠를 채워 보존해두듯, 수십 년에 걸친 직업의 기념품을 소중히 여기고 있다. 손님이 찾아오면 그는 증거를, 일에만 전념해온 인생의 증명서를 보여줄 것이다. 할퀴는 듯한 소리가 들려오고, 마룻바닥에 그림자가 움직인다. 현관 마루에서 거북이 내게로 다가온다. 프란츠 요제프와 동시대인이라고 말할 수도 있을 것 같다. 연약한 팔다리를 쑥 내밀고 넓적한 대가리를 흔들며 침착하게 다가온다. 헛된 시간을 대변하는 한가로운 대사(大使), 이 어두운 공간을 지키는 벙어리 수위와 임금님, 차가운 발이 남기는 흔적, 그물코 같은 평행선이 부드러운 먼지 속에 구불구불 이어진다. 그 위엄에 어울리지 않는 흠집이 하나 있다. 누군가가 장난삼아 등에다 입술연지로 화살이 꽂힌 하트를 그려놓은 것이다. 아마 이 집에 사는 웨이트리스 안나를 찾아온 손님이 그녀의 배를 어루만지다가 그런 장난을 생각해냈으리라. 통로 반대쪽 벽에는 문 세 개가 달려 있다. 두 개는 페인트가 칠해져 있지만, 세 번째 문은 페인트가 벗겨져 있다. 나는 문을 열고, 고인이 된 반둘라 부부네 방으로 들어간다.

2

방에는 아이밖에 없다. 난간이 달린 아기침대 안에 앉아서 제 발가락을 핥으며, 마룻바닥에 떨어져 있는 빵 조각을 바라보고 있다. 아이가 몸을 앞으로 굽히면 길고 하얀 솜털이 어깨까지 덮여 있는 게 보인다. 내가 방에 들어서자 아이는 깜짝 놀라 발가락을 입에서 떼고 부들부들 떨기 시작하더니, 벌떡 일어나 침대 난간에 몸을 기대고, 굼뜬 동작으로 몸을 좌우로 흔들고, 가슴을 난간에 비벼대고, 팔을 축 늘어뜨려 덜렁거리고, 안쪽으로 굽은 발가락을 발바닥 쪽으로 구부리고 있다. 그리고 짧은 목에서 쥐어짜는 듯한 소리를 내다가, 이윽고 울음을 터뜨린다. 처음에는 심하게 울어댔지만, 점점 가늘어져 마지막에는 흐느낌으로 변하고, 뼈만 남은 턱 밑의 가느다란 목에서 파란 정맥이 바르르 떨린다. 눈꺼풀은 움직이지 않는다. 애타게 무언가를 구걸하는 시선에서 힘이 사라진다. 내가 귓불을 간질이고 등을 쓰다듬어주자, 행복감이 서서히 솟구쳐 눈까지 이르고, 목구멍에서 터져 나온다. 아이는 펄쩍 뛰어오르고, 목을 울리고, 소리를 지르고, 내 손에 기대고, 몸을 비벼대고, 되도록 몸을 많이 접촉시키려고 애쓴다. 내 손목을 움켜잡고 소매를 잡아당긴다. 나는 윤기 나는 솜털을 위아래로 쓸어주고, 아이가 기쁨에 넘쳐 외치는 소리에 당황한다. 아이는 머리를 내 손바닥 안으로 밀어 넣고, 내 손바닥을 제 얼굴 쪽으로 잡아당겨, 기쁜 나머지 꽉 깨물어버린다. 아프다. 화가 난다. 손가락을 아이의 송곳니에서 빼내기 위해 아이의 이마를 뒤로 밀어내지 않으면 안 된다. 팔다리를 쭉 뻗고 드러누운 노란 몸뚱이, 그 예민한 용수철 장치를 나는 뒷걸음치면서 바라본다. 아이는 누군가가 만져주어야만 살아난다. 침대의 나무 난간 안에서 떨고 있는 녀석의 몸뚱이는 낯선 사람의 따뜻한 손길을 받아본 적이 거의 없다.

가져온 소시지를 하나 주었더니, 얼굴에 함박웃음이 피어난다. 낮은 지능에 비해, 야무지게 먹는 모습은 보기에 좋다. 입에 넣은 음식의 마지막 부스러기까지 혀로 깨끗이 핥아먹고 난 뒤에야 비로소 다음 한 조각을 입에 넣는다. 고기를 주면 씹지도 않고 그냥 삼킬 거라고 생각했는데, 이 경제적인 식사 방법도 녀석에게 어느 정도의 자제력이 있다는 것을 증명해준다. 반둘라의 이론은 너무 성급했다는 생각이 든다. 아이에게 훈련을 시켰어야 했다. 아버지가 무관심에 빠지지 않았다면, 아들은 지금쯤 옷을 입고 변기에 걸터앉아 숟가락으로 식사를 하고 있을 것이다. 여러 가지 한계는 있었을지 모르지만, 그런 습관을 익혔다면 인간 사회의 일원이 될 수도 있었을 텐데. 그것이 과연 아이에게 유익한지, 지금은 깊이 생각하고 싶지 않다. 다만, 순진무구하지는 않지만 배설은 제대로 할 수 있는 나의 동시대인들을 본받으려고 열심히 노력하고 있었으리라는 것만은 틀림없다. 아이의 아버지는 아마 이 불가사의한 생물에 대해 흥미를 가졌을 것이다. 내 아들은 인간일까 아닐까. 그는 이 양의성(兩義性)을 유지하려고, 아들이 인간의 모습을 하고 있다는 표면적이고 불확실한 증거에 만족하여, 그 이상의 흥미를 보이지 않았을 것이다.

반둘라는 자신에게 닥쳐온 여러 가지 일에 대해 너무나 상처받기 쉬운 인간이었다. 희생자 중에서는 신참이었다. 커다란 곡선을 그리며 벌렁 쓰러졌고, 그 쓰러진 힘에 어울리지 않을 만큼 오랫동안 누워버렸던 것이다. 희생자들은 이따금 기묘한 방식으로 행동할 때가 있다. 완강하게 버티다가 갑자기 고분고분해지고, 괴롭히는 자의 기분을 혼란시키기 위해 울기 시작한다. 그들은 백발임에도 스무 번이나 책상 위에 오르고, 퉁퉁 부어오른 발이 몸무게를 지탱할 수 없기 때문에 머리를 바닥에 처박는다. 대세에 따르기라도 하듯 자신들을 위한 교수대를 만들고, 그 옆에 네모난 구덩이를 파고, 아무런 저항도 없이 옷을 벗고, 손으로 성기를 가린 채 마지막 명령을 기다린다. 죽기 5분 전에 호루라기 신호에 따라 얼어붙은 안마당을 죽어라 달린다. 육체가 죽기 전에 무엇이든 새로운 학대를 당하면, 그것은 부드러워진 몸에서 갑자기 뛰쳐나와, 그저 끝없이 펼쳐진 무상(無償)의 자유, 눈부시게 빛나면서도 왠지 두려운 그 자유 속으로 옮아가버린다. 반둘라도 이 자유에 눈이 어두워진 것일까?

아들을 짐승 같은 처지에 그대로 내버려둔 채 떠나가버린 행위는, 움직이기 어려운 여러 가지 불가피한 상황이 아들의 운명을 결정지어버렸다는 사실을 스스로 고백하고 있다. 적어도 나에게는 그렇게 보인다.

아이는 소시지를 다 먹고, 이제는 지친 듯 웅크리고 앉아서 혀를 내밀고 헐떡거린다. 물을 주자, 반쯤 마신 다음 나머지를 가슴에 끼얹고, 배를 두드리고, 불알을 문지르고, 혀를 차더니, 이윽고 이마를 먼지투성이 비닐 시트에 대고, 똥오줌으로 끈적끈적해진 엉덩이를 위로 치켜들고는 잠잘 준비를 한다. 눈은 벌써 감겨 있지만, 침대 구석으로 더듬더듬 손을 뻗어 누더기가 된 검은 레이스를 끌어당긴다. 엄마의 브래지어인 듯, 레이스 속에 박힌 딱딱한 심줄을 씹기 시작한다. 그러고는 오른쪽 발목에 묶인 끈을 잡아당겨, 매트리스 위에서 다리를 버둥거린다. 애무도 받았고 먹을 것도 받았으니, 이제는 모든 게 흡족하고 기분 좋은 모양이다.

죽은 부모가 심심풀이로 진열해둔 물건들이 내 주위에 어지럽게 흩어져 있다. 부채, 카드, 줄이 끊어진 테니스 라켓, 천궁도, 신비주의적인 범죄소설, 기타 등등. 탁자 위에 자루가 놓여 있다. 안을 들여다보니 달걀껍질이 짓눌려 가루가 되어 있다. 이것만이 새로운 물건이고, 나머지는 낯익은 것들이다. 환기구에는 흰쥐가 벌렁 누운 채 이따금 다리를 앙버티고 있다. 배는 약하나마 아직도 맥이 뛰고 있다. 구멍 속으로 빵 부스러기를 밀어 넣었더니, 이제는 빵 같은 걸 먹을 계제가 아니라는 듯 무관심하게 꼬리로 털어버린다.

　나는 되도록이면 침대 쪽을 보지 않으려고 애쓴다. 벽돌을 쌓고 그 위에 얹어놓은 침대에는 밀짚 요가 깔려 있고, 거기에는 두 개의 몸뚱이에 짓눌려 움푹 파인 흔적이 아직도 남아 있다. 커버도 없는 낡은 누비이불이 반으로 접혀 있고, 억센 시체 처리원이 부부의 시체만 살짝 들어냈는지, 손을 뻗으면 따뜻한 체온이 느껴질 것만 같다. 지금 아이가 자면서 입에 물고 있는 브래지어, 심줄이 박힌 검은 레이스 브래지어만이 엄마의 유일한 유품이라니, 어처구니없는 일이다. 나는 가까이 있는 물건을 벽에 걸어두고, 창문을 열고, 침대 머리맡에 놓인 낡은 흔들의자에 앉는다.

3

　저물어가는 오후의 단조로운 소리가 창문 너머에서 밀려든다. 트럭 짐칸이 덜컹덜컹 울리고, 어디선가 셔터 내리는 소리가 들리고, 나무상자를 쌓고 내리는 소리가 들리고, 호스가 물 뿌리는 소리를 내고, 손수레가 삐걱거리고, 멀리서는 길에서 지하실 창으로 석탄을 쏟아붓고 있는지, 석탄을 사러 온 사람들에게 조심하라고 외치는 마이크 소리가 들린다. 양동이 바닥이 포장도로에서 날카로운 소리를 낸다. 분명히 꽃집이다. 딸랑이가 울리고, 모터가 엔진을 고속으로 회전시키면서 겨우 시동이 걸린다. 청소차가 소리를 내며 갓길을 달리고, 장님의 지팡이가 벽을 두드리고, 가까운 역에서는 기관차가 기적을 울리며 다른 레일로 옮아가고, 멀리서 구급차가 사이렌을 울리고 있다. 영화관 문이 차례로 열리고, 옆집 지붕에서 기와가 미끄러져 홈통을 틀어막고, 길모퉁이 술집에서 누군가가 쫓겨나고, 술잔이 길바닥에 소리를 내며 떨어지고, 아직도 가게를 벌이고 있는 트럼펫 장수가 트럼펫을 요란하게 불어댄다. 모든 게 평화롭다.

　내 시선은 페인트가 벗겨진 천장에서 갈라진 틈을 쫓는다. 철제 발코니 밑의 회벽은 그을려 있고, 앞 벽으로 이어지는 경사면도 거의 새까맣다. 그곳은 그물눈처럼 갈라진 틈새와 레이스 같은 무늬로 뒤덮여 있다. 그 무늬는 심전도의 끊어진 선, 죽음의 자리에서 편지를 쓰는 노인의 필적, 아직 완전히 닫히지 않은 어린애 두개골의 봉합선을 연상시킨다. 천장이 어두워지고, 아치형 돌다리를 말이 지나간다. 두건을 뒤집어쓰고 고개를 숙인 성자들. 말이 운구차를 끌고, 그 위에서 머리가 더부룩한 다섯 사람이 기타를 치고 있다. 한가운데에는 검은 레인코트 차림의 노인, 흰 수염을 기른 술집 주인, 떠도는 필적학자, 침을 질질 흘리는 이빨 빠진 행상인, 삼류 음악을 연주하는 광대. 장물아비이거나 싸리비 장수인 검은 레인코트를 입은 노인이 커다란 실버 색소폰을 하늘 높이 치켜들고 몸을 잔뜩 뒤로 젖히면서 불어대면, 악기의 입에서는 검은 레인코트를 입은 털북숭이 난쟁이들이 튀어나온다. 싸리비 장수나 떠도는 필적

학자, 또는 삼류 음악을 연주하는 광대나 이빨 빠진 행상인이 조그만 실버 색소폰을 치켜들고 있을지도 모른다.

    열쇠를 돌리는 소리가 난 것 같다. 벌떡 일어나다가 비틀거린다. 찌무룩한 털모자 같은 피로가 머리에 달라붙어 있다. 다시 흔들의자에 앉아 앞뒤로 흔든다. 이 방에 갇혔다 해도 놀라지는 않을 것이다. 별다른 놀라움도 없이 이 의자로 돌아와 몸을 깊이 묻을 것이다. 그리고 이 방에 갇힌 채, 아이의 주변에서 벌어지는 일들을 처리해나갈 것이다. 지금만큼 아이의 죽은 아버지가 가깝게 느껴진 적은 없다. 아이가 자고 있을 때 그 곁에서 반둘라가 몸을 흔들며 오후를 보낸 곳이 바로 이 의자였다. 이따금 보초가 지정된 위치를 떠나듯 방에서 나간 적은 있었지만, 어렵고 무의미한 임무를 항상 짊어지고 있지 않으면 안 되었다. 그의 인격은 온갖 힘에 짓눌려 찾아볼 수도 없는데, 그는 희망이 없는 자신에게 봉사할 길을 찾아내기 시작했던 것이다. 이 통통한 작은 몸뚱이는 바로 그의 것, 너무나 온전한 그의 것이었다. 어쩌면 내팽개칠 수도 있었을 텐데, 그래도 참을 수 있는 동안은 자신을 거기에 묶어두고 있었다. 깨어나면서부터 잠잘 때까지, 식사에서 배설까지, 폐쇄된 환경 속에서 자식의 시중을 들며, 단순하고 쓸모없는 헛된 동작에 온 힘을 쏟았다. 목구멍에서 쥐어짜내는 아이의 목소리에 항상 주의를 기울이고, 오늘과 내일을 구분해주는 벽도 없이, 죽음에 이르기까지 시중을 들어줄 수도 있었을 거라고 나는 상상한다.

    만약 이 방에 계속 있다면, 나도 반둘라처럼 내 멋대로 할 것이다. 체스의 하얀 병졸이 결국 목표에 도달할 것을 뻔히 알면서, 혼자 남은 나의 검은 킹을 텅 빈 체스판 위에서 이동시킬 것이다. 나는 그저 게임을 계속하여, 남의 말을 강탈하지 않고, 그가 한 것과 다른 결과를 초래하지도 않고, 동시에 시작한 일을 하나뿐인 체스판 위에서 끝낼 것이다. 반둘라가 부럽다. 일의 의미 따위는 아예 찾으려고도 하지 않고, 반짝이는 규율에 얽매인 채, 고물시장의 텐트를 연상시키는 이 방에서 살아갈 수 있었으니까. 그의 자살마저도, 빗방울이 작아져 전깃줄에서 떨어지듯, 지극히 자연스러운 사건이다.

4

아이가 울기 시작했다. 오른손으로는 침대를 흔들고, 왼손으로는 고추를 마구 잡아당긴다. 잠시 동안 말없이 헐떡거린 뒤, 이윽고 목에 걸린 울음소리가 신경을 뒤흔드는 듯한 맥 빠진 비명으로 변한다. 위아래로 흔들리는 절망이 마치 폭발하는 엔진처럼 간헐적으로 움직인다. 한쪽 발로 레이스 브래지어를 짓밟고, 제법 근육이 생긴 작은 가슴을 쑥 내밀고, 몸을 경직시키고, 흐느끼기 시작한다. 한참 전기충격을 받고 있는 환자, 몸이 금방이라도 부서질 것처럼 활 모양으로 구부러지고 얼굴을 잔뜩 찡그린 환자 같다. 나는 식은땀으로 달라붙은 머리카락을 쓰다듬어주고, 떨리는 팔꿈치를 풀어주려 애쓰고, 이름을 되풀이해 부르고, 각설탕을 가루로 만들어 입에 넣어준다. 유리로 덮이기라도 한 것처럼, 머리끝에서 발바닥까지 무감각하다. 나는 앉아서 귀를 기울인다. 막무가내로 울어대는 소리가 오랫동안 이빨에 드릴을 대고 있었던 것처럼 내 뼛속까지 쿡쿡 찌르고, 경직된 얼굴에서는 붉은 벌레가 피처럼 꿈틀거린다. 가능하다면 여기서 달아나거나 아이의 입을 손으로 틀어막고 싶은 충동에 사로잡혔지만, 그 대신 일어나서 창문으로 다가가 아이에게 등을 돌린 채 조용해지기를 기다린다. 아이는 울음을 시작할 때처럼 갑자기 울음을 멈춘다. 아이는 몸을 둥글게 웅크려, 얼굴을 브래지어에 대고 누른다. 공중으로 올라간 엉덩이가 흐느끼는 바람에 흔들리고 있다. 근무 시간을 끝낸 지친 노동자와 비슷하다. 나도 안도의 한숨을 내쉬며 어깨의 짐을 내린다. 서커스단에서 곡예사들이 요란한 오토바이를 타고 위험하기 짝이 없는 수직 벽에서 죽음의 곡예를 끝내고 속도를 줄이며 밑바닥으로 내려올 때처럼, 또는 공중그네에 거꾸로 매달린 파트너가 물고 있는 한 가닥 밧줄에 몸을 맡긴 채 눈이 휘둥그레질 정도의 묘기를 끝낸 여자 곡예사가 공중그네에서 휴식을 취할 때처럼.

5

나는 이 이상야릇한 점령에 벌써 혐오감을 느끼고 있다. 매일 보고 있는 것에서 눈을 돌릴 수는 없다. 본 것을 지껄이고, 거짓말을 하고, 불쾌하고 흉악한 짓을 계속 되풀이하고 있다. 몸에 밴 나의 방어 동작이 둔해져, 종종 배에 주먹세례를 뒤집어쓴다. 마치 웃음거리밖에 안 되는 늙은 권투선수가 한 걸음 내디딜 때마다 나가떨어지는 새로운 경험으로 얼이 빠져버린 것 같다. 요즘, 미지의 고뇌가 머리에 덮여 있다. 꿈속에서 사건이 차례로 일어난다. 어느 것 하나도 똑같은 형태는 없지만, 그래도 모두 비슷하다. 하루하루를 유쾌하게 지내는 내 친구들은 마술사가 아닌지 의심스럽다. 정신과 의사는 전문가의 눈으로 정상인을 미치광이로 간주하고, 형사는 무고한 사람을 죄인으로 간주하고, 산역꾼은 건강한 사람을 죽음의 선고를 받은 사람으로 간주한다. 그러나 이 아이, 내가 구역질이 날 만큼 미친 듯이 화를 내며 발길을 돌린 이 방, 그리고 그 밖의 많은 방들을 지워 없앨 수는 없다. 내 서류에 등장하는 인물들은 어떻게든 사건을 해결하려고 애쓰거나 결국은 그 과정에서 사라져 버리거나 둘 중 하나지만, 그 대신 다른 인물들이 등장한다. 끊임없이 움직이면서도 정체되어 있는 이 불행한 상황에 대하여 내가 무엇을 할 수 있겠는가? 아무것도, 거의 아무것도 할 수 없다. 그저 가만히 지켜보고, 재난에서 교훈이나 끌어내고, 실패를 기록할 뿐이다. 희미해져가는 추억이 사건의 자초지종을 기록한 사진에 자기 위치를 넘겨준다. 참는 자, 사건을 일으키는 자, 이해하지 못하는 자, 복수하는 자, 울부짖는 자, 몸을 떠는 자, 불행을 찾는 자, 가지각색이다. 나는 무관심하고 평범한 조정자로서 계약을 존중하려고 애쓰지만, 때로는 상관들을 까맣게 잊어버린다. 그들의 몸을 파괴하지는 않지만 몇 해 동안의 사건을 파괴해버리는 고뇌 때문에, 나는 이 세상에서 추방당하는 나의 희생자들을 짓누르고 있다.

그들은 희생자일 뿐 아니라 죄인이기도 하다. 어느 쪽이 먼저였을까? 나는 수많은 변명거리를 준비해두고 있고, 그래서 그들의 유창한 또는 과묵한 합리화를 얼마든지 논박할 수 있다. 그들이 처음에는 공격적으로, 나중에는 순전히 타성으로 고통을 초래하는 것은 부인할 수 없는 사실이다. 그들은 지나칠 만큼 고뇌와 맞서 있는 것일까? 그들은 오랫동안 텅 빈 액자를 통해 벽을 바라보고, 거기에 보이는 것과 인생을 비교하고 무기력해진다. 자극이 모자란 실험용 개, 붉은 램프와 침에 진저리를 내고 있다. 그들은 축제일을 좋아한다. 그래서 잠이 덜 깬 인쇄공이 축제일을 붉은색으로 인쇄하는 것을 깜박 잊어버린 엉터리 달력을 땅바닥에 내동댕이친다. 현재로부터는 따돌림당하고, 과거는 가시철조망에 둘러싸인 사건일 뿐이고, 내일에 대해서는 피의자가 증인을 바라보듯 노려보고 있다. 의수에 가죽장갑을 끼고 있지만, 쓰다듬고 싶을 때는 장갑을 벗어버린다. 평행으로 뚫린 애정의 터널. 날카롭고 탐욕스러운 호소와 뒤늦게 돌아오는 모호한 응답. 두 개의 따분함이 서로를 즐겁게 해주고, 두 개의 공포가 서로에게 용기를 주고, 두 명의 경찰관이 서로를 감시한다. 그러면 아이는? 아무것도 알지 못하고, 따라서 모른다는 의식조차 없다. 엄마가 이 세상에 낳아

준 상태 그대로 머물러 있으면서, 자신을 새롭게 만들려고는 하지 않는다. 그는 한 어린애의 스케치에 불과하고, 거기에는 아무런 예외도 없다. 하지만 울음소리는? 그것은 진짜였다.

정신지체아에게 배운다

1

　여기 반둘라 부부의 방에 꼼짝없이 갇혀 있는 동안, 저물어 가는 시장에서는 분명 시간이 죽어간다. 오래 끄는 것은 위험하다. 보호시설에서 받아주기만 한다면, 아이를 끌어안고 택시를 잡아타고서, 훈련이 불가능한 정신지체아를 수용하는 시설로 데려갈 텐데.

　내 겨드랑이 밑에서 담요에 싸여 몸부림치는 아이, 버둥거리는 다리, 허공을 움켜쥐려고 뻗은 손, 온몸이 감싸인 데서 오는 공포, 외침 소리 때문에 찢어진 머리 위의 양산. 그 위에서는 관청의 마크인 그리핀*이 먼지를 뒤집어쓴 채 바삭바삭 말라 무심하게 공중을 헤엄치고 있는데, 날개에는 당국의 문장이 그려져 있고, 부리에는 소환장을 물고 있다. 복도를 지나가

*독수리의 머리와 날개에 사자의 몸을 가진 상상의 괴물.

는 사람은 하나도 없고, 공동 화장실과 부서지고 흔들리는 계단 출입문 사이에서 눈에 보이지 않는 감시원만이 참견하고 있다. 나는 문 하나를 두드린다. 갑자기 복도 전체가 아이들과 고양이들, 감자 껍질 벗기는 아버지들, 문지방의 동판을 닦고 있는 어머니들, 빗자루로 청소하는 할머니들로 가득 찬다. 그들은 차례로 페리케에게 작별인사를 하고, 수많은 사람들이 키스 세례를 퍼붓는다. 그저 발을 살짝 잡아주는 사람도 있고, 이마에 십자가를 그어주는 사람도 있다. 보호시설에 신청 마감 시간이 없다면, 오늘이라도 아이를 데려갈 텐데.

　내 가방에는 결재 서류가 들어 있다. 내가 서명한 서류지만, 관청의 도장을 찍어왔다. 이 도장이 찍힌 순간부터, 길게 접혀 타자된 서류는 내 의지의 범주를 넘어선다. 군인이 상관을 대하듯, 나는 내게서 독립한 조치에 몸을 맡긴다. 얼마 안 되는 권한이지만, 결재 받은 서류를 실행하는 일도 대부분 내가 하도록 되어 있고, 경찰이나 간호사, 빨간색 미니버스나 이따금 커다란 검은색 관용차가 필요해지는 작전도 내가 직접 세우지 않으면 안 된다. 익숙해져 있기는 하지만, 하기 싫은 일이다. 그런 건 전문적인 유괴범이나 할 짓이다. 부모가 울부짖는 것도 당연하고, 이웃 사람들이 떼를 지어 몰려와도 이상할 게 없다. 아이가 침대 밑에 숨어 손을 물어뜯는 일도 있을 수 있다. 그러나 동정심에 사로잡힌 동료가 마음이 약해져도, 내가 할 수 있는 일은 하나뿐이다. 변경 사유가 없는 한, 도장이 찍힌 내 결재 서류를 효과적으로 실행하지 않으면 안 된다. 가정적이지 않은 가정에서 아마 가정적일 터인 보호시설로 아이를 데려갈 필요가 있다.

가능하다면 이 역할을 누군가 다른 사람에게 넘겨주고 싶다. 지난주에는 동성애에 빠진 가구공장 직공한테서 네 명의 아이를 빼앗아왔다. 그는 조금도 닮지 않았는데 쌍둥이라고 주장하는, 고릴라처럼 생긴 두 명의 벽돌공을 먹여 살리기 위해 아이들에게 소매치기 기술을 가르치고 있었다. 가짜 쌍둥이는 잠자리와 식사를 제공받는 대가로 직공의 사랑을 받아들였다. 그러나 그들은 그의 잭나이프가 두려워서, 내 앞에서는 바보인 척 꾸미고 있었다. 직공은 내 앞에 무릎을 꿇고, 손등에 입을 맞추려고 하면서, 차라리 자기를 감옥에 집어넣어달라고 애원하고, 두 손을 모아 내밀며 수갑을 채워달라고 했다. 그러나 내가 그의 연극에 진절머리가 나서 아이들을 간호사의 튼튼한 팔에 맡기자, 내 등 뒤에 있던 직공은 칼을 꺼내려고 얼른 장화 쪽으로 손을 뻗었다. 나를 따라온 젊은 경찰관이 반대편 구석에서 경찰봉을 그에게 던져 명중시켰다. 그는 마룻바닥에 주저앉아 머리를 감싸 쥐고는 살인자라고 소리쳤다. 고릴라들은 침대에 앉은 채 어안이 벙벙한 얼굴로 보고만 있을 뿐이었고, 직공의 집시 아내는 하느님에게 남편을 목매달 밧줄을 달라고 기도하고, 독수리한테나 잡아먹히라고 저주를 퍼부은 다음, 한 손에 파이프를 들고 분수처럼 침을 뱉었다. 그녀는 이제까지 백치가 될 만큼 남편에게 맞으며 살았던 것이다.

그 집을 마지막으로 떠난 것은 나였다. 나는 가장 큰 아이와 함께, 우리를 에워싼 사람들로부터 적의에 찬 시선을 받으며 지나갔는데, 그들 중 한 사람이 나를 때리려고 했다. 관용차에 도착해서 보니, 운전사는 창백해진 얼굴로 핸들 앞에서 꼼짝도 않은 채 담배만 피우고 있었다. "정말 대단했어요!" 운전사는 30분 뒤 보호시설에서 돌아오는 길에 말했다. "그 역겨운 일을 멋지게 해내다니! 다른 사람은 꿈도 못 꿀 겁니다." 지금까지도 자동차 뒷좌석에서 벌어지는 신나는 광경을 백미러로 종종 보았다고 운전사는 말했다. 하기야 가는 동안 내내 울어대는 아이들보다는 그런 사건들이 훨씬 신나는 일인지도 모른다. 내가 왜 이런 지저분한 일을 하는지, 관청 사람들은 대부분 모르고 있다고 운전사는 말했다. 그의 경우는, 자동차를 운전하고 제대로 손질하면 그것으로 끝난다. 정말 깨끗한 일이다. 그러나 많은 사람들 중에서 누가 악인이고 누가 멍청한 녀석인가를 판단하는 것, 명령적으로 말하고 들개 사냥꾼처럼 행동하는 것, 그것이 나를 위한 일이었나? 나는 거기에 익숙해졌다고 말했다. 그리고 외부인에게는 내 일이 실제보다 더 나빠 보이는지, 적어도 내 직업을 가지려는 사람은 아무도 없다고 덧붙였다. 운전사는 내 말을 이해한다고, 안전은 중요하다고, 사람들은 욕심이 많아서 관 속에 들어가서도 서로 발목을 잡아당긴다고 대답했다. 나는 맞다고 맞장구를 쳤고, 우리는 미끄러운 길을 말없이 달렸다.

만약 내 조치가 암초에 부딪힌다 해도, 그건 내일 걱정하면 될 일이다. 재난을 처리하는 기술은 바로 오늘 해야 할 일을 결단내리는 것이다. 이렇게 쓸데없이 걱정하기보다는 일을 우선 진행시키면서, 나는 오늘도 규정에 따라 아무 장애도 없이 법률에 따른 결정을 집행한다. 부모는 지하에서 잠자고, 아이의 법적 후견인은 당분간 나이므로, 나의 이 괴로운 의무를 감히 논박할 자가 있으리라고는 여겨지지 않는다. 접수 시간은 이미 지났고, 끝날 생각도 하지 않는 오늘이 천천히 내일로 옮아간다. 만약 문제가 나와 법률에만 달려 있다면, 아이를 아무것으로나 둘둘 싸서 적당한 사람에게 맡기고 싶다. 서류를 규정에 따라 캐비닛 속으로 보내듯, 내가 할 수 있는 일을 척척 처리하여 그의 고민을 해결해주고 싶다. 우리 관청의 규정에 따르면, 내가 할 일은 맡을 사람이 없는 아이가 결국 어디서 살게 되었는지를 보고하는 것뿐이고, 아이의 일시적인 처지나 감상적인 처지에까지 구애될 필요는 없다. 아이와 함께 택시를 타고, 택시 요금은 내일 관청의 경리과에서 받는다. 그리고 어제 너무나 뜻밖에 부모한테 버림받고 내 손에 떨어진 다섯 살짜리 아이, 고약한 냄새가 나는 회색 담요에 싸인 반둘라 페리케를 나는 경험도 없는 유모로서 무관심하게 가슴에 안고 있는 것이리라. 시설에서 받아준다면, 페리케는 자기와 같은 부류의 쓰레기 같은 아이들이 사는 곳, 죽는 것 말고는 아무것도 할 일이 없는 어린 밥벌레들이 잡동사니처럼 놓여 있는 곳으로 사라져갈 것이다. 같은 처지의 아이들과 함께 정해진 양의 빵을 소비하다가 결국 죽을 것이다. 쓰레기 같은 어른들이 사회 조직의 결정에 따라 정신병원과 감옥의 보안구역이나 양로원에 보내져 정상적으로 기능을 발휘하는 대다수 사람들과 격리된 채 단련된 인내심으로 참을성 있게 죽음을 기다리는 것과 마찬가지다. 그들의 죽음은 사회에 아무 쓸모도 없는 경제적 부담을 덜어줄 것이다.

2

저녁노을의 홍수 밑에서, 또는 내일 아침의 반짝이는 햇빛 속에서, 우리는 시내를 바쁘게 달린다. 우리가 탄 차는, 안을 들여다보는 통행인을 교차점에서 위협하면서 비탈진 다리를 올라가고, 물을 튀기고, 창 너머로 그 물소리를 듣고, 우리나라와 열대 왕국의 의례적 순종을 교대로 보여주는 다리 난간 위의 깃발에 수평으로 부딪히는 바람을 거슬러, 이윽고 맞은편 강변을 따라 북쪽으로 구부러진다. 화물을 수송하는 트럭 행렬 뒤에 붙어서 시내를 빠져나가, 10킬로쯤 떨어진 분기점까지 달린 다음, 트럭과 탱크 때문에, 그리고 주로 세월이 흘렀기 때문에 울퉁불퉁해진 시골의 간선도로와 나무가 우거진 언덕을 빠져나가고, 구불구불한 좁은 골짜기를 지나고, 산의 비탈을 따라 올라가는 시골길을 달리고, 숲을 파괴한 뒤에 만들어진 비포장도로에 들어서면, 마침내 돌담으로 둘러싸인 별장에 도착하게 될 것이다. 이 별장은 사냥꾼 오두막에 불과할지도 모른다. 오두막은 현재 훈련이 불가능한 정신지체아를 수용하는 국립 시설로 이용되고 있다.

택시 운전사는 잠시 고개만 끄덕이거나 입을 다물고, 알아들을 수 없는 괴성을 지르는 승객과 도로표지에 대해서만 질문을 거듭할 것이다. 그러나 다리를 건너면, 굳이 설명하지 않아도 내 동행자의 정체를 알게 되겠지만, 나는 운전사에게 "이 아이는 정신지체아인데, 부모가 죽어서 돌봐줄 사람이 없기 때문에 시설로 데려가는 참이지요" 하고 설명할 것이고, 그러면 운전사는 "얼굴은 제법 귀엽게 생겼지만, 그런 애는 차라리 죽는 게 나아요. 나도 처자식이 있어서 하는 말입니다" 하고 대답할 것이다. 거기에 대해 나는 "어차피 어른이 되기 전에 죽을 거요. 하지만 살 수 있을 때까지는 사는 게 낫지요. 특별히 이 아이만 살기 어려운 것도 아니고……" 하는 정도로 대답해줄 것이다. 그러나 이 말을 입 밖에 내자마자 후회할 것이다. 이 아이는 마지막 길로 끌려가는 중이고, 시설에서 그렇게 쉽사리 살아 돌아올 수는 없을 것이기 때문이다. 우선 병원에는 군중 속의 고독, 뭔가 입 밖에 낼 수 없는 슬픔이 있다. 그곳에선 동작이 완만해지고, 식욕이 없어지고, 결국에는 가벼운 전염병에 걸려 인생의 막을 내리게 된다. 내가 문병하러 갈 시간은 전혀 없을 테니까, 반둘라 페리케를 보는 것은 이번이 마지막이다.

3

휘발유 냄새 때문에 아이가 멀미를 하여, 오르막길로 접어

드는 분기점의 돌담 기슭에 차를 세우고, 신선한 공기를 마시러 밖으로 나온다. 변덕스러운 시선이 무너진 폐광 속에 있는 매머드의 뺨과 용의 머리, 고대 파충류의 턱, 구석기시대의 온갖 괴수들이 서로 찢어발기고 있는 광경을 또렷이 새긴다. 돌로 만든 테라스에 서자, 아이는 내 팔에서 벗어나 땅으로 내려가고 싶어 한다. 손을 놓을 마음이 나지 않는다. 아이의 평형감각은 정반대의 의미에서 불안정하고, 높은 곳에서 떨어지거나 깊은 곳에 빠지는 공포를 아직 겪지 못한 탓에 원숭이처럼 어디든지 재빨리 기어 올라가고, 정신지체아 특유의 대담성으로 제3차원의 장애 따위는 아랑곳하지도 않는다. 손을 놓으면, 매머드의 뺨과 용의 머리, 급기야는 봉긋하게 솟아오른 언덕에도 출몰하다가 순식간에 2층 높이에 다다르고, 거기서도 자꾸만 위로 올라간다. 단층을 이루고 있어서 무너져 내리기 쉬운 울퉁불퉁한 암벽 사이를 빠져나가다가, 우리가 부르는 소리를 들으면 절벽 쪽으로 튀어나와 있는 나뭇가지를 붙잡고 공중으로 뛰어나가는 기쁨 속에서 자살할 가능성을 줄곧 안은 채, 암벽 가장자리에서 바람에 부딪치며, 커브를 그리고 있는 산마루 쪽 잣나무 숲 속으로 도망쳐버릴 것이다. 우리는 제 내장의 한계도 생각지 않고, 아이가 떨어질 것으로 여겨지는 낙하점에 서서, 깊고 높은 허공 속에서 아무렇게나 움직이는 아이의 손이 이제까지 매나 말똥가리의 발톱밖에 닿지 않았던 암벽의 돌 기부분에 다다르고, 마침내 두 팔이 바위에서 떨어져 대지(臺地)에 서 있는 우리의 팔이나 가슴에 언제 어떤 식으로 내던져질 때를 기다릴 것이다. 그렇기 때문에 나는 우스꽝스러운 취미인 등산을 허락하는 대신, 또한 눈을 할퀴고 배를 걷어차일지라도, 고약한 냄새를 풍기는 담요로 아이를 더욱 단단히 감싸고, 공포심조차 없는 작은 팔을 내 품에 꽉 끌어안고서, 돌벤치에 앉아 잠시 숨을 돌린 다음, 시설까지 10분쯤 걸리는 드라이브를 계속할 것이다.

4

이 채석장 꼭대기의 반원형 대지에 앉아 있으면, 중앙분리대가 있는 2차선 고속도로를 경적 소리와 함께 달리는 트럭들의 끝없는 행렬, 중대한 추적 중임을 알리는 사이렌 소리와 질주, 앞서거니 뒤서거니 형태를 바꾸는 자동차들의 행진, 최면 상태에 빠질 만큼 단조롭고 비조직적이지만 규칙적이고 공격적인 그 단일한 움직임, 끊임없이 오르내리는 굉음, 내 뒤쪽의 우묵한 암벽에 부딪쳤다가 길가의 목초지로 파도처럼 퍼져가는 그 요란한 굉음에도 경의를 표할 수 있을 것이다.

보호색을 칠한 하류층 트럭들의 저장고 속에 갇혀 여행을 계속하는 물건들에 경의를 표하고, 민물조개와 자갈, 못 쓰게 된 석탄, 발굴된 시체, 고철, 산더미처럼 쌓인 전깃줄, 콘크리트 원료, 철관, 알루미늄 관, 고무관, 목재, 벽돌, 삼베와 무명 자루, 석면 슬레이트의 산소 탱크, 톱밥 속에 파묻힌 황산 용기, 콜타르를 바른 루핑, 아스팔트 통, 차체 커버, 구리선에 경의를 표하고……

사다리꼴이나 직사각형이나 옆으로 누운 실린더 형이나 유선형인 6톤이나 8톤이나 10톤짜리 트럭들, 가운데에 홈이 파여 있거나 뒤쪽이 둥글거나 또는 사다리가 걸쳐져 있거나 구멍이 뚫려 있거나 오픈 스타일인 탱크차들, 매화색이나 살구색이나 회청색이나 은색으로 칠해진 차체에 에나멜 글씨로 '우유' '술' '포도주' '소다' '휘발유' '황산' '윤활유'(그리고 기다란 탱크에는 빨간 강철 테두리에 '화기엄금!' '폭발위험!') 같은 특권적인 물건들의 이름이 적혀 있는 공공소비재 운반차들의 멋진 디자인에 경의를 표하고, 눈처럼 새하얀 쇠고기 운반 냉동차, 종 모양의 강철 레미콘, 텐트처럼 접히는 조립식 운반차, 강철탑을 거대한 날개처럼 벌리고 있는 크레인, 정삼각형의 땅딸막한 쓰레기 운반차, 조개 모양이나 술잔 모양의 덮개를 씌운 미사일 운반차에 경의를 표하고……

밧줄로 고정된 소와 말이 유죄 선고를 받은 학자풍의 머리를 나무들 속에서 쳐들고 있는 커다란 가축 운반차, 쥐색 제복을 단정히 차려입고 기관총을 휴대한 남자들이 엄숙한 얼굴로 마주보며 앉아 있는 경찰 버스, 현수막이 드리워진 푸른색과 흰색 줄무늬의 경찰 버스에 의심스러운 그러나 고분고분한 시선을 보내고……

끝으로, 열쇠 달린 여섯 개의 어두컴컴한 상자가 복도를 사이에 두고 양쪽으로 늘어서 있고, 각 상자 속에 사람이 하나씩

서 있는, 밀폐된 회색의 금속성 상자에 경건하고 조용한 시선을 보낼 수 있을 것이다.

팔에는 오줌 냄새 나는 아이를 안고, 머릿속에는 불쾌한 상상이 가득하고, 눈앞에는 단편적인 풍경들이 지나가고, 그리고 몸속에서는 영원한 압박감을 느끼면서, 이 멈출 수 없는 재산이나 도구의 맹목적인 행진, 진동하는 운전석에서 의무적인 속도로 질주하는 운전사들의 몽롱한 얼굴을 죽을 때까지 계속 바라볼 수도 있을 것이다. 그리고 질질 끄는 애정 문제로 몸을 긴장시키고, 아무 쓸모도 없는 전갈 때문에 괴로운 밤이 장막에 묻힌 채 깊어갈 것이다.

5

드디어 우리는 얼룩투성이에 시멘트가 벗겨진 벽돌담(위쪽의 시멘트에 고정된 슬레이트의 레이스 끈은 이곳 주민들의 외출을 막는다기보다 외부로부터의 무단침입을 막기 위한 것이다. 나무가 울창한 공원을 산책하는 통통한 정신지체 소녀들, 아무런 저항도 하지 못하는 그 소녀들에게 못된 짓을 하려고 마을 청년들이 종종 담을 뛰어넘어 들어오기 때문이다)에 이르러, 호기심 어린 시선을 막기 위해 창처럼 위가 뾰족한 함석판으로 덮인 대문 앞에 차를 세우고, 엔진을 부릉거리는 택시 안에서 오랫동안 기다리면서, 한시라도 빨리 수속을 끝내고 싶어

가방에서 서류를 서둘러 꺼낼 것이다. 세상에서 격리된 보호시설 원장이 수속을 끝낸 후 커피를 대접하고, 보모나 담당 의사를 불러 속이 빤히 들여다보이는 구실을 붙여 기껏해야 15분쯤 시간을 끌려고 한다면, 나도 거기에 장단을 맞춰줄 수는 있을 것이다. 친밀감이 들지 않는 시설의 울퉁불퉁한 담벼락 안쪽에는 어차피 도시에서 찾아오는 사람도 거의 없을 테니까, 그가 우리 상급 기관 관리들의 단점과 숨겨진 의도와 의견 불일치—현장에 있는 우리는 그것을 잘 알고 있다—에 관하여 자세히 캐묻고, 동시에 자신의 하소연이 나를 통하여 해당 기관에 전달될지도 모른다는 기대에 부풀어 시설의 부족한 설비와 운영비 인상을 호소하면, 나도 잠깐 거기에 관해서 의견을 나누고, 진심으로 환대해주는데 차마 거절할 수는 없을 테니까, 여러 가지 의미에서 교육이·불가능한 아이들로 가득 찬 시설을 내 눈으로 직접 보아줄 것이다. 발바닥만 한 공간도 이미 최대한으로 이용되고 있어서, 건물을 증축하지 않는 한 새로운 정신지체아를 수용하는 것은 도저히 불가능할 정도이고, 내가 데려온 아이를 받아들인 것도 이미 수용되어 있는 다른 아이들을 희생시켜 가구를 재배치하는 방법으로 해결한 것에 불과하다는 안내자의 보충 설명을 들으면서, 나는 그와 함께 평범한 건물들—설계자의 형편에 따라 서로 연결되고 몇 번씩 벽이 개조되어, 결국에는 앞이 내다보이지 않게 되어버렸다—을 따라 끝까지 걸어가서, 공원 너머에 있는 입체 조각과 동물 조각이 늘어선 장식적인 숲길과 그 뒤에 있는 직원 주택과 창고, 그리고 마지막으로 산울타리에 둘러싸인 단독주택—이곳엔 '원장'이라는 글자가 써진 창문이 달려 있었다—을 바라보게 될 것이다. 그리고 한두 명을 제외한 나머지 아이들은 평생 밖으로 나가보지도 못하고 이 작은 건물에 갇혀 지내다가, 결국 마을에서 그리 멀지 않은 떡갈나무 숲 속의 묘지로 보내진다는 것은 잘 알고 있지만, 그래도 2천 명이나 되는 부모들이 이곳에 수용되어 있는 아이들과 마찬가지로, 아무 희망도 없는 자식으로부터 해방되고 싶은 마음에 관리들에게 뇌물까지 바치면서 현지 시설이나 상급 기관의 높으신 분들을 졸라대는 것을 그만둘 만큼 아이들이 많이 죽어가는 것은 아니다. 나는 그들의 헌신적인 활동에 대해, 아마 그들이 의도적으로 나에게 준 인식을 받아들여 존경의 뜻을 표할 것이다. 그리고 사무실에서 가방을 집어 들고, 하얀 아마포 시트를 깐 맨 구석 침대에서 반둘라 2세가 가슴을 침대 가장자리에 눌러대며 여느 때처럼 불안하게 몸을 뒤척이고 있는 관찰실을 마지막으로 들여다볼 것이다. 안내자는 모든 것을 객관적으로 설명하는 사람인 만큼, 나의 자상한 작별인사를 적절하다고 생각하기보다는 오히려 놀랍게 여겨 나를 멍하니 바라볼 것이고, 관찰실은 그렇지 않아도 공기가 무거워서, 잠들어 있는 아이의 몽롱한 시각과 의식으로 내 손의 움직임을 알아차린다는 것은 상상할 수도 없으니까, 창문 너머로 아이에게 그저 형식적인 작별인사를 보내고, 시설 직원들과 악수를 나누고, 기둥에 둘러싸인 현관 포치로 서둘러 걸어갈 것이다. 현관 앞에서는 택시 운전사가 반쯤 열린 창문을 두드리며, 인도주의의 가면을 쓴 이 시체 안치소에서 교통사고가 빈번히 일어나는 시내—그곳에는 우리 두 사람의 일터가 있고, 말이 통하는 가족과 친구들이 있다. 또한 그곳에는 몇몇 효율적인 조직이 있어서, 타고난 책임감을 가진 우리 자유 시민들로부터, 동료와 어울릴 줄 모르고, 적응하지 못하고, 난폭한 행동을 일삼는, 사회의 쓰레기 같은 자들을 격리시키고, 구역질이 날 만큼 무위도식하는 그들의 생활방식을 통하여 그들과 우리 사이에 존재할지 모르는 어떤 공통점에 우리의 생각이 미치지 못하도록 활동하고 있다—로 돌아가고 싶어서, 벌써부터 초조하게 기다리고 있을 것이다.

6

난간 너머 침대 속에는, 소인증에 걸린 머리, 팽창한 몸뚱이, 커다란 머리, 발육이 불완전한 몸뚱이가 있고, 뾰족한 두개골, 움푹 들어간 두개골, 부종처럼 붓거나, 가운데가 움푹 들어가거나, 한쪽으로 구부러지거나, 비스듬히 기울어져 있는 두개골이 있고, 쭈글쭈글한 언청이 입술, 턱까지 찢어져 입술이 없는 입, 침이 질질 흐르는 검은 혀가 있고, 입천장이 파열되어 쉬쉬 소리를 내는 목, 종기 때문에 광대뼈에서 이마까지 부어오른 눈언저리와 그 위의 엷은 눈썹, 눈꺼풀이 없이 딱딱해진 눈, 피거품이 생긴 눈, 움푹 파인 콧잔등, 얼굴 한가운데에 코

대신 뚫려 있는 두 구멍, 둥근 턱 위의 뻐드렁니, 귓불이 없는 귀, 귓구멍이 없는 경단 같은 귀, 물렁뼈가 없어 말랑말랑한 귀가 있고, 얼룩투성이의 진흙빛 피부, 눈처럼 하얀 주름살투성이 피부, 붉은 반점이 돋아난 화농성 피부, 부어올라 쌀겨처럼 푸슬푸슬해진 피부, 누르면 손가락 자국이 남을 만큼 탄력이 없는 회색 피부가 있고, 뼈까지 오그라든 팔다리, 걸핏하면 부어오르는 여섯 손가락, 애원과 공포와 위협과 자위행위로 파도처럼 경련을 일으키는 팔다리가 있다. 이것들은 대중식당 뒷문 앞에서 운반차가 오기를 기다리고 있는 음식 찌꺼기보다 더 지독한 악취를 풍기고 있다.

쓸모없고 꼴사나운 동작들의 전시회, 빛을 받아 깊은 상처를 입은 방사능의 활인화(活人畵). 그중 한 아이는 방구석에 앉아 가죽끈을 입에 문 채 멍하니 씹어대고, 이빨로 물어뜯고, 울고, 다시 입에 물고는 멍하니 씹어대고 있다. 그다음 아이는 좀 더 활동적이다. 안짱다리로 여기저기 돌아다니는데, 갈 때는 바지가 흘러내리고, 돌아올 때는 바지를 추켜올리면서, 그동안 줄곧 혀를 내밀어 좌우로 내두른다. 세 번째 아이는 회전운동으로 자신을 표현하고 있는데, 빙빙 뛰면서 원을 그리고, 약간 기울어진 머리와 축 늘어진 고추를 만지작거리고, 이따금 까무러져 쓰러졌다가 의식이 돌아오면 다시 그 짓을 반복한다. 네 번째 아이는 엄마 뱃속에 있었을 때처럼 무릎을 껴안은 자세로 구석에 웅크리고 앉아, 붕대 두른 머리를 20초마다 한 번씩 벽에 찧고 있다. 다섯 번째 아이는 다리가 불구이기 때문에 방 한

복판에 주저앉아, 주머니에서 콩을 꺼내어 입에 물고는 목표를 정하여 멀리 뱉어내고 있다. 그 옆에서는 모자를 쓴 친구가 네 발로 엎드려 대기하고 있다가, 이윽고 콩이 던져지면 목을 꼬르륵 울리고 무릎을 쭉 펴면서 콩을 쫓아가고, 돌아올 때는 그 땅콩을 가슴에 꼭 껴안기 때문에, 도중에 몇 번이나 얼굴이 바닥을 스친다. 여섯 번째 아이는 흥분하여 손을 빙빙 돌리고, 손가락을 비틀고, 창문으로 달려가 바깥을 내다보고, 주먹을 흔들고, 비명을 지르고, 그러고는 몸을 부들부들 떨면서 숨을 곳을 찾다가, 배를 깔고 엎드려 침대 밑으로 기어든다. 그 침대 밑에서는 뚱뚱한 장님 소녀가 기다리고 있다가, 숨어든 아이의 머리를 품에 안고, 뚱뚱한 허벅지로 단단히 휘감고는, 몸을 앞으로 굽혀 목덜미를 핥아준다.

시체 안치소 선반에는, 양동이에 든 통통한 거위간이나 수족관 속의 해파리처럼, 피클 병에 든 노란색 포르말린 액체 속에 정신지체아 특유의 이완된 뇌가 떠 있다. 소용돌이치는 매듭, 교차된 단층. 보시다시피 뇌의 표면에 주름살이 별로 없지요? 정말 하잘것없어요……. 안내원은 연필로 가리키면서 이렇게 말할 것이다. 하지만 나는 그의 설명을 완전히 이해하지는 못한다. 이 상상 속의 방문에서도 그의 설명은 너무 전문적이기 때문이다. 그는 이렇게 설명한다. 전두엽에 갈라진 틈이나 깔때기 모양의 구멍이 있고, 위축된 부분이나 흉터, 연화증(軟化症), 결절(結節), 고창(鼓脹)—오오, 이건 모두 지극히 하찮은 결함일 뿐이죠. 신경절 세포가 두꺼워지고, 골단이 둥글게 되고 희박해지고 부풀어서 팽창합니다. 흥분 중추가 지나치게 발달하고 감정을 통제하는 메커니즘이 균형을 잃습니다. 염증과 혈종과 방사선 장애 따위의 원인과 결과를 알아내려면 진짜 탐정 같은 수사 작업이 필요합니다. 수정된 난자가 어머니의 자궁 내막에 달라붙어 확고히 자리잡는 것은 얼마나 영웅적인 일입니까. 게다가 그것은 그 수정란이 겪게 될 수많은 어려움의 시작일 뿐입니다. 매독, 엑스선, 바이러스, 태아 뇌막염, 출산할 때 분만 집게로 인한 뇌손상, 첫 울음을 지연시키거나 방해하는 산소 결핍—그 숱한 어려움을 생각하면, 우리가 알다시피 자유의지를 부여받은 인류라는 종의 제작 시방서에 따라 아름답게 주름진 뇌를 갖고 지금 여기에 서서 이 전시물을 조사하고 있는 것은 참으로 경이로운 일이지요. 담쟁이로 뒤덮인 시체 안치소 건물에서 포르말린액 속에 떠 있는 뇌와 토막토막 잘린 한두 명의 어린애 시체가 남긴 교훈적인 잔해에 둘러싸여 주의 깊게 그것을 관찰하는 것은 정말 놀라운 일입니다.

 우리는 무생물이나 마찬가지인 정신지체아에게 많은 것을 배워야 한다. 그들에게 잠시 동안 휴가를 주면, 함부로 육체를 배반하는 짓은 하지 않는다. 불성실할 가능성을 악용하지 않고, 거기서 왔다가 이윽고 돌아갈 때에도 충실하게 정신지체아인 채로 남아 있다. 그들은 간단히 말을 무시한다. 말은 사물이 매춘부처럼 자신을 판다는 표시다. 그들은 눈이 멀고 귀가 먹고 몸이 마비되는 것, 후각이 마비되는 것, 낙원 같은 정신적 고요를 실험한다. 그럼에도 불구하고 어쩔 수 없이 보거나 듣거나 냄새를 맡아야 한다면, 그들은 자기가 받은 인상들을 조직적으로 정리하지 않고, 그리하여 처음부터 자기기만의 유혹을 피한다. 단 한 번만 탈 수 있는 열차표처럼, 얼마나 대담하게 기억을 내버리고 가는 것일까. 이렇게 하면, 첫 만남 때의 신선함을 다음 만났을 때를 위해 기억해두려는 슬픈 노력으로 더럽히는 경우도 없다. 신발과 요강은 그들에게 얼마든지 교환할 수 있는 물건이다. 정신지체아는 타고난 민주주의자여서, 물건에게도 자유를 빼앗지 않는다. 그것은 언젠가 돌려주지 않으면 안 되기 때문이다. 고맙게도 아픔은 그저 아픔일 뿐, 공포 어린 표정으로 멈춰 서지 않는 정신지체아의 결함이 그를 지켜주지 않는다면, 또는 정신지체아가 기억과 상상의 사회에서 미래의 환상과 친해진다면, 우리는 정신지체아에게 배울 게 아무 것도 없을 것이다. 그러므로 정신지체아 만세! 술을 퍼마시고, 오줌을 누고, 제 자신을 가지고 노는 이 아이, 행복한 현재에 만족하여 버릇이 없어진 이 아이, 자신의 신체기관을 인식하는 데 골몰하고 있는 이 아이는 지금 여기의 영웅이고, 물질의 의형제이며, 우리의 스승이다.

완전 소독

1

어디 데려갈 곳도 없는 '스승님'이 흔들리는 침대 안에서 잠을 자고 있다. 밤의 장막이 내렸다. 벽에는 엉덩이를 드러낸 혼혈 소녀의 사진이 붙어 있다. 배꼽 언저리에서 몸을 비틀고, 도발적인 가슴이 보험 광고의 불빛 속에서 우뚝 솟아 있다. 반둘라는 잡지에서 사진을 오려내는 것을 좋아했다. 하지만 그보다는 실물을 더 좋아했다. 옆방에 살고 있는 F— 안나는 손님이 와 있을 때마다 반둘라가 열쇠 구멍으로 엿보는 것을 참지 않으면 안 되었다. 때로는 눈이 빨갛게 충혈된 반둘라에게 앞을 풀어헤친 드레스 주머니에서 팁을 꺼내 주면서 맥주와 담배를 사러 보내기도 했다. 그가 배를 만지려고 하면, 안나는 "더러운 손으로 만지지 말아요" 하고 말했다. 다른 주민인 노부부나 웨이트리스가 돌아왔다면, 지금쯤은 나도 집에 돌아갈 수 있었을 것이고, 보호시설을 찾을 때까지 몇 주 동안만 아이를 봐달라고 부탁할 수도 있었을 것이다. 사례금을 받을 수도 있으니까, 경제적인 부담은 걱정할 필요가 없다. 한 사람은 그 일을 맡아 줄 것이다. 노부부는 어려울지 모르지만, 안나는 설득할 수 있을 것이다.

광장 쪽에서 시끄러운 소리가 들리더니, 사람들이 모여드는 게 보였다. 검은 안경을 쓴 땅딸막한 남자가 곰을 가죽끈으로 끌고 있다. 아마 가까운 서커스단으로 데려가는 모양이다. 곰은 조용하게 웅얼거리며 길을 걸어간다. 한 소년이 롤러스케이트를 타고 따라와 더부룩한 털을 어루만지자, 다른 사람들도 따라서 한다. 구경꾼들이 반원을 그린 채 이 말없는 행렬을 따라가지만, 검은 안경의 사내는 구경꾼들에게 눈길도 주지 않고 길모퉁이를 돈다. 사람들이 지나간 기척이 몇 분 동안이나 광장에 떠돌고 있다. 아직도 뭔가를 기대하고 있는 사람은 술집으로 가고, 초록빛 얼굴을 한 집단은 영화관 입구에 모이고, 맞은편에서는 세 사람이 오토바이 분해 작업을 지켜보고 있다. 여기저기 창문에서 텔레비전의 푸른빛이 새어나오고, 역사는 이 광장도 피해 가지 않는다.

술집 앞에서는 두 주정뱅이가 술을 더 주지 않는다고 항의하며 엎드려 있다. 술집에 오는 손님도 나가는 손님도 재미있어하며 그들을 타고 넘어간다. 경찰관도 처음에는 길 반대쪽에서 엄지손가락을 옆구리에 대고 보고만 있더니, 이윽고 다가와 그들의 머리맡에 멈춰 서서 신분증을 보여줄 것을 요구한다. 주정뱅이들이 꼼짝도 하지 않자, 경찰관은 구두코로 어깨를 쿡

쿡 찌른다. 주정뱅이들은 경찰관의 검문 따위는 아랑곳하지 않고, 손바닥을 활짝 벌려 정수리에 댄 채 누워 있다. 차라리 석탄 자루와 상대하는 게 나을 것 같다. 경찰과 한통속인 바텐더가 술집에서 뛰쳐나와, 맥주잔에 가득 든 물을 머리에 끼얹는다. 웃음소리가 들리고, 흠뻑 젖은 주정뱅이들은 땅바닥에서 일어나, 한 사람은 혀 꼬부라진 소리로 주정을 했지만, 두 사람 다 순순히 경찰관을 따라간다.

주정뱅이가 물을 뒤집어쓰고 쫓겨나는 바람에 나는 속이 불편해졌고, 그들의 목마름이 내게로 옮아온다. 마음을 가라앉히고 술로 나를 정화하러 가고 싶다. 술집을 순례하는 주정뱅이가 없으면 따분할 것이다. 내 하루의 절반은 그들과 도둑놈과 경찰 놀이를 하는 데 소비된다. 나를 찾아오는 방문객들이 한밤중의 수술대 앞에서 소독을 하느라 애쓰지 않았다면, 나는 누구의 임금 절반을 공탁할 것이며, 누구에게 소환장을 보낼 것이며, 누구를 금주교실로 끌어낼 것이며, 굼뜨게 진행되는 법정에 누구를 내보낼 것인가. 우리는 어깨를 나란히 하고 길모퉁이 술집에서 잔을 기울인다. 나는 성자이며 중용과 절제의 화신이고 전문적으로 남의 흥을 깨는 사람이지만, 모두가 나를 너그럽게 봐준다. 그들은 우연의 수도승이고, 자신을 잃는 경우가 있을지도 모르고 그렇지 않을지도 모른다. 또는 밤중에 칼을 던질지도 모르고 던지지 않을지도 모른다. 나라면 어떻게 될까. 작은 주먹으로 조금씩 강도를 높여가면서 유리판을 때릴지도 모른다. 물론 나는 알고 있다. 빛바랜 와이셔츠 차림으로 사무실에 앉아 있을 때에는, 그들도 알고 있다. 지금은 잊어버렸을 뿐이다…… 일시적으로.

    결과를 이야기하는 교육 영화는 이제 질렸다. 지금은 다만 종잡을 수 없는 육체의 상처, 그 낯선 행위자에 대한 수다스러운 하소연 외에는 존재하지 않는다. 도덕적으로 구제할 수 없을 만큼 문드러진 쓰레기 같은 일들은 공식 기록에서 누락된 진정서에 실려 있다. 앉는 자리에 오줌 얼룩이 묻어 있고 염소 냄새가 나는 옥외 화장실, 전등이 없어서 성냥불을 켜고 손가락을 태우며 오르내려야 하는 낡은 계단, 안전 난간이 탈구된 관절처럼 망가져버려서 그곳을 무사히 지나가려면 균형감각에 의지할 수밖에 없는 바깥 복도, 오래 감지 않아서 번들거리는 머리를 한 채 빗자루 뒤에 꼼짝 않고 서서 뒤죽박죽된 지식을 공식처럼 줄줄 지껄이는 노파, 악의에 찬 손이 부엌문에 그려놓은 낙서, 베개와 매트리스와 올이 보일 만큼 낡아빠진 바지와 해진 양말 따위가 인구 폭발을 일으킬 만큼 가득 차 있는 방, 비가 새어 얼룩진 벽에서 10년 동안 쉬지도 않고 계속 피를 흘리는 심장을 드러낸 구세주, 옷장 속에는 중고품 가게에서 구입한 주일용 감색 정장, 의자 등받이 위에는 병원에서 죽은 뒤 화려한 무늬의 헝겊을 꿰매어 가지고 돌아온 와이셔츠, 은혼식을 축하하는 토요일 밤의 스튜와 일요일의 수프 냄새, 아내가 분수에 맞지 않게 소중히 여긴 헤어네트, 세척기, 오리 모양의 남성용 요강, 붕대, 티눈약, 제멋대로 시간을 알리는 눈먼 뻐꾸기가 장식된 뻐꾸기시계, 중고품 가게에서 산 목욕가운 위에 놓인 불룩한 단지에 우겨넣은, 노파의 젖꼭지같이 생긴 후추 절임, 요강과 크림빵 사이를 오락가락하는 아이의 배, 더럽고 희뿌연 점액질 오줌에 이어지는 당근색과 시금치색과 토마토색의 똥, 좁아진 목구멍에 염증을 일으킨 편도선, 고동치는 목에 돋아난 해적깃발 무늬의 성홍열 반점, 서로 뒤얽힌 어린 살인자들을 목에서 떼어내는 작업, 열쇠 구멍 양쪽에서 이빨을 드러내고 침을 뱉는 두 개의 입, 교문에서 폭발한 경멸의 인사, 몸수색이 다 끝난 주머니 속에 들어 있는 훔친 수갑, 아이라인, 담배, 과제장에 그려진 성교 그림, 일곱 세대에 걸쳐 교실 맨 뒷줄에만 계속 앉은 징벌의 치욕, 상상할 수 있는 모든 경쟁에서 우연한 좌절을 맛보곤 하는 변함없는 전통, 학교가 파한 뒤 코흘리개들이 저지르는 폭력, 무너진 화장실 배수관에서 계속 흘러나오는 거품, 노동자인 젊은 부부가 사용하는 전기청소기의 굉음, 심심한 아이들이 발뒤꿈치로 복도 철책을 두드리는 소리, 주름투성이 입을 가진 어머니들의 최후의 심판을 연상시키는 비명 소리, 하수도에서 쥐가 튀어나왔을 때 고양이가 내는 날카로운 울음소리, 고양이 발톱에 눈을 할퀴고 마당을 이리저리 도망다니는 시궁쥐의 어린애 같은 외침 소리, 드디어 움직이기 시작한 엔진의 즐거운 신음 소리, 부엌 의자 위에는 요인들이 서로에게 경의를 표하기 위해 특별기편으로 상호 방문한다는 먼 세계에 관한 신문기사, 또는 인공심장과 표창, 3년간의 투옥과 그 보상으로 주어진 요양 휴가, 살상과 생일 축하, 누군가가 심장마비를 일으켰다는 가까운 세계에 관한 신문기사, 혼자 맞서지 않으면 안 될 때의 혈관협착증, 십이지장궤양, 척추경화, 간경변, 관절염, 폐암, 퇴치할 수 없는 병이 밝혀지는 데 대한 공포, 그리고 이윽고 위압적인 시선, 도장이 찍힌 서류, 메스, 바늘, 수갑, 사람들이 명령을 가져오고, 마지막에는 죽음이 혼자서 빈손으로 다가온다.

 진정서 목록에는 이처럼 끝없이 계속되는 기도—이것은 죽을 때까지 계속되며, 봇물이 터진 의식과 따분한 수다와 위축된 뇌의 건망증이 번갈아 되풀이된다—가 검열로 삭제된 채 포함되어 있다. 그리고 내 방문객도 내일의 전쟁터를 진지하게 통찰하고 있기는 하지만, 이렇게 많은 분쟁 앞에서는 더 이상 공식대로 걸어 나갈 수 없기 때문에, (참으로 남성적인 목록이나 자신감 넘치는 견해도 있긴 하지만) 그것은 실로 모욕적이다. 장거리용 대포가 위치할 곳에 난로 연통이 있고, 장갑차가 있어야 할 곳에 마차가 보인다. 그 난로 연통으로 적의 콘크리트 요새를 폭파하고 마차로 철조망 바리케이드를 넘어뜨릴 수 있다 해도, 그는 차라리 충돌을 피하여, 승리할 가망이 없는 전쟁터에서 달아나버릴 것이다. 그리고 오늘 저녁에도 갈증을 풀기 위해, 꾸깃꾸깃 구겨진 20포린트짜리 지폐를 뒷주머니에 찔러 넣고는, 상상의 나래를 타고 거품 이는 맥주잔 모양의 네온 사인을 뒤따라 길모퉁이 술집에 들르게 된다.

 지금, 술집에는 아무 일도 없다. 드문드문한 손님들이 높은 테이블 주위에 둘러서서, 닳아빠진 소맷자락을 술잔 옆에 놓고 쉬고 있다. 얼굴은 하루 종일 자란 수염으로 음영을 띠고 있고, 넓적한 손톱은 기름과 쇠 줄밥과 약품 때문에 검게 얼룩져 있다. 몇몇 손님들은 구석의 카운터에서 수프를 먹고 있고, 노인은 접시 바닥에 남은 음식을 얻어먹으려 기다리고 있고, 목이 굽은 여종원은 누군가에게 퇴짜를 놓고 있다. 머리 위에는 금지사항을 적은 벽보가 나붙어 있고, 부엌의 아연판에는 맥주 거품과 물로 줄무늬가 생겨나 있고, 원통형 도자기에 든 적포도주에서는 타닌산 냄새가 나고, 물 같은 디저트 포도주에서는 파리 날개와 코르크 마개 부스러기가 헤엄치고 있다. 유리문 저편에는 돌멩이처럼 딱딱하게 굳은 과자와 젤리처럼 굳은 돼지 귀와 검은 소시지가 푸른 담배연기 사이로 얼굴을 내밀고 있다. 등이 굽고 수염이 난 쪼그랑노파는 뭐라고 끊임없이 중얼거리며, 금니 박은 바텐더가 조금 전에 물을 탄 술잔을 손님들에게 가져가고 있다. 입구 문간에는 땅딸막한 경찰관 둘이 서 있다. 오른쪽 허벅지에는 권총집을, 허리에는 흑백 줄무늬의 경찰봉을 차고 있다. 한 주정뱅이 노인이 그들 앞에 서서 웃기려고 한다. 경찰관은 꺼지라고 말하지는 않지만, 그렇다고 웃지도 않고 노인의 머리 너머로 시선을 주고 있다. 그들은 4, 5분 동안 말없이 서 있다가 가버린다.

　이곳은 정말 쾌적하다. 뜨거운 목욕통 속에라도 있는 듯 상쾌한 기분이다. 너는 온종일 있는 듯 없는 듯, 단조롭게 움직이는 물체의 완만한 연속물에 불과하다. 네 신발이 너와 같은 길을 간 것은 순전히 운연일 뿐이다. 너는 그저 눈을 껌벅이고, 코를 풀고, 온갖 소리를 내는 데 불과하다. 이제는 진창과 담배꽁초, 식초, 창에 징을 박은 반장화, 스튜, 빨래통 냄새가 풍기는 이 음침한 술집에서, 파리똥 자국이 덕지덕지 묻어 있는 줄무늬 네온등의 불빛, 담배 연기가 소용돌이치는 그 천박한 불빛 속에서 너는 옷이 몸에 맞을 만큼 자라나 허풍을 떨고, 이웃들에게 우정의 잔물결을 보내고, 훈장을 나누어주는 장군처럼 이 탁자에서 저 탁자로 자랑스럽게 돌아다니고, 너 자신에게 만족하여 자서전 내용을 풍부하게 한다. 너에게 할당된 수천 번의 시합 가운데 오늘 시합도 포기해버리기 전에, 너는 그 특수성을 증명하려고 애쓴다. 너는 결국 네가 남에게 보이고 싶어 하는 모습—하나의 우상, 하나의 원형이다. 너는 좋은 친구이기도 하다. 혀를 차고, 악수를 하고, 동반자의 옷자락을 문지르고, 한 잔 더 마시지 않으면 화를 내고, 그의 앞에 얼굴을 들이밀고, 이빨을 드러낸다. 그런다고 해서 불쾌한 얼굴로 너를 노려볼 용기를 가진 자가 누가 있겠는가. 무엇도 너를 놀라게 하지 못한다. 그들이 너를 목매달더라도, 너는 그들을 간단히 쓸어버릴 것이다. 그들을 적발하는 것은 네 혀에, 그들을 죽이는 것은 네 손에 달려 있다.

그런 다음, 너는 힘이 빠진다. 창가에 붉은 머플러를 두른 젊은이가 서서 브랜디를 마시고 있다. 너는 그를 좋아한다. 그에게 말하고 싶어 한다. 한때 높이뛰기 챔피언이었다고, 회전 동작으로 170센티를 뛰어넘었다고. 언젠가 너는 딸들과 돌차기 놀이를 했는데, 몇 분 뛰고 나자 숨이 차서 심장 뛰는 소리가 귀에까지 들렸다. 너는 오랫동안 변변한 섹스 한번 하지 못했다. 배가 방해가 되었기 때문이다. 나의 회전동작을 믿어주고, 내 배를 비웃어도 상관없지만, 제발 다정하게 웃어달라. 너는 빨간 머플러의 사내에게 그 이상의 것을 기대하지 않는다. 어쩌면 그는 어머니가 암에 걸렸다고 말할지도 모른다. 그러면 너도 네 어머니의 죽음에 대해 이야기하고, 어머니의 꿈을 꾸는 일이 점점 많아져서 최근에는 계단에서 부르는 어머니의 목소리를 들었다고 말할지도 모른다. 그러면서도 너는 그가 있는 곳으로 가지 않는다. 이 시대의 인간은 이제 친구를 만들기가 어렵다. 젊은이는 기분 좋은 이마를 갖고 있다. "그게 정말이냐?"는 말쯤은 해줄지도 모른다. 그러고는 재빨리 브랜디를 다 마셔버릴 것이다. 그러면 너는 용기를 내어 그에게 다가가, 입과 코에서 피가 뚝뚝 떨어질 때까지 그를 두들겨 패고, 붉은 머플러 양끝을 잡아 찢게 될 것이다. 요약하면, 너는 그와 친구가 되지 못할 것이다. 어쨌든 너도 지금, 1933년 복권에 1등으로 당첨되었는데 그날 밤 창녀가 그 복권을 훔쳐갔다고 두 명의 경찰관에게 하소연하는 늙은 고물상 영감에게 구역질을 느낄 것이다. 만약 창가의 젊은이가 발길을 돌린다면, 그가 옳다. 조용히 여기를 떠나, 술잔 그늘에서 주위를 둘러보려는 거겠지. 그것마저도, 반듯이 누워 바지를 벗고 너를 위해 처음으로 자진해서 몸을 바치는 나이 어린 여자보다는 따분하지 않다. 석 잔째를 마시고, 전망대에서 세상을 내려다보는 전지전능한 대주교처럼, 너는 얼굴을 잔뜩 찡그린 이 인형들을 지켜보고 있다. 아무 쓸모도 없는 것을 소중하게 움켜쥐고, 서로 지분거리며 웅성웅성 떠들어대며, 차가운 유리창에 앉아 있는 지친 파리들을 황금빛 자수가 놓인 파리채로 한 마리씩 때려 떨어뜨린다. 이 순간 네가 알고 있는 것을 그들이 안다면……. 그러나 예언자는 수수께끼로 말할 뿐이다. 예언자의 두 번째 계시는 해독할 수 없다. 수수께끼를 푸는 열쇠는 감추어졌다. 그 이유는 아무도 모른다.

씻지 않은 우유병, 침대 커버 위를 돌아다니는 거미, 서로 기대어 휴식을 취하는 쥐, 그리고 구멍 난 낡은 구두에 둘러싸인 채, 환영(幻影)에 대비하여 내 가능성의 콘크리트 틀을 준비하고, 따끔따끔한 빵부스러기에 둘러싸인 반둘라의 이 철제 침대에서, 그의 아들의 자음투성이 외침 소리를 들으며, 또 하루가 시작되는 것에 진저리를 내면서 빈둥거리고 있다면, 이 술집보다 더 좋은 것은 나도 생각해내지 못할 것이다. 나는 가련한 인내심을 발휘하여 포도주 한 잔분의 돈을 긁어모아, 이를 덜덜 떨면서 아무에게도 방해받지 않고, 향긋한 냄새를 찾아 길모퉁이 술집으로, 유황과 생선 냄새가 나는 움막으로, 무너질 듯한 참호로, 나 혼자만의 신혼여행을 위해 달려 나갈 것이다.

2

숨을 한 번 쉴 때마다 빨강과 초록의 신호등이 규칙적으로 번갈아 켜지는 세계, 선과 악, 허가와 금지로 구분되어 있는 세계, 성불능 노인의 손이 이미 돈을 받고 떠나가는 매춘부의 엉덩이에서 미끄러지듯, 어쩔 도리 없는 사건의 더러운 양의성(兩義性)에서 미끄러져 떨어져가는 세계, '전부 아니면 무'에 대한 숭배가 최고의 신을 지배하는 세계, 오랫동안 고통스러운 강박관념으로 내 마음을 가득 채운 그 오만하고 법률 만능주의적인 질서 속에서, 인간성 자체도 판단을 내리고 판단을 받는 두 집단으로 분열되어 있는 콧대 높은 법률가의 질서 속에서, 나는 기억을 가진 순간부터 줄곧 판단을 내리는 쪽에 서 있었다. 하지만 자신감은 없다.

  나를 합리화하려는 것이 아니다. 다만 확인하고 있을 뿐이다. 나는 맨 먼저 검사로 출발했다. 검사로 일한 기간이 짧았기 때문에, 내가 구형한 기간을 모두 합해도 수백 년에 불과할 것이다. 그러나 감옥에 갇힌 사람으로서는 그것이 결코 짧다고 말할 수 없다. 나는 결국 여덟 내지 열 명의 인생을 차례로 감옥에 처넣은 셈이다. 만약 내가 지금 감방에 앉아 있고 내가 구형한 총 햇수를 줄이려 한다 해도, 내가 살아 있는 동안 고작 몇 년밖에 줄이지 못할 것이다. 게다가 사형을 구형한 적도 한 번 있었다. 증거가 명백한 강도 살인 사건이었다. 그러나 세월의 흐름이 젊은 시절의 한때를 잊을 수 없는 것으로 만든다고는 할 수 없다. 솔직히 말하면 잊어버리기를 그만둔 것이다. 그러나 나는 시골뜨기처럼 스케일이 작기 때문에, 내 판결이나 일솜씨도 다른 동급생에 비하면 자랑할 정도는 못된다. 그러나 그 일을 그만둘 때에도 마음이 아프지는 않았다. 상부의 결정으로, 살아 있는 사람들에게 판결을 내리는 일을 그만둔 것에 불과하다. 그리고 내 활동 장소는 법정에서 감옥 묘지로 옮겨졌다.

 몇 달 동안 나는 무덤을 다시 파헤치라는 지시를 내려야 했다. 그것은 정말 싫은 일이었지만, 적어도 그건 우리 팀의 자발적인 자체 조사였다. 기록상으로는 폐렴으로 죽은 것으로 되어 있는 사람의 머리에 상처는 없는가? 옥중에서 죽어가는 사람들이 점점 늘어나고 있었다. 내 일은 이들에게 최종 증명을 해주는 것이었다. 나는 과묵하고 술을 좋아하는 시체 발굴팀장으로서 관용차 번호를 단 두 대의 검은 자동차를 타고 도시에서 도시로, 감옥에서 감옥으로 돌아다녔다. 그리고 우리의 무자비한 조사에 따라 너덜너덜해진 줄무늬 죄수복이 벗겨지면, 구더기가 득실거리고 평등과 완전한 상대성을 구현하고 있는 동상 같은 시체, 그리고 해골만 남은 시체(이런 경우가 상당히 많았다), 고전적인 흙냄새가 나는 정적 속에서 달콤한 악취를 풍기는 곰팡이균도 전혀 없는데 영양분이 다 빨려버리고 석회질만 남은 오래된 시체들이 백일하에 드러났다. 우리는 '정의의 사도'처럼 발굴 연장을 가지고 돌아다니며 무덤을 파헤쳤다. 우리는 '세계의 파괴자'처럼 서류에 서명한 자들의 소재를 찾아내고, 일부 사망증명서의 부정을 규탄하고, 현재 살아 있는 자들에 대해서는 공범 관계가 없으므로, 그리고 죽은 자들에 대해서는 아마 후각이 반란을 일으킨 탓으로 애도의 뜻을 표하지 않고, 금속성으로 반짝이는 물질의 진실을 파내는 일과 이처럼 복잡하게 관련되어 있는 요구에 따라, 불필요하게 즉 수명을 다하기 전에 땅속에 묻혀버릴 법률의 대상자들에게 법의 진실을 적용했다.

이리하여 몇 달이 지나갔다. 우리는 그저 긍정과 부정으로밖에 판단하지 않는 법률의 이원론에 따라 마지못해 일을 했다. 역사에 대한 무관심 때문에 파괴된 유머를 토대에 올려놓고, 거울과 컵과 앞유리창에서 죽음의 기호를 읽어내고, 새로 발견한 시체 매장의 구조에 관해 전쟁 당시 소년들의 기억에 남아 있는 큐비즘의 추억을 끌어내고, 친절한 보고서나 물의를 불러일으키는 보고서를 읽고 설사나 변비에까지 흥분했던 것이다. 그리고 밤마다 우리는 광명과 진실의 망토와 법률적 판단의 두건을 방구석에 집어던졌다(짓뭉개진 국부에서 경찰봉을 제거함으로써 절제를 보여주듯, 복수의 찬가를 기상학 언어로 번역하듯, 수천 년 동안 핑계거리가 되어온 슬픈 속임수를 몇 번이나 되풀이하듯, 법률은 우리 몸속에서 악취를 풍기고 있었다. 우리는 법의 적용과 악용의 고상한 차이에 대한 불투명한 핑계를 좋아하지 않았고, 이젠 법률 자체가 싫어져 있었다). 결국 나는 서투르고 상처 입은 의식—내 의식은 역사적 전망에 관한 획일적인 지도 원리, 화살처럼 일직선으로만 나아가는 그 지도 원리에서 항상 탈선하기만 했다—때문에, 여름 휴가를 받기 전에 갑자기 직장을 바꾸어, 판결의 박차를 면제받고 도살장 창고에 자리를 잡았다. 창고의 하얀 타일벽 앞에 있는 갈고리에는 가죽을 벗긴 황소 머리가 세 줄로 늘어서 있었다. 보랏빛을 띤 점액질의 힘줄 덩어리에는 무섭게 팽창된 채 꽁꽁 얼어붙은 눈알이 드러나 있고, 잘려나간 뿔이 있던 자리에는 은회색 후광이 번쩍이고, 파리의 날갯소리만이 들리는 정적 속에서 나는 어떤 것에도 구애받지 않고 이해하는 훈련을 함으로써 따분함을 달랠 수 있었다.

내가 그 창고로 안내했을 때, 짓눌려 짜부라진 듯한 얼굴을 가진 기자—그는 불교신자였다—는 줄곧 '아우슈비츠'란 말을 되뇌었다. 그는 오랫동안 스테이크나 갈비구이나 커틀릿 같은 고기요리를 포식하는 문명, 짐승을 죽이고 가죽을 벗기고 해체하는 데 필요한 기준 시간이 설정되어 있는 세계와의 관계를 끊고 사과와 쌀과 당근만 먹으며 살아왔기 때문에 비쩍 말라 있었다. 기자는 이런 보건복지부의 감독 하에서 경제적으로 조직된 우리 회사 전체를 혐오했다. 우리 도살장에는 머리가 밧줄로 꽁꽁 묶인 가축들이 트럭에 실려 들어온다. 잠시 휴식을 취한 뒤, 아직 가공되지 않았을 때에는 그저 울음소리만 벽돌담 밖으로 울려 퍼지고, 나머지는 모두 머리빗과 살라미 소시지, 구두 가죽과 고기 토막, 아교와 간 소시지로 변형되고, 이것들은 적절히 포장되고 송장이 작성되면 문을 통과하여 밖으로 나올 수 있는 법적 권리를 얻는다. 우리 도살장에는 털을 그슬린 냄새, 훈제된 고기 냄새, 고기 삶은 물이나 내장 냄새가 진동하고 있었다. 그래서 기자는 어린 시절의 부엌 냄새가 나는 이 처형장을 매우 싫어했고, 단조롭고 바쁜 우리의 활동—여기에 대한 보상으로, 고용주는 임금 외에 매주 2킬로그램의 고기를 지급했다—에 양심을 불러일으키려고, 핏물방울이 뚝뚝 떨어지는 정육에 카메라를 들이대고 여러 각도에서 사진을 찍었다. 그는 짐승들이 내지르는 비명과 분명히 존재하는 동물정신의 본질이 우리의 검은 손톱 사이에 낀 혈흔에서 어서 빠져나가기 바란다면서, 이렇게 덧붙였다. "우리의 생활은 강제로 더럽혀져 있습니다. 이 공장의 기술적인 대량살육에 참가하는 사람들은 훗날 언젠가는 인간도 그처럼 신속하고 완벽하게, 그리고 한 조각의 낭비도 없이 가공 처리할 수 있을 거예요."

그의 말에도 일말의 진실은 있었다. 손도끼로 숨골을 한 방 내리치고, 작살로 동맥을 한 번 찔러 죽이는 것은 그다지 어려운 일도 아니다. 누가 잘하고 누가 못하느냐, 언제 잘하고 언제 못하느냐는 질문에 대해서도, 그리스도 수난일에 고기를 먹어도 좋으냐 나쁘냐는 질문에 대해서보다 더 확실한 대답을 줄 수가 없다. 값싸게 간단하고 신속하게 죽일 수도 있고, 비싸게 꼼꼼히 정성들여 죽일 수도 있다. 기술 훈령은 법률 서적보다 알기 쉽다. 나는 법질서라는 마법의 성을 등에 짊어지고 있으면서도, 아침에 일찍 일어나는 도살장의 숙련노동자로서 그의 솔직한 비교를 이해할 수는 있었지만, 채식주의자의 지극히 공상적인 윤리관에 따르기는 어려웠다. 보편적 깨달음의 글인 성무일과서에도 자살과 정신병원, 감옥, 또는 거기에 못지않게 무미건조한 착상 외에는 그저 달콤하고 수다스러운 어릿광대 역할만 남게 될 테니까, 그보다는 차라리 채소 생산자의 긍지와 그 심리적인 물구나무서기, 상상 속의 정관수술, 날마다 기록하는 선행, 친밀하게 사귀고 가르칠 수 있는 형제관계를 따르는 편이 훨씬 간단하다. 다시 말해서 나는 날마다 제조되고 가공되는 소머리 앞에서, 분명히 쇠퇴하는 직업을 선택하고 싶은 유혹을 버렸고, 반(反)기술주의자, 반준법주의자, 반제국주의자, 반공산주의자, 반관료주의자, 반전통주의자의 개인적인 인사에서 내 마음도 떠나, 다시 내가 전문으로 배운 법률과 관청의 일—질서를 유지하기 위해 벌을 내리는 일이 아니라 감시하는 임무—로 되돌아와, 사회의 긴장을 처리하는 기술자로 일하며 오늘에 이르고 있다. 불안할 때에는 구실도 찾아내야 한다는 생각에 상당한 의문을 느끼기는 하지만, 그러나 해고당하지 않도록 해야 한다는 생각도 완전히 버리지는 않았다.

나는 지난 몇 해 동안 기록을 보관해두는 선반과 미지의 문 사이를 오락가락하고 있다. 가방에는 단순하지만 해결이 불가능한 탄원서와 거기에 대한 나의 결정문, 이해시키려 해도 이해시킬 수 없는 결정문들이 들어 있다. 그럭저럭 10년 동안, 나는 낙담하고 긴장한 방문객들의 찡그린 표정 뒤에서 여위어가는 잿빛 얼굴, 놀란 나머지 다물어지지 않는 입, 얼굴에서 미끄러져 산산조각 난 웃음, 주름투성이의 무관심한 얼굴, 선악의 판단이 비뚤어진 표정을 관찰해왔다. 실패를 거듭한 까닭에, 나의 동정은 한 줌의 뜨거운 모래처럼 꺼칠꺼칠한 것으로 변해 있다.

나는 누구인가? 그들을 심문하고 남의 사생활에 머리를 들이미는 나는 도대체 누구인가? 그들은 나를 어떻게 보고 있기에 갈릴리의 목수도 두 손 들게 만든 일을 나한테 가져오는 것일까? 이 불행의 연속극은 도대체 어디서 시작되었을까? 그들의 세포조직의 통계적인 우연에서? 테러에 위협당하여 그들의 마음속에 잘못 심어진 견해의 충돌에서? 그들보다 몇 세대 전인 과거에 시작되었을까? 그리고 내가 나쁘다고 생각하는 경우, 무엇과 비교하여 나쁘다는 것일까? 쉬 바스러지는 석회암 속을 가득 메운 낟알만 한 거품, 그 자유의지를 보지 못하고 놓쳐버렸을 가능성도 있다. 그러나 내가 최대한으로 할 수 있는 일이 이런 거품뿐이라 해도, 나는 여전히 그 작은 구멍 속에 틀어박혀 판결을 내린다. 신생아를 쓰레기통에 버려서는 안 된다. 아기를 굶기는 건 잘못이다. 아기가 아프면 의사를 불러야 한다. 몸을 묶거나 뜨거운 난로 위에 앉히거나 추운 헛간에 가두거나 손가락을 전기 소켓에 밀어 넣거나 허리띠나 홍두깨, 의자 다리, 먼지떨이, 나무주걱, 빗자루, 빨랫줄이나 구두 뒤축으로 아이를 때리지 마라. 어린 소녀, 특히 자기 딸을 폭행하지 마라. 마누라와 한창 사랑을 나누다가 방구석에서 자고 있는 아이를 짓누르지 않도록 조심해라. 아이에게 술을 먹이지 마라. 아이의 외투를 전당포에 맡기지 마라. 아이의 저녁밥을 애인에게 주지 마라. 습진에 걸린 아이를 방치하지 마라. 아이의 어머니를 갈보년이라고 부르지 말고, 아이의 아버지를 후레자식이라고 부르지 마라. 걸핏하면 관청을 들먹여 겁주지 마라. 밖에 나가 놀다 오라고 집에서 내쫓지 마라. 소매치기 기술 따위를 가르치지 마라. 아이를 늙은 호모에게 팔아먹지 마라. 아이의 책가방에 오줌 싸지 마라. 깜박 잊고 아이를 기차에 두고 내리지 마라. 속이지 말고, 비웃지 말고, 퇴짜놓지 말고, 큰 소리로 꾸짖지 말고, 창피를 주지 말고, 앞으로 시작될 순진무구한 인생을 가능한 한 존중하도록 해라. 나는 이렇게 위압적으로 내 의견을 강요하고, 판결을 내린다.

3

익명성이라는 철의 장막을 걷어 올리고, 맥주잔을 든 전차 차장이 내 앞에 선다. 모자를 벗으니 대머리에 커다란 혹이 나 있다. 그는 그 혹을 손가락으로 만지작거리며 내가 말을 걸어주기를 기다린다. 아들에게 얻어맞았다는 것쯤은 알고 있지만, 그래도 예의상 어떻게 된 거냐고 묻는다. "차표에 구멍을 뚫을 때 쓰는 펀치로 얻어맞았답니다. 상상이 가십니까?" 충분히 상상할 수 있다. 반년쯤 전에 그의 집을 찾아간 적이 있다. 차장은 타일 깐 부엌 바닥에서 신음하고 있었다. 아들에게 처음 얻어맞은 날이었다. 아들은 그 기회를 되도록 지연시키려고, 몇 주 아니 몇 달 동안이나 부랑자 같은 생활을 하고 있었다. 건축공사장의 발판 위, 잔뜩 쌓여 있는 콘크리트 관 속, 도나우 강변의 모래상자 속, 대피선에 서 있는 화물열차 속에서 잠을 잤다. 그는 고무줄로 훈련을 거듭하여 자기가 더 힘이 세다는 것을 이미 알고 있었기 때문에, 술에 취해 비틀거리며 집으로 돌아온 아버지가 큰 소리로 위협하면, 아버지와 충돌하기 전에 1층 창문으로 달아났다. 길거리에서 나이든 경찰관에게 검문을 받자 그는 "자칫하면 아버지를 때려죽일 것 같으니까, 나를 체포해도 좋습니다" 하고 말했다. "좋고말고." 경찰관은 그를 파출소로 데려가서 빵과 고기를 주고, 라디오 다이얼을 이리저리 돌리면서, 자기도 그 나이 때는 아버지를 죽이고 싶어 했지만 왠지 실행에 옮기지는 않았다며, 이제는 아버지를 돌봐드리고 있다는 이야기를 차근차근 들려주었다. 그러고는 아버지의 공격에 대한 방어 수단으로 팔 비트는 기술을 가르쳐주면서, 필요하면 그 기술을 사용해도 좋지만 되도록이면 아버지를 때리지 말라고 소년을 타일렀다. 이튿날, 전차 차장은 여느 때보다 더 기분이 나빴다. 그는 아내와 딸과 아들이 함께 사랑을 나누고 있다는 이유로, 가족에게 경고를 내리기로 작정했다. "내가 집을 나오면 너희들은 침대에서 함께 뒹군다." 이따금 그는 이 문제로 울거나 분노를 터뜨리곤 했다. 때로는 흐느끼면서 아들에게 경고했다. "네놈이 꿈꾸고 있을 때 거기를 잘라주겠다."

어느 날 밤 그는 술에 취하여, "내가 보고 있는 앞에서 해봐. 내가 집에 없을 때 그 짓을 할 정도라면, 새삼 부끄러워할 것도 없잖아" 하고 끈질기게 강요하며 아내와 딸의 옷을 잡아 찢기 시작했다. 그러고는 아내와 딸의 젖가슴을 꼬집고 침대에 억지로 쓰러뜨리고 주먹으로 때리면서 아들을 곁눈질로 살폈다. 아들에게는 손을 대지 않고, 아들이 먼저 대들기를 기다렸다. 그러나 아들이 몸을 움직이자마자 입을 후려치고, 닥치는 대로 아무 데나 후려갈겼다. 아들만 때렸다. 팔 비트는 기술은 효과가 그만이었다. 차장은 등을 굽히고 꿇어앉으면서 소리를 질렀다. 아들은 그 소리를 견디다 못해, 아버지의 목덜미를 손으로 내리쳤다. 15분 뒤에 나는 그들의 집 문을 두드렸다. 차장은 아직도 바닥에 드러누워 뇌진탕으로 괴로워하는 듯했다. 계속 신음 소리를 내면서, 얼굴을 손에 묻고 자초지종을 털어놓았다.

그러나 벌써 반년 동안이나 그는 열세에 놓여 있고, 나머지 세 사람이 힘을 모아 그를 걷어차고 있는데도 불구하고, 그는 밤마다 되풀이되는 이 난투극에 여전히 집착하고 있다. 패배는 불운 때문이라고 둘러대면서, 언젠가는 반드시 이길 거라고 아직도 큰소리치고 있다. 위협적으로 이것 보라는 듯이 아들 앞에 얼굴을 내밀면, 더욱 정확하고 더욱 무자비하게 얻어맞을 뿐이다. "당신은 이미 KO패 당했어요. 못된 장난을 그만두지 않으면 결국은 미쳐버릴 겁니다" 하고 나는 말했다. 자존심을 건드리지 않고 물러서게 하고 싶다. 그는 울면서 "어떻게 자식 놈이 애비를 몰아내고 내 자리를 차지할 수 있단 말이오. 그렇게는 할 수 없어요" 하고는, 주먹으로 맥주잔을 툭툭 때린다. 옆에 서 있던 거구의 애꾸눈 사내가 팔꿈치를 쿡 찌르며, "하느님도 얼마든지 몰아낼 수가 있어. 그런데 자네를 몰아내지 못할 거라고? 자네 따위는 훅 불어서 날려버릴 수도 있다고" 하고는 한바탕 웃음을 터뜨린다. 차장은 보기 흉하게 혹이 난 머리에 모자를 쓰고 집으로 돌아간다. 내 생각에 그는 얻어맞고 싶어서 싸움을 거는 것 같다.

"또 자식놈과 나를 내팽개치고 나가버렸어요." 애꾸눈이 말한다. 레즈비언인 집시 처녀가 또 그의 아내를 꾀어낸 것이다. "내일 개를 데리고 찾으러 나갈 작정이에요. 이 마을에서 저 마을로, 집시 오두막을 샅샅이 돌아다녀볼 겁니다. 마누라를 찾으면 데리고 돌아와서는, 동성애나 하는 그 계집을 그냥……" 하며 목을 비트는 시늉을 한다. "그랬다가는 징역 10년입니다." 내가 말했다. "그래도 상관없어요." "후회할걸요." "10년쯤은 금방 지나가요." 그는 벌써 5년간 옥살이를 했기 때문에 잘 알고 있다. 57년 봄에 순찰 중인 민병대원을 죽이지는 않았지만 반병신으로 만들어, 상자에 처넣은 다음 트럭에 태워 사령부로 보냈던 것이다. 아내는 1년 동안 기다렸지만, 결국 침대를 빌려주고 있던 젖가슴이 납작한 집시 처녀(이 여자는 부츠를 신고 오토바이를 타고 다녔다)의 강한 애정에 끌리고 말았다. 처음엔 억지로 술을 마셨지만, 나중에는 말짱한 정신으로 동성애를 즐겼다. 두 여자는 합의하에 남편과 아내로서 살았다. 필요한 생활비는 둘이서 함께 벌었고, 힘껏 아이를 키우고, 밤이면 몸을 맞댄 채 텔레비전을 보았다. 부인은 약간 뚱뚱하고 순종적이며 유머가 많았고, 집시 처녀는 깡마른 몸매에 점성술을 믿었고, 아이들에게 눈짓으로 주의를 줄 수가 있었다. 아버지가 석방되자 아이들은 어머니가 밤마다 킥킥 웃거나 때로는 신음 소리를 내기도 했다고 아버지에게 일러바쳤다. 집시 처녀는 종종 두툼한 편지를 보내왔는데, 부인이 겉봉도 뜯지 않고 건네주면, 애꾸눈 사내는 아무 말 없이 그 끈질긴 집시 처녀의 편지를 불태워버렸다. "부인이 남자를 사랑했다면, 그 남자의 목도 졸라버릴 작정인가요?" 내가 물었다. "천만에. 해도 되는 일과 해서는 안 되는 일을 구분할 수 있도록 약간 쓰다듬어줘야지요. 그건 어디까지나 교육을 위해섭니다." 애꾸눈 사내는 그 교육이 잘된 경우를 상상하며 만족스러운 듯이 웃는다. "그렇다면 단지 상대가 여자이기 때문에 화가 난다는 겁니까?" 수염을 기르지 않은 애꾸눈의 커다란 얼굴에서 핏기가 사라진다. "나는 아직 한 번도 여자를 때린 적이 없어요. 믿어주시겠습니까?" 나는 아무것도 믿지 않지만, 있을 수 있는 일이라고 생각하여 고개를 끄덕인다. "하지만 그 마녀의 목구멍을 갈기갈기 찢어줄 겁니다." 이제 알 만하다. 그것이 진심에서 우러나온 말이어서 불안해진다. "점성술 때문인가요?" "그 이유도 있어요. 완전히 정신 나가게 해버렸다고요. 요즘 마누라가 자꾸만 창문에 뭐가 보이지 않느냐고 물어요. 뭐가 보인다는 건지, 원! 우린 4층에 살고 있으니까, 보인다고 해봤자 맞은편 집 굴뚝 정도인데. 그 여자가 창문 너머로 보고 있다면서, 부엌에 가서 훌쩍훌쩍 우는 거예요. 이번에 아이들한테 데리고 돌아가면, 두 번 다시는 나갈 곳이 없도록 만들어줄 겁니다." 나는 그를 설득하여, 뭔가 좋은 생각이 떠오를 테니까 내일 관청으로 찾아오라고 말한다. "조용히 데리고 돌아가세요. 내 친구 중에 정신과 의사가 있으니까 치료해줄 겁니다." "그럼 그 집 시년은요?" "레즈비언 여자를 몇 명 알고 있으니까, 그중 한 사람을 소개할게요. 내일 나한테 오세요. 만약 오지 않고 당신

혼자 출발한 것을 알게 되면, 살인예비죄로 경찰에 알릴 겁니다." 애꾸눈 사내는 나를 때릴 수도 있는데, 그저 서글픈 듯한 얼굴을 하고 있다. 내가 너무 간단하게 말한다고 생각하는 모양이다. 술잔이 비어 있다. 한 잔 사준다.

"베갯잇 있어요." 카운터 저편에서 몸집 작은 사내가 말한다. 그러고는 손을 높이 치켜든다. 정말로 베갯잇을 들고 있다. "예쁜데요" 하고 내가 말한다. "괜찮군" 하고 애꾸눈 사내가 덧붙인다. "맥주 열 잔 정도의 가치는 있지요" 하고 작은 사내가 말한다. "친구로서 한 잔 사겠습니다. 그건 집에 가지고 돌아가세요" 하고 내가 제안한다. "꼭 집에 가지고 돌아가" 하고 애꾸눈 사내가 엄격한 말투로 거든다. 프레치카의 약속을 믿었다가는 큰코다친다. 작은 사내는 마치 그것이 죽은 약혼녀의 베일이라도 되는 것처럼 깊은 생각에 잠겨 베갯잇을 어루만지고 있다. 이런 시각에는 팔러 나가기도 어렵다. 집에 가지고 돌아갈 마음도 없다. 집에서 넉 장을 가지고 나왔고, 석 장은 이미 빚 보증금으로 팔아버렸다고 한다. "귀족처럼 팔아치웠지요. 어이, 라요슈카, 60포린트야. 확인해봐. 이 프레치카 벨라가 60포린트라고 말하면, 분명 그 이상의 가치는 있는 거야. 그 이하는 절대로 아니지. 자네 돈은 나한테 있어. 은행에 맡겨둔 것만큼이나 확실한 곳에 있는 셈이지. 내 말이 맞지요, 선생?" 그보다 더 재치있는 말은 할 수 없었다. 그는 이 술집 지하에 살고 있다. 몇 년 전 곤드레만드레 취한 이후 오늘까지 제정신으로 돌아오지 않는다. 술통을 굴릴 때 사용하는 밀짚 요에서 잠을 자고, 시궁쥐를 기르며 길들이고, 아침이 되면 바텐더한테 포도주를 짜고 남은 찌꺼기를 얻어 먹고, 저녁에는 지하실에서 춥지 않도록 또 한 잔 얻어 마신다. 낮 동안은 아무것도 얻어 마시지 못한다.

지금이 그 시간이다. "예수님도 팔아먹을지 몰라" 하고 애꾸눈 사내가 외친다. "하지만 모범 노동자 배지는 아직 팔아먹지 않았어" 하고 프레치카가 반박한다. "그건 왜?" 하고 애꾸눈이 묻는다. "죽어서 땅속에 묻힐 때는 역시 관 속에 뭔가 장식품이 있는 게 좋으니까." 이 말도 일리가 있다고 생각한다. 그의 아내가 그저께 길거리에서 그를 보고 집으로 데리고 돌아가 목욕을 시키고 수프를 먹였다. "깨끗한 옷도 줬어. 바로 이거야." 잘 보니, 그렇다. "쓰레기와 시궁쥐랑 함께 살다 보면 소지품 따위에는 신경을 쓸 수 없어." "그런데 베갯잇 넉 장은 어떻게 된 거요?" 내가 물어보았다. 부부 사이에 집에서 잔다는 이야기는 나오지 않았지만, 식사를 끝낸 뒤 그만 잠들어버렸는데, 곤히 자는 남편을 깨우기도 안됐는지 부인은 그냥 일하러 나갔다. 마침 야근이었다. "자는 척하고 있었겠지. 쓰레기 같은 놈." 애꾸눈이 가차 없이 꼬집는다. "거짓말 같은 건 안 해. 코까지 골았다니까." 플레치카는 뭔가가 문득 떠오른 듯 생각에 잠긴다. 애꾸눈이 그의 말을 가로막고, "이봐, 벨라, 자넨 나쁜 놈일 뿐만 아니라 멍청한 자식이이야. 자네를 보기만 해도 난 불쾌해져. 뭣하러 아침마다 지하실에서 올라오나? 자넨 도대체 뭘 어떻게 하고 싶은 거야?" 하고 말한다. "처자식 옷에까지 손을 댈 만큼 나쁘진 않아. 기껏해야 베갯잇 정도지. 베개도 좋고 맥주도 좋지만, 나한테는 역시 맥주가 더 좋으니까. 선생, 나한테 좋은 걸 왜 내가 좋아하면 안 되는지, 그 이유를 말해주쇼. 나한테 주기가 아깝나요?" 부인을 생각하면 정말 불쌍하다. 생활비를 한푼도 집에 들여놓지 않는 것을 생각하면, 부인이 너무 불쌍하다. "프레치카 씨, 금주교실에 나가세요. 그러고 나서 취직하는 거예요." 애꾸눈은 이런 종류의 이야기를 듣기 싫어한다. 그는 몸집 작은 사내한테 베갯잇을 빼앗아 부인에게 돌려주러 가겠다고 말한다. 아마 오늘은 집시 처녀의 목을 조르러 개를 데리고 찾아 나서지는 않을 모양이다. 프레치카는 코를 만지작거리며 콧소리를 내고, 애꾸눈의 옆구리에 끼여 끌려가면서 철도원의 팔꿈치 밑으로 나를 물끄러미 바라본다.

하얗게 물든 더부룩한 단발머리, 눈꺼풀이 축 처지고 약간 튀어나온 갈색 눈, 주름살 사이에 커다랗게 굽어진 입술—이런 얼굴이지만 다들 이 노파를 좋아한다. 스피커가 시장 상인들에게 폐점 시간을 알리는 오후, 한 노파가 시든 양배추를 내밀 때처럼 애원하는 표정을 지으며, 꺼져 들어갈 듯한 얼굴을 내 앞에 내민다. "경찰을 어떻게 생각하시우?" 하고 묻는다. "별로요." "경찰을 좋아하느냐니까?" "아주머니는요?" 나는 나른한 말투로 되묻는다. 노파는 담배에 불을 붙이는 중이다. 세 번째 성냥으로 겨우 불을 붙인다. "댁한텐 전에도 이런 질문을 한 적이 있었지요?" 노파는 어떤 기억이 되살아난 모양이다. 나는 고개를 끄덕인다. 요즘은 재미있는 질문이 도무지 생각나질 않는다고 투덜거린다. "그것도 충분히 재미있는 질문이에요. 하지만 이 동네에선 사람들이 벌써 몇 번씩이나 그 질문을 받았으니까요" 하고 나는 위로한다. 그러자 애꾸눈도 "아주 날카로운 질문이에요, 이레네. 핵심을 찌르는 질문이라고요. 그보다 더 날카로운 질문을 생각해내기는 어렵지요" 하고 거든다. 하지만 백발 노파는 실망한 투로, "그런 말은 벌써 귀가 닳도록 들었다우" 한다. 그러고는 주위를 둘러보고, 거기에 있는 모든 사람들에게 이미 똑같은 질문을 한 것을 알아차린다. "포도주라도 마시면서 좀 쉬세요" 하고 나는 그녀의 용기를 북돋아준다. "이 책임은 정말 끔찍해요. 이제 잠을 잘 수도 없다우." 노파가 말한다. 경찰을 싫어하는 사람이라도 경찰의 가족을 좋아할 수는 있는 것이고, 직장에서는 인민 민주주의에 성실하게 봉사하고 있을지 모른다. 그리고 요즘은 사람들이 성급하고 초조해져서, 생각지도 않은 말, 진지하게 생각해보지도 않은 말들이 입에서 튀어나온다. 이런 점을 모두 명심해야 한다. "그 균형을 맞추기가 얼마나 어려운지 아시겠어요?" 나도 알고 있다. 애꾸눈은, 자기가 만약 이레네의 입장이었다면 머리가 빠개져버릴 만큼 복잡한 문제라고 말한다. 사실 그는 초등학교밖에 나오지 않았다. 반면에 이레네는 고등교육을 받은 사람이다. 백발의 노파는 포도주를 단숨에 들이켜고 나서, 남의 비위를 건드리지 않는 자신감으로 고개를 끄덕인다. 그녀는 한때 경찰에서 일했다. 그때 이런저런 일로 나를 꽤 많이 도와

주었다. 그런데 술을 너무 좋아해서 해고당하고 말았다. 하지만 처음에는 술집이나 카페에서 보고 들은 정보를 알려주는 대가로 돈을 받았고, 지금처럼 완전히 몰락한 것은 아니었다. 지금은 얼마 안 되는 푼돈밖에 손에 들어오지 않는다. 그것도 그녀가 가진 정보에 아예 관심조차 보이지 않는 옛 동료들이 불쌍해서 주는 돈이다. '거리의 등불'은 꺼져버렸다. 그러나 나는 그녀가 자신을 쓸모없는 인간으로 느끼지 않도록, 이따금 그녀의 이야기를 들어준다. 그녀도 속임수로 먹고살면서, 옛날처럼 질문을 계속한다. 사람들은 그녀의 약점을 알고 있다. 노파가 농담을 하고 술을 한잔 산다. "뭐 재미난 질문은 없을까?" 부인이 나에게 묻고는 신경질적으로 생각에 잠긴다. "여자를 좋아해요?" 이 질문이 마음에 들었는지, 당장 나에게 시험해본다. "아주 좋아합니다" 하고 나는 대답해준다. "좋은 일이에요. 우리 영감님도 나를 좋아해준다우. 하지만 내게는 결점이 있어서……" 하고 말하면서 백발의 노파는 한숨을 내쉰다. 애꾸눈에게도 여자를 좋아하느냐고 묻는다. 머리에 피가 올라와 있는 애꾸눈 사내는 "여자라고 다 좋아하진 않아요" 하고 대꾸한다. "그야 전부 다 좋아해선 안 되지. 선택한 단 하나의 여자도 만족스럽게 사랑하지 못하니까. 당신네 남자들은 너무 피상적이야." 노파는 말하면서 눈을 지그시 감고, 먼지투성이 머리카락을 긴 손가락으로 춤추듯 어루만진다. 의기소침했던 얼굴이 밝아진다. 그녀의 남편인 배관공이 걱정스러운 듯 창백한 얼굴로 들어온다. 옆구리에는 하얀 에나멜로 만든 변기 물탱크와 연장

상자를 끼고 있다. 아내의 모습을 보고는 안심하여, 손을 잡고 밖으로 나간다. 밖에는 아들이 기다리고 있다. 아버지와 아들은 양쪽에서 노파의 팔짱을 끼고, 저녁 반찬거리를 사러 간다. 애꾸눈도 돌아간다. 자식을 재우지 않으면 안 된다. 내일 관청으로 나를 찾아올 것이다. 모래가 가득 든 관을 운반하듯, 무거운 몸을 질질 끌며 떠나간다.

겨드랑이에 쟁반을 껴안은 고등법원장의 미망인이 내 앞에 우뚝 멈춰 선다. 살집 좋은 기다란 코가 떨리고, 시대에 뒤떨어진 문장(紋章) 같은 미소를 피곤한 얼굴에 떠올리며 "안녕하세요?" 인사를 하면서, 상처투성이 은쟁반을 축 늘어진 풍만한 젖가슴 밑에 눌러댄다. 듬성듬성해진 회색 머리를 틀어올린 위에 하얀 간호사 모자를 쓰고 있고, 손에는 검버섯이 돋아 있고, 거무스름한 철사가 앞니를 지탱하고 있다. 그녀는 시장에서 파이를 만들어 판다. 저녁에 밀가루를 반죽하고 밤중에 파이를 구워서, 그것으로 먹고산다. 그녀는 막내아들과 함께 살고 있지만, 장성한 자식들의 신세는 지지 않고 있다. 나는 주위를 둘러본다. 막내아들이 맞은편 길가의 가스등 불빛 아래 앉아서, 코를 후비며 딸랑이를 흔들고 있다. 열다섯 살이나 될까, 아니면 벌써 그 나이가 지났을까? 턱이 워낙 커서, 그 위에 20필러짜리 동전을 올려놓을 수 있다고 한다. 하얀 혀를 턱에 대고 있다. 털모자를 귀가 덮이게 푹 눌러 쓰고 있다. 젊은 여자가 앞을 지나가자 스커트 자락을 들쳐 올린다. 여자는 핸드백으로 소년의 머리를 내리친다. 멀어져가는 여자를 향해 높은 웃음소리가 날아간다. 소년은 여자의 치마 속에 있는 것에 유난히 관심이 많다. "큰며느리가 바람났나봐요. 남편한테 만족을 얻지 못하기 때문이겠죠. 며느리가 달아나지 못하게 하려고, 아들 녀석이 혹시 공금에 손대지나 않을까 걱정이에요." 미망인은 심술궂게 코를 울리며 말한다. 그녀의 큰아들은 어머니의 형편을 상담하러 두 번 나한테 왔었다. "둘째아드님은 어떻습니까?" 내가 묻는다. "골키퍼와 사랑에 빠지는 바람에 수구팀에서 짤렸어요. 일전에 조카딸년이 찾아가봤더니, 온 방 안에 골키퍼 사진이 붙어 있고, 가슴과 배와 허벅지에 키스를 했는지 입술연지가 묻어 있더래요. 취향 문제가 아닐까요?" 둘째아들도 나에게 한 번 온 적이 있다. "죄죄는요?" 죄죄가 막내아들이다. "리듬감을 가르쳐줬더니, 선생이 뛰어난 음감을 갖고 있다고 칭찬했대요. 장차 일류 드러머가 될 거예요. 주걱으로 트렁크를 두드리면서 연습하고 있죠. 이런 식으로 나가면, 심벌즈가 달린 진짜 드럼을 사줄 생각이에요." 격려해주면 잘될 거라고, 나는 확신을 가지고 말한다. 죄죄는 내가 알고 있는 앵무새를 생각나게 한다. 주인은 그 앵무새가 아주 말을 잘한다고 말하지만, 나는 그 새가 지껄이는 소리를 조금도 알아들을 수 없다. 마찬가지로 나는 죄죄가 하는 말을 한마디도 이해할 수 없지만, 어머니는 눈을 반짝이며 아들의 이야기를 통역해준다. 때로는 죄죄도 아주 좋은 생각을 이야기할 때가 있다. 지하실로 장작을 가지러 가는 여자애들을 살그머니 뒤따라가서 그 애들을 덮쳤다고 죄죄를 맨 처음 고발한 것은 이웃 사람들이었다. 문을 두드려서 여자가 문을 열면, 어른 못지않게 성숙한 성기를 보여주기도 했다. 아홉 살 때부터 그 방면으로는 지나치게 조숙했다. 미망인은 테이블에 놓인 포도주를 크리스털 술병에 따르며, "손님이 와서……" 하고 변명하듯 말한다. "죄죄는 이제 착해졌나요?" 내가 묻는다. "그럼요. 나쁜 짓은 전혀 하지 않아요. 다만 죄죄를 꼬시는 계집애가 두어 명 있어서." 아까도 죄죄가 젊은 여자의 스커트를 들췄다고 지적하자, 미망인은 입술을 깨물며 이빨에 끼운 철사를 얼핏 내보인다. "장난으로 그런 거예요." 그녀가 눈을 내리깔고서 말하고는, 갑자기 쟁반을 방패처럼 앞에 세우고 성난 얼굴로 나를 바라보았다. 그 눈초리는 겸손했지만, 훔친 소시지를 빼앗기지나 않을까 두려워하는 시장의 좀도둑처럼 굶주린 눈빛을 띠고 있다. "또 투서가 들어왔나요?" 그녀가 묻는다. 투서는 늘 들어온다. 그녀의 자식들도 이웃 사람들도 줄곧 투서를 보내오고 있는데, 그걸 부인해야 할까? "죄죄를 데려가지 마세요!" 어쩌면 나는 그것을 원하고 있는 게 아닐까? 여자애가 없는 보호시설에 넣어서, 죄죄가 사내애들한테 그런 짓을 하기를 바라고 있는 걸까? 나는 아주 조금밖에 모른다. 죄죄 같은 아이를 어떤 곳에서 다른 곳으로 옮기는 건 별로 좋지 않다는 정도밖에 모른다. "데려가지 않으면 안 될 겁니다. 여자애들한테 위험하니까요." 고등법원장의 미망인은 당당한 가슴팍 언저리에서 옷을 꾸깃꾸깃하게 움켜쥐었다. "앞으로는 계집애들한테 장난치지 못하게 하겠어요. 약속할게요." 그녀는 오늘 밤 온 힘을 다해 아들의 못된 짓을 막을 것이다. 그래도 아마 소용이 없을 것이다. "저녁부터 이튿날 정오까지는 죄죄가 힘을 비축하고 있어요." 나는 조심스럽게 지적한다. "앞으로는 오전 중에도 집에 들러보겠어요." 그녀는 코를 떨면서 열심히 내 충고를 받아들인다. 마치 다리에 정맥류가 생긴 늙은 고물상이 연금생활에 들어가기 전에 해고당하지 않으려고, 앞으로는 이제까지 해온 것보다 더 많은 매상을 올리겠다고, 불만을 표하는 윗사람에게 약속이라도 하는 것 같다. 미망인은 천식 환자처럼 담배를 피우며, 고발당한 아들이 딸랑이를 흔드는 모습을 창 너머로 바라본다. 그의 비뚜름하게 쓴 털모자가 가스등의 둥근 빛고리 속에 떠올라 있다. "그래도 죄죄를 시설로 데려간다면, 아주머니는 몹시 불행해질까요?" 나는 무심하게 묻는다. "글쎄, 나 자신을 어떻게 하면 좋을지 모르겠어요. 제발 내 말 좀 들어주세요." 미망인은 얼룩투성이의 근육질 손으로 내 손을 꽉 움켜쥔다. "벌써 알고 계시겠지만, 제발 이해해주세요. 난 이제 늙었고, 이미 모든 걸 잃어버렸다고요. 위의 두 자식놈은 이 어미를 괜히 미워해서 험담이나 하고 있고, 돈은 한 푼도 없고, 온몸은 구석구석 안 아픈 데가 없고, 밤이면 숨이 가빠 죽을 지경이지만, 그래도 밤마다 어두운 방에서 저 모자란 녀석과 함께 지내는 행복은 지금까지 한 번도, 어디서도, 누구하고도 맛본 적이 없어요. 나한테 그 정도 행복을 주는 것을 아까워하지 마세요. 남에게 빼앗은 행복도 아니고, 나도 이젠 살날이 얼마 남지 않았으니까요." 그녀의 커다란 갈색 얼굴이 충혈된다. 나는 눈길을 돌린다. "언제 한번 죄죄의 드럼 연주를 들려주세요." "아무렴요. 그래야죠. 그때까지는 드럼도 사놓을 테니까요." 미망인은 얼굴에 함박웃음을 지으며 손을 내젓는다. 심벌즈까지 달려 있는 드럼을 살 거라고 신바람을 낸다. 그녀에게서 아들을 빼앗고 싶지 않다. 그것만은 확신한다.

인공 스키장

1

나는 이곳에 신원조사관처럼 숨어 있다. 질문하지도 못하고 놀라지도 못하는 아이와 함께 괴상한 방에 갇혀 있다. 두 사람의 죽음 때문에 모든 게 파괴되고 불타버려 이제는 그저 추억만이 그을음처럼 남아 있는 방은 마치 전날 밤 술에 취한 병사들이 그 방을 나와 전쟁터로 떠나고, 한쪽 눈에 총을 맞은 마네킹 인형, 파리똥이 잔뜩 앉은 전구, 가죽이 벗겨진 소파, 브랜디 냄새가 나는 꽃병, 수염이 그려진 할머니의 약혼 사진, (해골처럼 하얗고 볼품없는 로코코식 천사들이 두 손으로 받쳐 들고 있는) 깨진 거울, 그리고 문틈으로 스며드는 바람에 유리 장식이 흔들릴 때마다 딸랑딸랑 울리는 샹들리에와 거기에 매달린 수고양이, 그리고 비쩍 마른 도깨비만 남겨진 빈집 같아서, 오늘까지도 실감이 나지 않는다.

병사들은 휴식을 취하는 동안, 서로의 배꼽에 치약을 바르며 재미있어하거나, 머리가 꿰뚫린 쥐를 커다란 촛대에 꽂거나, 동상에 걸려 짓무른 발에 아이의 베갯잇을 둘둘 감고 있다가, 방을 어질러둔 채 황급히 떠나갔다. 눈에 총알을 맞은 표적용 인형이나 교수형당한 고양이가 맡았던 의심스럽고 이해하기 어려운 역할은 이제 비닐 시트에 흩어진 배설물 위에서 천진난만하게 놀고 있는 정신지체아 페리케가 맡고 있다. 그렇게 평화가 찾아온 첫날, 그 집의 창문들을 활짝 열어젖히고 쓰레기를 모아 내버리고 마룻바닥을 비누와 양잿물로 북북 문질러 닦는 것은 결코 어리석은 짓이 아닐 것이다. 이런 혼돈 속에서도 돌처럼 둔감해진 이 쓸모없는 방을 치우는 것이 어리석은 일이 아닌 것처럼.

병사들이 지휘관도 없이 하룻밤 숙소로 삼은 이 방에서 나는 아이의 호흡이 만들어내는 기계적인 리듬에 몸을 맡긴 채 흔들의자에 눈을 감고 앉아 있다. 공식적인 방문 시간을 연장하여, 사라져가는 내 추억 속의 이 집에서 나는 소음을 모두 주워 담는다. 천천히 돌아가는 테이프리코더가 동네의 이 구역에 있는 내 머릿속에서 움직이고 있다. 이 구역에서는 나도 한 개인이 되지 못하고, 내가 관찰한 것들(저녁을 준비하는 소리, 문 앞에서 나누는 일상적인 인사, 입을 벌리고 자는 사람에게 들리는 창문 닫는 소리, 벽 속 배관이 남몰래 전하는 말, 애드벌룬 같은 한숨 소리, 마주치자마자 서로 노려보는 고양이의 비명 소리)은 모두 어쩌면 영원히 내려지지 않을지도 모르는 결정의 이유, 또는 지금이나 앞으로 결정을 내릴 때의 증거와 단서와 부정적인 재료가 될 것이다. 나는 설사 증인으로 소환당한다 해도 유리한 진술밖에 할 수 없는, 개인적으로는 어쩔 수 없는 동맹을 맺은 사람처럼, 또는 마치 내 집에라도 돌아온 사람처럼 흔들의자에 앉아 있는 것이다.

2

일이 나를 억지로 잡아당기는 것은 아니다. 지금 당장 집에 돌아가도 상관없다. 동료들은 지금쯤 텔레비전을 보고 있을 것이다. 나는 공무원 신분에 어울리는 집에서, 나와 같은 계층의 이웃 사람들에게 둘러싸여, 가족과 함께 쾌적한 환경에서 살고 있다. 내 정신이 피로 때문에 어떤 상태가 되어 있든, 나는 그저 이곳의 환경을 조사하러 왔을 뿐이라는 사실을 부정할 수는 없다. 이런 집에서 무슨 일이 일어나고 있는지, 소문으로 듣거나 내 눈으로 직접 확인한 것이 그들의 사건과 결부되어 있다는 것쯤은 구역질이 날 만큼 잘 알고 있지만, 나는 그들을 구속시키기 위해 살고 있지는 않다. 선사시대의 유물 같은 이 침대들이 나를 바로크 시대의 밤에서 자연주의 시대의 아침으로 데려가는 것은 아니다. 눈을 떴을 때 이렇게 많은 고물들의 산더미에 둘러싸였던 적은 일찍이 한 번도 없었다. 나는 가난의 냄새를 익히 알고 있지만, 그렇다고 해서 머리카락과 피부와 옷에 이 작은 노란 별*을 달고 있는 것은 아니다. 나는 푸른 헬멧을 쓴 유엔군 병사처럼 무장하고 있긴 하지만, 여기서 태어나 자란 사람들이 싸우는 모습을 구경하는 관찰자에 불과하다. 내가 보고 있는 이 모든 일들이 나에게는 거의 일어나지 않는다. 나는 절름발이도 신체장애자도 청각장애자도 시각장애자도 아니고, 탄광에서 낙반사고를 당한 적도 없고, 건축 공사장에서 실족한 적도 없고, 손바닥 안에서 화약이 폭발한 적도 없고, 압착기에 짓눌린 적도 없고, 컨베이어 벨트에 한쪽 팔을 잘린 적도 없고, 전차에 치여 다리를 절단한 적도 없고, 심장이 나쁜 적도 없고, 의심스러운 통증 때문에 조직 검사를 받은 적도 없고, 관자놀이에 전기충격을 받은 적도 없다. 평화로운 시대의 죽음은 아직 나에게 다가와 있지 않다. 내 가정생활은 잘 돌아가고 있으며, 어머니가 불치병으로 입원해 있는 것도 아니고, 아버지가 수용소에 격리되어 있는 것도 아니고, 아내가 감옥에 들어가 있는 것도 아니다. 그저 보통 사람들과 비슷한 걱정거리를 비슷한 정도로 걱정하고 있을 뿐이다.

 나는 가족의 사랑을 받고 있으므로, 잠잘 때 아내나 자식이 베개 밑에 도끼를 감추고 있지나 않을까, 창문에 팔꿈치를 괴고 밖을 내다볼 때 다리를 홱 잡아당기지나 않을까, 칼을 던지지나 않을까, 담배에 화약가루를 채워 넣지나 않을까, 포도주에 청산가리를 넣지나 않을까, 경찰에 고발당하거나 연행되지

*나치 시대 유대인의 상징. 독일은 유대인을 사회로부터 격리시키기 위해 '다윗의 별'인 노란 별을 달게 했다.

는 않을까, 정신병원에 끌려가지나 않을까, 집에서 쫓겨나지나 않을까 하고 걱정할 필요도 없다. 이 건물에서도, 비록 나보다 무대장치는 낡았지만, 많은 사람들이 나처럼 무사히 나날을 보내고 있다. 그러나 소수의 사람들은 언제나 공격 상태에서 살고 있다. 이제 익숙해지긴 했지만 그래도 나는 불평을 하고, 하루 종일 상담하러 온 사람들의 이야기를 들어준다. 우스꽝스런 일이지만, 매일 오후 불평으로 가득 찬 서류가 쌓여 있는 캐비닛에 열쇠를 채울 때면 자꾸만 마음이 무거워진다. 나 자신은 아무것도 잃을 게 없는데 좌절한 사람들 속에서 하루를 보내고, 나 자신은 빚이 한푼도 없는데 빚더미에 올라앉은 사람들 속에서 살고, 많은 사람들이 기다리고 있다는 이유로 20분이나, 기껏해야 30분 동안 이야기를 들어주고, 고발한 자와 고발당한 자를 불러다놓고는, 언제 당신들의 역할이 바뀔지 모른다는 형식적인 구실을 붙여서 적당히 돌려보내고, 절망적인 문제를 계속 회피하면서 겉으로만 그럴듯하게 처리하고, 불확실한 정보와 편견을 가진 증인들의 진술을 토대로 서둘러 결정을 내리고, 잠깐 망설인 뒤 큰 이익을 위하여 작은 이익을 희생하고, 실패하면 언제나 그것이 유일한 예외라고 주장하면서 그것과 비슷한 많은 사례 속에 슬쩍 밀어 넣고는, 웃음거리에 불과한 법률가 특유의 교묘한 화술로 얼버무리고, 특별한 사건 때문에 일상적인 사건을 잊어버리고, 공감하거나 화를 내는 등의 우회적인 길을 택하지 않고 법규와 가능성이라는 지름길을 택하고, 서너 명 또는 단 한 명의 문제도 해결하지 않은 채 수천 명의 상담에 응하는 것은 사기행위라고, 나는 이따금 생각한다.

결국 나는 아무 일도 하고 있지 않다. 나는 불행을 교통정리하여, 외로운 사람들을 덮치는 무거운 짐을 여기저기의 공공시설에 분배하고 있을 뿐이다. 그러나 대부분의 경우에는, 그저 잠자코 기다리다가 다른 사람들이 하는 일을 방해하려 하고 있다. 내가 가지고 일하는 소재는 끊임없이 나를 속이고, 시간은 내 결정의 의미를 왜곡시킨다. 그래서 나는 시간이라는 것을 이기려고 애쓴다. 서두를 필요는 없다고, 폐쇄 상태는 존재하지 않는다고 항상 나 자신을 타이른다. 생명의 위기가 다음날에는 아무것도 아닌 일일 수도 있고, 반대로 아무것도 아닌 일에서 죽음이 찾아올 수도 있다. 상담하러 오는 방문객들을 내가 구해주지 않으면 결국 누군가 다른 사람이 구해줄 것이고, 그것도 안 되면 자기 스스로 구제할 것이다. 그것도 안 되면, 자신에게 덮쳐온 불행을 견딜 것이다. 이 아이는 분명 나에게 덮쳐온 존재지만, 지금도 나는 이런 논리로 나 자신을 안심시키려 하고 있다.

3

오전 내내 전화에 매달리고, 전화가 걸려오기를 기다리면서 수화기를 들었다 놓았다 하다가, 결국 방문객들을 돌려보내고, 수위에게는 방문객을 더 이상 들여보내지 말라고 이른 다음,

웃었다가 화를 냈다가 호통을 치기도 했다. 동료와 상관들, 다른 부서와 상급 기관에서 온 회답은, 내 뜻이 옳고 또 나를 도와주고 싶지만 유감스럽게도 불가능하다는 것이다. 일반 시설은 그 아이를 받아들일 수 없다. 보육시설도 훈련을 시킬 수 없으니까 안 된다. 요양시설은 만원이다. 설령 침대 하나에 두 명을 재운다 해도, 성홍열 때문에 6주 동안은 출입이 차단되어 있다. 행정기구는 기능을 발휘하지 못하고, 인간관계는 아무런 도움도 되지 않고, 빠져나갈 샛길마저 열쇠가 채워져버렸다. 친척이나 친지들 중에 아이를 돌봐줄 만한 사람을 찾아내어 현장에서 처리하라는 지시가 내려왔을 뿐이다. 그러나 반둘라 부부의 친척들은 나도 알 수 없고, 친지들은 맡기를 꺼린다. 페리케를 떠맡을 바보가 있을 턱이 없다. 그래서 나는 지금 여기에 앉아, 일을 처리하고 있다. 침대에서 일어나 의자에 앉고, 손가락을 만지고, 방 안을 치우고, 아이에게 밥을 먹이고, 젖은 물수건으로 몸을 닦아주고, 모자처럼 달라붙은 머리카락을 빗겨주고, 담배 부스러기와 죽은 나방을 머리카락에서 떼어준다.

집으로 데려갈 수는 없다. 방 두 칸에는 고작해야 네 명이 잘 수 있을 뿐이고, 낮이면 아내는 일하러 나가고 아이들은 학교에 가기 때문에 페리케를 돌봐줄 사람도 없다. 페리케가 다리를 버둥거리는 소리와 고약한 냄새, 갑자기 울어대거나 여기저기 뛰어 돌아다니는 것만으로도 내 가정에 어울리지 않을 것이다. 아내가 아이를 불쌍히 여겨 한가할 때 돌봐주면 나보다 훨씬 솜씨 있게 몸치장을 시켜주겠지만, 그것 때문에 직장을 쉴 수는 없다. 딸과 아들은 구태여 말하지 않아도 식사 전에는 손을 씻고, 거리에서 주정뱅이를 보면 피해서 지나가고, 병원에 입원한 할머니 앞에서는 보초 서는 병사처럼 부동자세로 서 있다. 어쩌면 필요 이상으로 착한 아이들인지도 모른다. 행사 때에는 제복을 입고, 내 이야기보다 교과서에 나온 역사를 더 신뢰하고, 나이에 어울리지 않는 책에는 눈길도 주지 않고, 학교 선생님을 존경하고, 젊은이의 연애는 나쁜 것이라 생각하고, 유아원과 유치원과 초등학교의 교훈을 나에게 읽어준다. 그 아이들은 언제 나갈지 알 수 없는 손님, 더럽고 함부로 덤벼들어 물어뜯는 내 사냥감을 탐탁하게 여기지 않는다. 다른 방법이 없으면, 휴가를 얻어 잠시 동안 여기로 옮겨오자. 하다못해 여기 있으면서 반둘라의 침대에서 잠을 자면 모든 일이 잘 수습될지도 모른다.

  나는 도움을 청하듯, 시장에서 사방으로 흩어져가는 군중을 바보처럼 순진하게 오랫동안 바라보고 있다. 마치 축제일 행진에서 무거운 깃발을 억지로 떠맡고는, 단순한 장난기로 웃음을 흩뿌리며, 행렬 선두에 서서 걷는 사람들에게 인사하고 나서 앞으로 나아가려고 애쓰다가, 이제는 이 불쾌한 깃발 때문에 행렬 속에 갇혀버려, 피곤하기도 하고 우습기도 하지만 그래도 깃발을 계속 들고 있지 않으면 안 되고, 여자에게 부탁할 수도 없고, 상대가 먼저 요구하지 않으면 젊은 남자에게 말을 걸어볼 생각도 없고, 누군가 손을 내밀어주는 사람이 없을까 하고 주위를 둘러보아도 아무도 없고, 어깨로 사람들과 격투를 벌이고, 특별관람석 앞에서는 습관대로 깃발을 흔들고, 축제일은 휴일이라는 약속에 씁쓸한 작별을 고하고, 대열에 섞인 채 쑤시는 발뒤꿈치를 질질 끌면서도, 벗어져가는 머리 위로 영웅 깃발을 높이 치켜들고, 창고까지 비틀비틀 걸어가는 늙은 관리처럼.

4

문 열리는 소리가 나고, 늙은 치과기공사가 부인과 함께 돌아왔다. 몇 해 전에 그들은 어떤 여자애를 입양하고 싶어 했지만, 나는 그 신청을 받아들이지 않고 비교적 젊은 부모를 그 아이에게 골라주었다. 세월 탓으로 노인들의 머리는 흐려지고, 누가 큰 고기토막을 먹느냐는 문제로 종종 싸움이 벌어진다. 남편은 연금을 복권에 털어넣고 복잡한 방식으로 당첨될 가능성을 생각해내지만, 아직 한 번도 당첨된 적이 없다. 밤마다 복권을 어딘가에 숨겨두고는 아침이 되면 숨긴 장소를 잊어버리고, 아내가 훔쳐간 게 아닐까 의심한다. 게다가 질투심이 많아서, 누군가가 광장에서 자기네 창문을 쳐다보면 아내에게 신호를 보내는 게 틀림없다고 생각한다. 그는 당장 달려 내려가서 유혹자의 뒤를 밟아 해명을 요구하고는, 가명으로 연애편지를 쓰게 하여 아내에게 데이트를 신청한다. 그리고 약속시간에 현장 반대편 구석에서 감시를 하다가 아내가 끝내 나타나지 않으면, 틀림없이 그 함정을 아내에게 알려준 사람이 있다면서 배반자를 찾아내려고 한다. 부부가 둘 다 의치여서, 밤마다 의치를 물컵에 넣은 뒤에는 슛슛 소리를 내며 서로 으르렁거린다. 그들이 원했던 양녀가 부부 사이를 부드럽게 해주었을지도 모르지만, 그 가능성이 다른 식으로 작용했다고는 여겨지지 않는다.

내가 방문을 두드리자 그들은 약간 놀라서, 가족의 의무를 언급하며, 여느 때보다 늦게 귀가한 것을 변명한다. 6주 동안만 페리케를 돌봐주었으면 좋겠다, 그렇게 하면 상당한 액수의 보상금을 받을 수 있을 거라고 나는 말을 꺼낸다. 그 아이를 돌봐줄 준비가 되어 있지 않다고 노인은 거절한다. 당신에게는 특히 더 호의를 베풀고 싶지 않다, 당신은 우리한테 상처를 주었다, 그때 우리가 육아에 적합지 않다고 판단한 바에는, 일이 난처하게 되었다고 해서 우리에게 떠맡기지는 말아달라는 거였다. 그러고는 나를 보기 좋게 골려주었다고 생각했는지, 한껏 싱글거리면서, 내가 공익에 걸맞은 탄원서를 쓰레기통에 버리거나 하지 않았다면 훨씬 전부터 페리케는 여기 살지도 않았을 것이고 부모도 죽지 않았을 거라고 논평한다. 그의 말에도 일리는 있다. 내가 당황해하는 것을 보고 그는 더욱 기세를 얻어 의기양양하게 말을 이었다. "언제나, 무슨 일이나, 그 미친놈의 말이 결국에는 옳았어요. 댁이 그 친구와 이야기하는 것을 한번 들었는데, 자기가 무슨 고관인 양하는 그 녀석의 태도를 당신은 끝까지 참고 계셨지요. 그래서 옛날부터 아는 사이거나, 아니면 녀석을 두려워하는 모양이라고 생각했을 정도요." 두려워하다니! 그렇지 않다. 다만 그는 잃을 것이 없었고, 또 내가 자기를 어떻게 생각하는지도 간파하고 있었기 때문에, 그도 역시 나를 두려워하지 않는다는 것만은 나도 알고 있었다고 설명해봤자 아무 소용이 없을 것이다. "이제 와서 그걸 가지고 이러쿵저러쿵 논쟁해봤자 아무 소용없어요" 하고 내가 말하자, 그는 그렇지 않다, 마음속에 담아두고 있는 말을 털어놓을 수 있는 이런 기회를 기다려왔다면서 내 말을 가로막았다. "늙은이한테도 자존심이 있다는 것을 잊으셨나본데, 우리한테 상처를 주었으니 어떻게든 사과를 받고 싶은 거요." 그는 제 말에 도취하여, 영웅처럼 움직이는 턱을 높이 치켜든다. 나에게 있어서 이 노부부의 존재 의미보다도 그들에게 있어서 내 존재 의미가 훨씬 더 많고 크다고는 생각해보지도 않았다. 나에게 있어서 그들의 존재 따위는 거의, 아니 전혀 의미를 갖지 않는다 해도 과언이 아니다. 나는 그들에게 미안하게 됐다고 사과한다. 노인은 조금 실망한다. 좀 더 위세를 부리고 싶었던 모양이다.

    내가 다시 한 번 부탁하자, 아이가 무섭다고 실토한다. "원숭이처럼 오르내리고, 정상이 아닌 아이니까요." 언젠가 아이는 창문으로 빠져나가, 벽을 타고 창틀을 건너서 그들의 방에 들어간 적이 있었다. 그들은 너무 놀라서 하마터면 심장이 멎을 뻔했다고 한다. 작년 가을에는, 아직 해가 중천에 떠 있는 오후에 현관으로 도망쳐 나가서는, 여느 때처럼 벌거벗은 채 거리로 산책하러 나가버렸다. 집으로 돌아오는 아버지와 길모퉁이에서 마주쳤는데, 반둘라가 붙잡으려고 하자 아이는 재빨리 달아나기 시작했다. 사람들이 모여들고, 10월 중순에 벌거숭이 아이가 바람처럼 재빠르게 행인들 사이를 질주하고, 수염이 덥수룩한 남자가 검은 레인코트에 운동화 차림으로 숨을 헐떡이며 아이를 쫓아갔다. 이웃의 개구쟁이들이 두 번이나 반둘라의 발을 걸어 비틀거리게 했기 때문에, 아이는 차도를 마음대로 달리다가 하마터면 버스에 치일 뻔했다. 어떤 노파가 아이의 팔을 잡고 몸으로 덮치자, 아이는 노파의 안경을 잡고 손을 깨물었다. 그 무렵에는 이미 많은 사람들이 아이를 둘러싸고 있었고, 아버지는 옆구리를 누르면서 비틀비틀 다가와 아이를 끌어안고는 울음을 터뜨렸다. 사람들도 처음에는 아이에게 충분히 주의를 기울이지 않았다고 반둘라를 나무랐지만, 그가 대답도 하지 않고 아이를 코트 속에 감싸안고 집으로 걷기 시작했기 때문에, 다들 당황하여 길을 열어주었다.

    집으로 돌아온 뒤, 반둘라는 아이를 몹시 때리고 몇 주 동안 침대 곁에서 움직이지 않았다. 아이가 침대에서 도망치려고 하면 허리띠로 심하게 때렸다. "야만적인 짓이라고 법원에 고발해도 상관없습니다." 그는 쓴웃음을 지으면서 말했다. 아마 내가 항의할 거라고 기대했는지 모른다. 나는 그저 고개만 끄덕였고, 그 일은 더 이상 문제 삼지 않았다. 어쨌든 반둘라는 끝내 페리케를 길들이지 못했다. 페리케는 공간의 유혹을 이겨내지 못했고, 근육질 팔다리가 이따금 폭풍처럼 활동을 요구할 때는 도저히 그 힘에 저항할 수 없었던 것이다. 그래서 반둘라는 침대 난간에 아이의 발목을 묶어두지 않으면 안 되었다.

퇴직한 치과기공사가 묻는다. "선생, 만약 페리케가 또 침대에서 빠져나와 지붕에라도 올라가면 어떻게 되겠습니까? 녀석이 목뼈를 부러뜨리지 않는다고 누가 보장해줍니까? 목뼈가 부러지면 누가 책임지죠? 그 위험한 고양이를 억지로 떠맡은 우리가 책임을 지게 됩니다. 나는 절대로 맡지 않겠어요. 법정에 끌려가는 건 딱 질색이니까. 나는 아직 한 번도 법원 신세를 진 적이 없고, 앞으로도 없을 겁니다." 나는 강요하지 않는다. 위험을 다소 과장하고 있을 뿐이지만, 두려워하고 있는 것은 확실하다. 그들은 내 부하도 아니고, 또 나는 그들에게 명령할 입장도 아니다. 그들에게는 공포를 거부할 권리가 있고, 노화하는 뇌 속에서 복잡하게 뒤섞이는 환영들이 그것을 더욱 경화시킨다. 나는 또 다른 주민인 안나를 기다려본다. 어쩌면 안나와는 교섭이 잘 될지도 모른다고만 말하고, 노부부에게 안녕히 주무시라고 인사한다. 그들은 두려운 듯 서로 소곤거리며 방으로 들어간다. 오늘 밤은 둘이서 함께 흥분하고 함께 거절했으니까 싸우지는 않을 것이다. 사건이 일어나 자신들을 방어하기 위해 함께 싸웠으니, 밥을 먹을 때는 고기를 같은 크기로 자를 거라고 기대해본다.

5

조직에 속해 있는 사람은 손이 길어서 어디에나 영향력이

미친다. 그러나 때로는 이상할 만큼 짧고 무능하다. 관리나 시설을 움직이긴 하지만, 필요한 곳에만은 손이 닿질 않는다. 제한적인 방법으로 돌봐주고, 가난한 사람에게는 보조금을 주고, 실업자에게는 일자리를 주선해주고, 지하실에서 사는 사람들에게는 새로운 집을, 혼자 남은 어머니들에게는 생활비와 남편을, 적대자에게는 화해를, 자살 미수자에게는 마음의 지주를, 괴로워하는 자에게는 위안을 주는 것이 언제나 불쾌하다고 잘라 말할 수는 없을 것이다. 이럴 때면 나는 책상 뒤에서 상인처럼 밝은 얼굴로 멀어져가는 방문객의 뒷모습을 바라본다. 내가 선택할 수 있는 방법은 얼마 되지 않지만, 그래도 그들의 요구에 따라 최선의 방법을 선택하여 도와준 경우에는 기운을 되찾은 그들의 모습을 보는 것이 즐겁다. 관청과 나는 이럴 때 연대감을 느낀다. 설사 내가 동전 한푼 쓰지 않았다 해도, 상담하러 온 사람들에게 천사처럼 선행을 베풀 수 있었으므로 나는 선량한 인간이기 때문이다. 법규가 침묵을 지키고, 조금 전까지만 해도 전지전능해 보였던 기관이 일을 끝낸 모터처럼 멈춰버리면, 관청은 아무 쓸모도 없어진다. 사람들이 창백한 얼굴로 인사도 하지 않은 채 터벅터벅 내 사무실에서 걸어 나가고, 나는 만족스럽게 처리되지 않은 사안을 슬픈 듯이 탐색할 때, 신화극은 끝난다. 그리고 나는 원래 관청과 일심동체가 아니었다는 사실이 분명해지고, 내 사무실에서 떠나간 사람들처럼 나도 비참해지고, 게다가 나 자신이 위선자처럼 여겨진다.

 나 자신의 실패에 초조해질 때면, 나에게 상담하러 왔던 어뗜 눈먼 노인이 가깝게 느껴진다. 그 노인은 뇌동맥경화증이 자꾸만 악화되어, 집 안에서도 가구들 사이를 요리조리 지나다닐 수가 없게 되었다. 가구에 부딪히거나 때로는 가구를 뒤엎고, 하루에도 몇 번씩 넘어졌다. 전에는 착하고 얌전했는데 이제는 신경질이 많아지고, 무언가에 손이 닿기만 해도 몸을 부들부들 떨기 시작하고, 한바탕 소동을 부린 뒤에는 큰 소리로 호통을 치기 일쑤였다. 하얀 지팡이를 휘둘러, 몇 번이나 망가뜨리기까지 했다. 길거리에서 일부러 행인에게 부딪치고는, 상대가 길을 재빨리 비켜주지 않으면 욕설을 퍼붓고, 일주일에 한 번은 큰대자로 쓰러지곤 했다. 누가 제 팔꿈치를 찌르면 으르렁거리면서 쇳소리를 지르고, 눈뜬 사람보다 더 급히 앞으로 뛰어가고, 광신자처럼 일부러 남이 눈에 띄도록 걸어 다니다가, 결국에는 트럭에 치여 죽었다.

6

길에서 비쳐드는 불빛이 아이의 몸에 하얀 그림자를 던지고 있다. 아이는 아마 눈을 뜨고 있을 것이다. 우리는 서로 상대방을 탐색한다. 또 한 번 거절당하면 이곳을 떠날 수 없게 된다. 나는 전등을 켜지 않는다. 오래전부터도 이곳에 몸을 웅크리고 앉아 있을 수 있었을 것이고, 앞으로 몇 년 뒤에도 이곳에 몸을 숨길 수 있을 것이다. 그 사이에 아이를 맡아줄 만한 사람들은 모두 뿔뿔이 흩어져버리고, 나는 우리의 공통점인 무력함이라는 방공호 속으로 조금씩 미끄러져 들어간다. 내가 빠져나갈 길은 무너지고, 내 항변은 자꾸만 지연되고, 그리하여 나는, 아군 탱크는 불타오르고 전투기는 추락하고 보병들은 뿔뿔이 도망치는 가운데, 더 이상 지킬 사람이 없는 요새에서 먹통인 전화기를 앞에 놓고, 어쩌면 좋을지 몰라 웅크리고 앉아서, 권총을 꺼내어 든 채, 최초의 수류탄이 터지면 권총을 쏘아봤자 허사일 텐데 하고 부들부들 떨고 있는 사령관 꼴이다.

나는 이 아이 때문에 함정에 빠진 것을 순순히 받아들이고, 또한 그것은 좋은 일이라고도 생각한다. 나와는 아무 관계도 없는 아이, 좋다고도 나쁘다고도 말하지 않고, 영리하지도 않지만 멍청하지도 않은 아이, 세상에 알려지지 않은 이름 없는 아이, 두려워할 줄 모르는 욕구를 가진 아이, 이젠 어린애가 아니라는 추상적인 의미에서만 내 자식들과 비슷한 아이, 성장이 멈춰버린 불확실한 창조물, 살이 붙은 유령인 정신지체아가 도대체 무슨 쓸모가 있는지는 정확히 모르지만, 어쨌든 뭔가에 쓸모가 있는 것만은 분명하다. 이 이름 없는 아이의 더러운 몸을 닦아주고, 동물 우리 같은 침대를 깨끗이 치워주고, 소시지 하나를 손에 쥐어주고, 우유를 먹여주고, 긁힌 상처에 약을 발라주고, 내 손가락을 붙잡게 하고, 부풀어 오른 배를 어루만져주고, 목덜미를 간질여주고, 혀를 입 속으로 밀어 넣어주고, 내가 해야 할 일을 기본적으로 더 이상 단순화할 수 없는 몇 가지 동작으로 압축하고, 낯선 사람들이 평생 동안 실행할 만한 과제를 뿌리치고, 복잡하여 통제할 수 없는 조직에 머물지 않고, 어떤 권력도 이용하지 않고, 내 뒤에 흔적도 남기지 않고, 내 이름이 적혀 있든 아니든 어떤 물건도 남기지 않고, 결핍된 생존 욕구나 나에게 어울리는 소재가 충분한 사건을 나 자신과 구별하지 않고, 어떤 내세도 믿지 않고, 이제까지 둘러싸여 있던 모든 사물로부터 이탈하여 아침부터 정오까지, 오후부터 저녁까지 아이 옆에서 지내면서, 하루하루가 지나가는 것을 그저 관찰하고 있는 이런 생활이 이제까지 내가 해온 생활보다 못하다거나 쓸모없다고는 생각지 않는다.

내가 주머니에 손을 찔러 넣고 낯선 집을 찾아가는 일도 없을 테고, 계단의 층계참과 어두컴컴한 문간, 빠끔 열린 문 뒤나 옆 골목에 서 있는 일도 없을 테고, 누가 나에게 말을 걸거나 집 안으로 맞아들이거나 또는 빠른 말투의 호소가 내 뒤를 쫓아다니는 일도 없을 테고, 앞다투어 늘어놓는 자기변명과 부스럼 딱지처럼 되어버린 선의의 발로를 뒷맛 나쁜 헛기침으로 중단시키는 일도 없을 테고, 심문 도중 단편적인 정보에 눈을 빛내는 일도 없을 테고, 실행할 수도 없는 위협을 넌지시 비치는 일도 없을 테고, 무슨 일이든 할 수 있는 공무원 특유의 우월감을 내 얼굴에서 씻어낼 테고, 방문객이 불치병을 호소해도 아무 의미도 없는 상투어가 무슨 마법이라도 가진 것처럼 서류에 기록하지 않아도 될 테고, 나 자신도 한몫 담당하고 있는 관청의 결함을 비난하는 일도 없어질 것이다.

7

    지금은 낙하산병이 허공 속으로 뛰어드는 순간이다. 그 공간은 친숙하지만 덧없는 존재와 공모하여 조용히 뒤쪽으로 물러난다. 나는 어디서라도 만족할 수 있듯이 이 방에도 만족할 수 있을 것이다. 예를 들면 지방 호텔의 위험한 가구들 틈에서 잠깐 눈을 붙이고, 바람에 흔들리는 커튼 너머로 밤거리를 지나는 낯선 행인들의 발자국 소리와 멀리서 울리는 기적 소리를 듣거나, 낯설지만 얌전한 사람들 곁에서 그저 재떨이만 가슴에 껴안은 채, 나는 할 일이 없는 손을 움직여 잠들어 있는 서늘한 몸과 천사들에게 미소 짓는 눈을 형제처럼 다정하게 어루만졌다.

    쌀쌀한 오솔길과 가을걷이가 끝난 들판을 돌아다니는 늙은 사냥터지기처럼, 내 눈은 처음 본 사물의 표면 위를 움직인다. 밤늦게 오랫동안 전차를 타고 가면서 창문 위의 광고를 바라보듯, 또는 내 감방 침대에 누워 아마 오래전에 쇠약해진 손으로 머리 위 서까래에 새겨놓은 내 전임자들의 이름을 해독하듯(새벽이 되살아날 때, 면도하지 않은 푸르스름한 얼굴들에 둘러싸여 있는 내 시야를 방해하는 것은, 말리기 위해 널어놓은 피 묻은 양말뿐일 것이다), 나는 그 표면을 자세히, 하지만 별로 애쓰지 않고 바라본다. 그렇다. 나는 버려진 가재도구, 쓰레기통에 들어가야 할 축제용 소도구, 먹여주고 목욕을 시켜주어야 하는 중성의 거주자, 벽을 공격하는 온갖 소음들, 극적이지만 쉽게 잊히는 세부를 가진 이 방에서 한번 살아볼 수도 있을 것이다. 태어나면서부터 줄곧 여기서 살아온 것처럼 방의 리듬에 맞춰 숨을 쉴 수도 있을 것이다. 사람은 다른 데서와 마찬가지로 여기서도 앉거나 서거나 드러누울 수 있다. 몸을 움직일 필요는 최소한으로 줄어들고, 내 몸은 이곳에 익숙해질 것이다. 어쨌든 사람은 간신히 서 있을 공간밖에 없는 감방에서도, 또는 난폭한 죄수나 정신병자를 꼼짝 못하게 하는 억압복을 입고도 살아남으니까. 나를 휘감고 있는 이 신축성 있는 공간 속에서 나도 숨이 멎을 때까지 모르모트처럼 무위도식하며 어떻게든 살아남을 수 있을 것이다.

이 사방 벽 속에는 내가 살아가는 데 필요한 것들이 모두 갖추어져 있다. 필요하지 않은 것은 전부 내버렸다. 이 침대 위에서는 밤이 점점 멀어져가고, 이 탁자 옆에서는 낮이 지나간다. 나는 스키장 슬로프의 최종 지점에 있는 도약대에서 팔을 조금 들고 뛰어내려, 속도를 점점 높여가면서 팔을 넓게 벌리고 모든 무(無)를 뛰어넘어, 다음의 점프 코스까지 미끄러져 내려갈 수도 있다. 이 사방 벽 속에서는 서로 뒤얽힌 동작들이 나를 떼밀어버리고, 사물은 스스로 내게서 멀어져가고, 분리할 수 없는 시간이 정체를 드러낸다. 머리 위의 낡은 천장에 무서울 만큼 많은 만남이 동그라미를 그리고, 밀어젖혀도 다시 돌아와 천장을 점령해버린다. 나는 그들의 재산 속에 있었지만, 그들은 이윽고 내 것이 되고, 그들은 도려내진 영원한 진실로부터 역사 속으로 돌려보내진다. 나는 어두컴컴한 공간을 서서히 비추어가고, 그 한가운데에서는 나의 놀라움이 한 조각의 변덕스러운 빛을 내며 타오르고 있다. 나는 내 방의 먼지 속에서 끝없는 이야기를 중얼거리고, 내 작은 털북숭이 동반자가 이야기를 듣는 역할에 잘 어울리는 존재임을 알아차린다. 주먹만 한 아이의 가슴 속에서 아무 제약도 없었던 창세기의 자유가 자신을 주장하기 시작한다. 아이는 쓰레기를 짓밟으며, 탈주병인 내가 결코 도달할 수 없는 무인지대에 서 있다. 가까운 장래의 일을 전혀 결정하지 못하는 또 하나의 인간이 지금 현재로는 내 것이지만, 내가 방에서 한 발짝만 밖으로 나가면, 나 같은 건 까맣게 잊어버릴 것이다.

변신

1

  돈이 바닥났다. 어쩌면 집에서도 할 수 있는 일거리를 얻을 수 있을지 모른다. 나는 이 방을 아주 여유롭고 빈틈없는 몸짓으로 돌아다닌다. 시곗줄이나 가터벨트를 자루에서 꺼내어 버클을 달고, 마무리가 되면 다른 자루에 넣는다. 내 작업은 꽤 변화가 풍부하다. 내 침대 위에는 종이상자가 두 개 놓여 있다. 하나에는 장난감 딸랑이의 부품인 구슬과 손잡이가 흩어진 채 들어 있다. 하얀 셀룰로이드 손잡이를 형틀에 넣어 누른 다음, 가장자리에 깔쭉깔쭉하게 남아 있는 것을 문질러 떼어내고, 포크 같은 나무판 사이에 하늘색 구슬을 매단다. 그러고는 잘 울리는지 흔들어본다. 예순 개를 만들면 우유를 1리터 살 수 있다. 또 하나에는 원숭이 봉제인형이 들어 있다. 발가벗은 원숭이들 곁에는 더 작은 봉지가 많이 놓여 있는데, 첫 번째 봉지에는 눈알이 들어 있고, 두 번째 봉지에는 빨간 바지와 초록 조끼와 노란 모자가 들어 있고, 세 번째 봉지에는 작은 심벌즈가 들어 있는데, 그것을 손가락 마디만 한 원숭이 손바닥 위에 올려놓아야 한다. 이 일은 즐겁기까지 하다. 이 두 가지 가내 부업보다 변화가 많은 것은 아니지만, 그래도 나는 압착기를 가지고 일하는 게 제일 좋다. 이 기계를 수백 번 누르면 기분 좋은 근육 운동이 된다. 받침대 위에 얇게 도금한 금속판을 올려놓고 손잡이를 누르면, 공장의 트레이드마크가 도도록하게 새겨지면서 중급 샴페인 병마개가 톡 떨어진다. 이 작업을 하고 나면 뿌듯한 기분마저 든다.

우리처럼 이렇게 검소하게 살더라도, 집안일 역시 그에 걸맞게 알뜰해야 할 필요가 있다. 나는 당근을 씻고, 양파 껍질을 벗기고, 오이를 둥글게 썰고, 빵을 잘라서 이것들을 모두 알루미늄 접시에 담아서 아이에게 준다. 나는 널빤지로 만든 식기대에 그릇들을 말끔히 정돈해두기를 좋아한다. 물방울무늬가 새겨진 컵, 우유 끓이는 기구, 이 빠진 접시, 칼날이 닳아서 무지러진 낡은 나이프를 두는 위치는 정해져 있어서, 어둠 속에서도 손을 어디로 뻗으면 되는지 알고 있을 정도다. 나 자신이 주인이고, 질서를 좋아하는 내 취미에는 제한이 없다. 나에게 상담하러 온 어떤 방문객은 아내의 나쁜 버릇 때문에 날마다 가재도구를 두는 위치가 바뀌어서 그만 정신이 돌아버렸다. 매일 밤 그는 컵이 자기가 정한 간격으로 놓여 있는지를 자를 가지고 재보고, 탁자 위에는 재떨이가 놓일 위치에 분필로 동그라미를 그리기까지 했지만, 아무 소용이 없었다. 밤마다 그는 물건의 이동 상황을 감시하지 않으면 안 되었다. 소금, 차, 달걀, 후춧가루가 제멋대로 위치를 바꾼다면 나도 속이 뒤집힐 것이다. 그가 가재도구를 직접 책임지고 관리했다면 좋았을 텐데. 다른 것은 어렵다 해도, 하다못해 식기장쯤은 정돈할 수 있었을 텐데.

잠깐 동안 아이 곁에 있어준다. 아이가 음식을 질겅질겅 씹고 있는 동안, 머리에 손을 얹고 관자놀이의 고동을 손으로 더듬는다. 그러다가 하지 않으면 안 될 일에 착수한다. 남성용 바지를 물에 적셔 마룻바닥을 닦고, 여성용 잠옷으로 닳아빠진 가구를 가볍게 문지르고, 탁자 위 스탠드에서 바싹 말라버린 나방 시체를 털어내고, 방구석 덧문 뒤에 살충제를 뿌리고, 쥐덫에 미끼로 놓아둔 비곗덩어리를 바꾸고, 빗자루를 들고 거미를 뒤쫓는다. 아이가 옆구리를 탁탁 때리고 있다. 무슨 일인가 하고 바라보다가, 하마터면 발을 헛디딜 뻔했다. 나는 얼른 의자에서 내려와, 다진 허파를 숟가락으로 떠서 아이에게 한 입씩 먹인다.

나는 탁자에 앉아서, 몇 마디 말을 노트에 적어 넣는다. 마지막 말을 지우고, 그 앞의 말을 지우고, 결국에는 다 지워버린다. 그리고 노트 가장자리에 동그란 고리를 그린다. 처음에는 기억에 떠오르는 이런저런 것들을 기록하려고 했다. 그러나 이전에 소홀히 했던 주석조차 어차피 읽지 않을 거라는 생각이 들어서, 그리고 설령 나 자신을 되찾는다 할지라도 나보다 오래 살아남은 또 하나의 '나'라는 인간을 즐겁게 해줄 이유를 찾아낼 수가 없어서, 그만두어버렸다. 내가 할 수 있는 범위 내에서 즐기면 된다. 그리고 갈기갈기 찢긴 내 의식에 애써 집착할 필요도 없다. 시험 삼아 테이프리코더도 빌려보았지만, 테이프를 다 써버려서, 좀 더 내용이 압축된 메시지를 테이프에 담으려고 재미없는 부분을 지우고 남은 부분을 들어보았더니, 내가 중요하다고 생각한 것은 그저 진부한 말의 연결이었을 뿐, 그 연결을 없애면 침묵밖에 남지 않는다는 것을 깨달아야만 했다. 최근에는 아이에게만 이야기한다. 아이는 내 말에 열심히 귀를 기울이고, 이따금 한마디 한마디의 말을 기뻐하며, 그럴 때는 혀를 내둘러 턱을 핥는다. 이 대화가 나에게 안도감을 준다. 이 끝없는 청소밖에는 아무것도 남아 있지 않다. 언젠가는 내 가슴을 한번 청소할 작정이다. 그렇게 하면 아이와 나는 아마 똑같은 모습이 될 것이다.

    라디오를 켜고 다이얼을 돌린다. 잡음이 난다. 끈다. 침대에 길게 누워 오른쪽 무릎을 세우고, 왼쪽 무릎을 그 위에 올려놓고, 책을 눈앞에 들어올린다. 읽지도 않고 책을 덮어 배 위에 올려놓는다. 머리 오른쪽이 떨리고, 팔을 양옆으로 내던지면 무릎이 굽혀지고, 턱은 축 늘어지고, 열린 입 주위를 파리가 날아다니고, 한쪽 눈꺼풀이 열렸다가 이윽고 천천히 닫힌다. 아이는 가슴 위에서 똥을 뭉개고 있었다. 아이는 비병을 내지르고, 울음을 터뜨린다. 나는 손수건에 침을 뱉고, 휘청거리며 일어선다. 침대 밑에서 술병을 꺼내 몇 모금 마시고 침대 밑에 도로 놓는다. 창문으로 들어오는 불빛에 비춰보니, 이젠 술도 손가락 세 마디 정도밖에 남지 않았다. 나는 재떨이를 비우고, 담배를 피우고, 손목시계 태엽을 감고, 주머니에 손을 찔러 넣고, 동전을 세고, 소리 높여 이야기한다. 처음에는 한 음절 한 음절씩 또박또박 발음하고, 나중에는 입 속에서 우물우물하다가 갑자기 입을 다물어버린다. 서랍에서 휴대용 체스판을 꺼내어, 뼈로 만든 체스 말을 가죽제 체스판 구멍에 찔러 넣고, 내 마음대로 흑말을 저쪽으로 백말을 이쪽으로 옮겨놓는다. 결국 나는 졸 하나도 잃지 않고, 휴대용 체스판을 서랍 속에 도로 집어넣는다. 창가에 흩어진 빵 부스러기를 비둘기가 쪼아 먹고 있어서, 잠시 동안은 그것이 내 관심을 붙들어둔다.

2

이미지 위에 겹치는 이미지들. 나는 천장에 환상을 투영해보기도 하고 직사각형 창문을 통해 거리에 오가는 행인들을 바라보기도 하니까 따분할 이유는 전혀 없다. 수천 명이 이 광장에 오가고, 발길을 멈춘다. 그중 한 사람에게 망원렌즈의 초점을 맞출 수도 있고, 광장을 가로지르는 어떤 사람을 며칠 동안 계속 관찰할 수도 있을 것이다. 그러나 나는 짧은 시간에 일어나는 이 사건을 마치 시시각각 변하는 영화 장면처럼, 지각으로는 포착할 수 없을 만큼 작은 단편으로 끝없이 나눌 수 있을 것이므로, 점점 좁아져가는 내 관심은 끝없는 영화 필름에서 떠나가고, 나는 창문에 등을 돌리고서 소리가 제멋대로 방 안에 들어오도록 내버려둔다.

나는 그 소리에 귀를 기울이고 있다. 침대에 엎드려 이마를 팔뚝에 댄다. 이윽고 성기에 불쾌한 압박감이 느껴져 똑바로 돌아누우면, 직선과 곡선의 나뭇가지로 나뉜 당당한 나무를 그린 진부한 파스텔화와 마주보게 된다. 나는 전류가 끊어진 라디오 선의 플라스틱 절연체를 손톱으로 깔짝거리면서, 비쩍 여윈 내 가냘픈 어깨 위에서 질질 끌고 다니는 무거운 다리와 자전거로 실어 나르던 쌀가마니의 추억을 털어내고, 지하의 일터에서 톱질하는 소리, 덧문이 삐걱거리는 소리, 고정나사가 수없이 박힌 케이스를 두드리는 소리, 목 졸린 닭이 질러대는 비명 소리, 술통이 경사진 널빤지 위를 미끄러지는 소리, 쓰레기를 차례로 부수는 청소차의 요란한 소리, 울퉁불퉁해진 아스팔트 도로 위에서 차량들이 덜커덩 흔들리는 소리, 뜨거운 열기로 음향상자처럼 증폭된 광장을 가로지르는 토마토색 소방차의 신음 소리를 듣고 있다.

3

문이 살짝 열리더니, 침대에 빵과 배가 떨어진다. 나는 희미하게 웃으며 그것을 집어 들고, 마치 포로처럼 먹어댄다. 젊은 여자가 문틈으로 들어와, 등을 돌리고 자물쇠를 채운다. 아이의 침대 옆에 서서 허리를 굽히자, 핀으로 고정시킨 머리카락, 양동이 하나에 가득 찰 만큼 풍성한 갈색 머리카락이 흘러내린다. 아이는 그녀를 물어뜯고, 그녀의 입을 때리고, 짐승처럼 덤벼들어 깨물고, 제 얼굴을 쑥 내밀며 으르렁거린다. 손님은 목구멍 깊은 곳에서 솟아나오는 모음으로 거기에 응해준다. 날카롭게 혀 차는 소리가 그 모음의 홍수에 단락을 지어준다. 여자는 허리를 펴고 일어나 아이한테 떨어지면서, 두 손바닥을 뒤집어 높이 치켜든다. 겨드랑이 털이 더위에 반짝이고 있다. 여자는 손가락을 코앞에서 흔들며, 어떤 사건을 보고한다. 나는 잠시 여자의 가느다란 목을 내 쪽으로 끌어당긴다. 회갈색 피부가 거칠어져 조금 벗겨져 있다. 여자는 내 이빨 사이로 혀를 밀어 넣고, 내 위에 말을 타듯이 걸터앉아 양다리로 내 몸통을 휘감는다. 여자는 몸이 하도 가벼워서, 허리에 손을 대어 받쳐줄 필요도 없다. 나는 그녀의 체취를 오랫동안 들이마신다. 어디서 몸을 씻는지는 알 수 없다. 그녀는 광장 건너편 지하실에 살고 있는데, 이따금 찾아올 때마다 선물을 가져온다. 이따금 나는 그녀에게 돈을 준다. 애써 배우는 건 아니지만, 나도 청각장애자의 수화를 이해하기 시작했다. 우리 몸에 뚫려 있는 구멍들은 미친 폭군들이다. 그 폭군들과 노예가 된 우리 손가락만 있으면 우리가 서로 해야 할 말을 하기에는 충분하다. 그녀는 내 위에서 상체를 들고, 드레스 단추를 풀고, 젖가슴을 내 얼굴에 비벼댄다. 나는 하얀 시트로 두 개의 침대 사이에 칸막이를 친다. 아이는 침대 난간 저편에서 뛰놀고, 장난을 치고,

오줌을 누기 시작한다. 여자는 옷을 벗고, 으르렁거리는 소리로 아이를 겁준 다음, 반듯이 드러눕는다. 들어 올린 복사뼈를 내 어깨에 눌러대면, 나는 그녀의 몸 위로 쓰러진다. 훈련된 의식적인 몸짓, 제약된 조심스러운 접촉. 우리는 작업을 하고 있다. 처음에는 비비처럼 맹렬하게, 나중에는 악어처럼 천천히. 깊이 배어든 멜론 냄새, 노랗게 썩은 멜론 냄새 속에서. 발작을 일으킨 숨소리처럼 불규칙한 침대 소리가 더해진다. 나는 옆으로 누워, 왼발로 방바닥을 딛고 오른쪽 다리로 침대에 무릎을 꿇는다. 나는 그녀의 머슴이다. 그녀는 창자 속까지 느끼고 싶어 한다. 그녀는 자기 입 주위에서 허공을 움켜쥐려는 내 손목을 물어뜯는다. 내가 그녀의 갈비뼈에 체중을 실으면, 그 가냘픈 몸이 짓눌려 으스러지고, 비쩍 마른 개처럼 홀쭉한 허리가 팽팽하게 긴장한다. 그녀가 베개를 문 잇새로 훌쩍거린다. 우리는 움직임을 멈춘다. 발가벗은 두 식인종이 싸움터였던 침대 위에 반듯이 누워 있다. 아이는 큰 소리를 지르며 침대 난간에 부딪치고, 칸막이로 쳐둔 시트 너머로 양배추를 던지고, 브래지어에 달린 심줄을 씹고 있다. 나는 우리 가슴에 맺힌 소금기 없는 땀을 닦아내고, 그녀의 손을 들어 올려 조개 같은 손톱과 대나무 같은 마디를 가진 손가락을 일식이라도 관찰하듯 몇 시간이고 들여다보고 싶은 기분에 사로잡힌다. 그러나 피난해 있던 요트의 불빛이 몽롱해져가는 내 시야에서 멀어져간다. 샴페인 병마개가 달려 있는 압착기, 벽의 포스터에 그려져 있는 여자, 그 여자의 두꺼비 같은 입술을 비추는 붉은 네온사인, 침대 밑에서 먼지투성이가 되어 있는 미지근한 브랜디 술병과 함께, 칸막이 시트가 내버려져 있다. 내가 자고 있는 줄 알고, 여자는 벽에다 발을 걸치고 몸을 닦은 다음 느릿느릿 단추를 채우고 있다. 나는 눈을 뜨고 그녀를 끌어당기면서, 서랍에 손을 뻗어 지폐를 꺼내고는 그녀의 옷 속으로 밀어 넣는다. 그녀는 잠시 동안 딸랑이와 심벌즈를 든 원숭이를 가지고 놀다가, 칸막이 시트를 걷어치우고, 아이의 입에 사탕을 넣어주고, 몸짓으로 뭔가를 가리키지만, 나는 이해하지 못한다. 그녀는 살금살금 방에서 나간다. 또 올지도 모른다. 그녀의 몸이 곧 나다. 나는 불편한 신발 때문에 비뚤어져버린 그녀의 발가락으로 계단을 몰래 내려가, 광장 맞은편의 지하실이나 아니면 다른 곳으로 간다. 어디든 마찬가지다. 이렇게 7시 반부터 8시 반까지, 이마에서 발끝까지 몸을 하나로 섞는 것은 그리 어려운 일도 아니다. 그녀는 달려왔다가 나가버렸다. 나는 그녀 속에서 존재하고 있다. 그녀의 이마는 초록빛이 되고, 꺼칠꺼칠한 배에는 물집이 생기고, 달콤한 지방이 빠지고, 밤의 장막이 모든 것을 삼켜버린다.

4

이 방에서 나는 거의 움직이지 않는다. 어리석은 직육면체 속에 갇혀버렸다. 내 몸은 침대에 구멍을 뚫고, 닳아빠진 가구들 사이에 둥지를 틀어버렸다. 똑같이 와해되어가는 가운데 이곳에 있기가 편해졌다. 동물원의 콘크리트 바위에서 사는 반달곰처럼, 내 손이 고정적이고 강제적인 환경 속에서 방향과 길을 기억함에 따라, 가구들 사이로 오가는 길을 몸으로 익히게 되었다. 지난날 나는 이 마을 저 마을로 떠돌아다니는 행상인처럼 이 집에서 저 집으로 돌아다녔다. 어떤 집에서 물러나올 때도 그 집을 찾아간 것을 후회한 적은 없었다. 그러나 나는 10여 년 동안이나, 사람들이 아직도 거기에 계속 살고 있는 것을 무슨 상스러운 농담거리나 제거해야 할 추잡스러운 것으로 느끼고 있었던 것 같다. 이제는 그런 집에 눌러살면서 더 이상 아무 데도 가지 않는 것—물론 초대받는 일도 없지만—을 당연한 일로 여기게 되었다. 나에게는 여기가 도심이고, 무슨 일을 할 때의 출발점이며, 다른 곳에서 나는 불법자인 동시에 무용지물이 될 것이다.

  1월이 되자, 스모그가 작은 검댕을 내 이마 위에 내려앉히듯, 사방 벽과 천장이 내 생각의 한계를 정한다. 여기는 내 피난처다. 물과 전기가 있고, 소나기와 서리에 시달림을 받지 않는 것은 고마운 일이다. 나는 정해진 궤도 위에서 부드러운 팔다리를 조심스럽게 움직이며 나아간다. 나는 모험을 두려워하는 겁쟁이다. 매사에 주의를 기울이거나 무엇에 깜짝 놀라고 싶진 않다.

  그래도 아직 여러 가지 것들이 나에게 부담을 주고 있는 것은 부인할 수 없다. 침대를 창가로, 탁자를 방 한가운데로, 찬장을 이 구석에서 저 구석으로 옮겨봐도 소용이 없다. 놓는 방법을 여러 가지로 바꿔보지만, 그래도 여전히 감당할 수 없다. 물건이 너무 많아서 내 시야를 가로막고 있기 때문에, 겉으로는 쾌적해 보여도 남몰래 나를 포위하고 있다. 이렇게 많은 의자와 컵과 책은 필요 없다. 누가 앉고, 누가 마시고, 누가 읽는 단 말인가. 나는 항상 이것저것을 내버리지만, 이런 잡동사니는 망가지면 쓰레기가 되고, 내 주의를 끌기 때문에 치우지 않을 수 없게 되고, 새 물건으로 바꾸거나 수선하지 않으면 안 된다. 그중 하나가 문지방을 넘자마자 동료들이 들어올 자리를 준비하기 시작한다. 수많은 물건들이 밖에서 기다리고 있기 때문이다. 물건이 이렇게 산더미처럼 쌓이는 것은 우리 시대의 악몽이다. 이 악몽을 떨쳐버릴 수만 있다면 좋으련만. 내 동시대인들은 소유의 감옥을 분쇄하려고 애쓰면서 나날을 보내지만, 오히려 감옥을 재건하는 데 성공할 뿐이다. 결국 소유의 감옥은 어느 때보다 복잡하고 도저히 파괴할 수 없는 불멸의 존재가 된다.

내 방에는 모든 것이 필요 이상으로 많다. 공간도 마찬가지다. 처음에는 비좁게 느꼈고, 조심스럽게 몸을 비틀며 움직여도 가구 모서리에 부딪히곤 했다. 그리고 나는 그 상처를 자랑으로 삼는 도전자였다. 그런데 요즘은 내가 차지하는 면적이 점점 늘어나고, 방이 넓어지고, 경계가 사방으로 확장되었다. 저녁이 되면, 아마 눈이 나빠진 탓이겠지만, 이 구석에서 저 구석까지 거의 아무것도 보이지 않는다. 창문을 등지고 서면 맞은편 벽이 보이지 않아, 거기에 이르려면 한참 동안이나 걸어야 할 것처럼 느껴진다. 내 인생을 보내기에는 이 방도 제법 크다. 어쩌면 내가 한 번도 이르지 못했거나 공간을 충분히 이용하지 않은 구석이 나올지도 모르겠다.

5

창 너머로 밖을 내다보면, 집 밖에서 일어나는 가장 중요한 일들이 눈에 들어온다. 남자들은 일터로 나가고, 여자들은 장을 보러 가고, 아이들은 학교에서 돌아온다. 맞은편 영화관에서는 뉴스 영화가 이 세상의 사건들을 소개하고 있다. 시선을 아래로 향하면, 사람들이 매표구 앞에 줄을 서 있거나 신문을 사서 흔드는 것이 보인다. 이것도 사건이다. 정부가 주최하는 리셉션, 군사 퍼레이드, 우주를 유영하고 있는 비행사의 인사말은 이 광장에서 일어나는 사건들의 일상적인 평온함만큼 우리의 생활이 획일적이지는 않다는 것을 보여준다. 신문에 실리는 뉴스들 가운데, 다른 것은 별문제로 치더라도 작은 사건쯤은 이따금 사이렌이 울리는 이 광장에서도 벌어진다. 때로는 구급차와 운구차가 달려오고, 때로는 소방차가, 때로는 순찰차가 차례로 달려와 물을 뿌리거나 누군가를 잡아간다. 나는 지금도 그런 차들을 경멸하지는 않지만, 그런 차 안에서 피를 흘리는 사건 당사자가 되기보다는 단호하게 방에만 틀어박혀 있는 것이 만족스럽다. 나는 고개를 내밀었다가 다시 움츠린다. '지금'의 일인지, '나중'의 일인지, 여기서 차를 내렸는지 어떤지, 활동적이고 저돌적인 내 생활에서 이미 발을 씻었는지 어떤지, 이젠 알 수 없게 되어버렸다.

처음 얼마 동안은 그래도 많은 사람들이 나를 찾아왔다. 가장 자주 찾아온 것은 물론 가족이다. 그들은 나에게 집으로 돌아오라고 권했다. 그들은 내가 여기로 옮겨온 것을 무슨 정신장애나 수치스러운 불법행위로 받아들였다. 그들은 대부분 개미 쳇바퀴 돌듯 이 사건 주위를 빙빙 돌며, 아무런 결론도 얻어내지 못한 채 생각을 거듭하고, 직성이 풀릴 때까지 끊임없는 논쟁을 벌이다가, 더 이상 할 말이 없어지자 나를 포기하고 말았다. 그들은 꽤 오랫동안 깊은 원한을 품고서 나를 찾아와, 동정심을 보이고, 마음을 끄는 말이나 공범자 특유의 눈짓이나 다정한 말로 나에게 활력을 불어넣으려고 했다. 나는 이따금 혼란에 빠졌지만, 대개는 바보처럼 멍하니 그들을 바라보고만 있었다. 나는 신호를 잊어버렸다. 우리의 의식은 색이 바랬다. 내가 어리둥절해 있는 모습을 보고, 그들은 우리에게 공통된 추억의 세계로 나를 다시 데려가려던 마음을 잃고 말았다. 딸이 머리카락을 쓸어 넘기고, 아들이 안경테를 입에 물고, 아내가 지친 허리를 싫증도 내지 않고 곧게 펴는 그런 몸짓들이 그래도 내게는 가장 친숙한 것들이다. 이런 몸짓들이 내 가슴을 때린다. 그러나 그 뒤에, 지금까지 한 번도 깨닫지 못했던 새로운 몸짓, 또는 오래된 몸짓이 나타난다. 내가 알지 못하는 이 미지의 과거가 나에게 현기증을 일으킨다. 이런 것도 모르고 어떻게 그동안 함께 살아왔을까.

　우리의 대화는 도중에 끊어지는 경우가 점점 많아진다. 나는 그들의 이야기에 열심히 귀를 기울이고 깊은 생각에 잠기지만, 그럼에도 불구하고 그들은 자신들이 전하는 일에 내가 전혀 흥미를 보이지 않는다고 느낀다. 그리고 그런 느낌을 입 밖에 내어 말한다. 내가 그들 곁을 떠났으니까, 그 반대는 믿을 수 없다. 내 이야기는 그들의 분노를 돋우는 딴 세계의 사건이다. 페리케, 초라한 내 환경, 고물시장에서 구입한 가재도구들을 그들은 몹시 싫어한다. 머리가 이상해진 게 아니라면 무엇에 끌려서 이런 곳에 있느냐는 것이다. 그들은 이제 와서 지난날의 내 행동을 재조사하고, 내 말을 재점검하고, 자신들의 생활을 재편성한다. 마지막에는 아마 지금까지의 모든 말과 행동과 생활이 필연적으로 나를 여기로 이끌어왔다고 생각하겠지만, 사실을 말하자면 그것들은 나를 어디로도 이끌어주지 않았다.

　건강한 사람이 환자를 찾아가듯, 자식들이 양로원에 있는 늙은 부모를 찾아가듯, 늙었지만 아직 정정한 아내가 요양소에서 목을 길게 늘이고 기다리는 남편을 찾아가듯, 그들은 그렇게 나를 찾아온다. 환자는 약품과 통증, 육체의 사소한 욕구, 새로운 생활 규칙, 인간관계에 마음을 빼앗기고 있어서 두세 마디의 간단한 말 외에는 가족과 대화를 나눌 수 없고, 십여 년을 함께 살아온 가족은 그 공통된 생활이 그들에게 화젯거리를 주었을 뿐이며, 그것이 없어져버리면 그들의 관계도 메말라 서로 무엇부터 시작해야 좋을지 알 수 없게 된다는 것을 깨닫는다.

  무거운 침묵 속에서 그들의 얼굴을 바라본다. 그들의 윤곽은 대머리에 수염이 텁수룩한 나를 닮았다. 나는 사랑하는 이들의 낯익은 얼굴을 바라보지만, 그들의 고뇌를 더 이상 알 수 없게 되었고, 그들의 희망을 함께 나누어 가질 수 없으며, 그들은 내가 이해할 수 없는 말로 표현된 법률을 따르고 있다. 나는 그들이 죽음을 향해 다가가고 있다는 것을 그들보다 더 정확하게 알고 있다. 그들이 떠나면, 나는 창문으로 그들을 전송하고, 멀어져가는 발소리에 귀를 기울인다. 그들은 이따금 돌아보며 손을 흔들다가, 이윽고 첫 번째 모퉁이를 돌아 시야에서 사라진다. 거기서 그들은 방향이 정해진 뜻있는 생활로 되도록 빨리 돌아가려고, 정류장을 향해 걸음을 빨리할 것이다. 그런 생활의 기쁨은 성취와 도구의 조화와 함께 자라나는 법이다. 그리고 날마다 건성으로, 그러나 일종의 동정심을 갖고서 나를 생각하고, 결국에는 아마 만나러 가는 횟수를 줄여야 한다는 결론을 내릴 것이다. 그들은 옛날의 우리 집을 구석구석까지 새로 단장하고, 내가 남기고 온 소지품의 새로운 용도를 찾으려고 애쓴다. 그들은 더 이상 나를 위한 시간을 마련하지 않고, 가치 있는 다른 것으로 애정을 옮기며, 내가 없어도 그 빈자리를 다른 것으로 충분히 메울 수 있다는 것을 깨닫고 안도감을 느낀다. 내가 다른 것으로 대체될 수 있는 존재임은 틀림없는 사실이다. 나 자신도 똑같은 체험을 하고 있다. 만약 내가 장수를 누린다면, 그때는 다른 것으로 대체할 수 있는 것만을 사랑하고 싶다.

6

일찍 돋아난 샐러드용 채소, 그리고 봄바람에 들뜬 버찌, 그 뒤를 이어 복숭아가 조금 춥더라도 옷을 벗고 나오면, 어느새 포도나무 위에서 말벌 군단이 리허설을 하는 계절이 된다. 보름달이 창문에 몇 번이나 얼굴을 내밀었다가 다시 모습을 감추고, 다소곳이 이마를 숙인 산양자리가 오래전에 물러가고, 그 자리에는 물병자리가 판결이 나기를 기다리고 있다. 아이는 별로 나아지지 않았다.

처음에는 야생적인 습관을 길들이려고, 즉 똥오줌 가리는 법을 가르치고 옷을 입히려고 애써보았다. 요강에 앉히고 오줌 누기를 기다렸다가 상으로 뭔가를 입에 넣어주는 것은 낙천주의자나 할 일이다. 그러나 이성이 발달하지 않은 페리케는 포상과 배뇨의 관계를 이해하지 못하여, 그 뒤에도 생리적 욕구가 일어나면 그냥 침대에 싸버리고, 나에게 알려야 한다는 것도 기억하려고 하지 않는다. 이 게임에는 흥분과 승리와 좌절이 따라다닌다. 아이가 원래 상태로 돌아가면 나는 화가 나서 아이의 두 어깨를 움켜잡고 흔들어댄다. 그러면 아이는 그것이 놀이인 줄 알고 킥킥거린다.

아이에게 집짓기 놀이에 쓰는 예쁜 색깔의 나무토막을 사주

고, 그것을 차례대로 늘어놓는다. 어쩌면 흥미를 가질지 모른
다. 그러나 아이는 그것을 입으로 가져가거나, 벽에 던지거나,
침대에서 내팽개칠 뿐이다. 대개는 그림책과 함께 지낸다. 그
림에는 금방 싫증을 내고 따분해하지만, 그림책으로 제 주위에
동그라미를 만든다. 인형은 침대 밖으로 내동댕이치지만, 고무
로 만든 코끼리에게만은 너그러워서 코끼리의 코를 자주 빨아
준다. 옷을 입히는 것은 결국 실패하고 말았다. 기저귀를 채우
면 펄펄 뛰며 화를 내고, 기저귀 커버를 발기발기 찢어버린다.
그래서 기저귀를 채우지 않고 놔두면, 반시간 뒤에는 젖은 팬
티가 고약한 냄새를 풍긴다. 애당초 페리케에게는 옷이 어울리
지 않는다. 녀석의 독자적인 개성은 벌거숭이와 더부룩한 털과
쓰레기더미 사이에 존재한다. 다른 아이들처럼 옷을 입히면,
얼굴이 다른 아이들과 다르기 때문에, 그의 영혼 속에서 무언
가가 무너지고 비뚤어지고 뒤틀려 있는 것이 더욱 확연해진다.
스푼과 포크를 사용하는 법을 가르치고 싶어서, 불에 익힌 요
리를 아이 앞에 놓고 스푼을 손에 억지로 쥐어준다. 둘이서 탁
자에 앉아 저녁을 먹는다. 코코아와 우유를 넣은 라이스 푸딩
이 사방으로 날아가고, 유리창과 베개와 내 머리카락에는 달콤
하고 걸쭉한 액체와 하얀 쌀이 온통 내리덮여, 방 안은 마치 눈
이 녹아 진창이 된 이른 봄의 언덕처럼 보인다. 세 그릇 가운데
기껏해야 한 그릇밖에 먹지 않고, 나머지는 천장에 내던지거나
담요 위에 엎질러버리는 것으로 미루어, 페리케는 날것을 더
좋아한다는 사실을 알 수 있다.

실패를 항상 기분 좋게, 그리고 냉정하게 받아들일 수 있는 것은 아니다. 대화와 찡그린 얼굴과 몸짓으로 통하지 않으면, 달리 어떤 방법으로 아이를 이해시킬 수 있단 말인가. 요강에서 일어나면서 오줌을 누거나, 아침 일찍 의자에 걸어둔 내 셔츠를 침대로 잡아당겨 찢어발기거나, 죽은 흰쥐 대신에 사다 준 쥐들 중에서 한 마리를 붙잡아 찢어 죽이거나, 자명종 시계를 창문으로 내던지거나 하면, 나는 아이를 때린다. 내가 왜 때리는지도 모르고, 아이는 도망쳐 다닌다. 침대 한쪽 끝에서 다른 쪽 끝으로 나를 피해 달아난다. 붙잡기 위해서는 꽉 잡아 누르지 않으면 안 된다. 나는 이를 악물고 얼굴을 붉히면서 벌을 준다. 엉덩이만 때리려고 조심하는 것은 아니다. 동시에 내 손바닥도 빨개진다. 이런 열성은 우리 두 사람에겐 아무런 의미도 없다. 아이에게는 교훈이 되지 않고, 내 기분은 풀리지 않고, 금방 내 몸 구석구석에까지 질척질척한 피로가 내려앉는다. 마지막에는, 이런 훈련은 전에 내가 해온 일과 별로 다를 게 없다는 느낌이 든다. 그때는 많은 어른들에게 그들이 쾌적한 행동이라고 여기는 것과 다른 방식으로 행동하도록 강요했지만, 이제는 단 하나의 정신지체아에게 그것을 강요하고 있는 것이다. 그때는 글자가 적힌 결정문을 무기로 삼았지만, 지금은 폭력을 무기로 사용하고 있다. 그리고 머지않아 아이를 보통 세계로 데려가는 것은 도저히 불가능하다는 사실을 깨달았다. 영원한 아이 페리케는 자기가 원하는 일을 거의 완전하게 할 수 있고, 페리케는 어디까지나 페리케라는 것을 나는 인

정해야 한다.

처음에는 시험 삼아 다리에 묶었던 벨트를 풀고, 방 안을 마음대로 돌아다니게 해주었다. 창문에는 철망을 쳤다. 이렇게 하면 안전하게 행동할 수 있다. 몸의 크기로 말하면, 몸을 동그랗게 굽히고 서로의 등에 올라타고 있는 빨간 꼬리의 흰쥐와 거의 같은 크기의 우리가 페리케에겐 알맞다. 그러나 수평 방향은 물론 수직 방향으로도 똑같이 가볍게 움직일 수 있는 페리케는 방 안의 공간을 모두 제 영역으로 삼고는, 천장에 별로 단단하게 고정되어 있지 않았던 전등으로 당장 올라갔다가 함께 추락하고 만다. 페리케는 깨진 전등 조각과 천장에서 떨어진 흙부스러기 사이에 앉아 울고 있다. 그러나 상처에서 피가 흐르고 있는데도, 벌써 다음의 모험거리를 찾기 시작한다. 옷장과 타일 바른 벽난로를 시험해보고, 창틀에 올라서고, 라디오를 걷어차고, 한밤중에 내 침대로 뛰어들고, 샴페인 병마개가 들어 있는 상자에 엉덩방아를 찧고, 내가 이틀 동안 해놓은 일거리를 짓밟고, 찬장을 발견하고는 후추와 쟁반과 컵을 쓸어버린다. 쓰레기통에서 숯덩이를 끄집어내어, 우선 내 목덜미에 하나를 던지고, 두 번째는 유리액자에 들어 있는 부모의 결혼식 사진에 명중시킨다.

내가 잠깐 방을 나갈 때 밖에서 자물쇠를 채우지 않으면 나를 뒤따라 달려 나오고, 내가 목을 붙잡지 못하면 살짝 내 곁을 빠져나가 열려 있는 문 밖으로 나가버린다. 그러면 그때부터 쫓고 쫓기는 경주가 시작된다. 이웃 사람들이 페리케를 붙잡으려고 문에서 손을 내밀고, 관리인은 이불 터는 막대기를 들고서 절룩거리며 뒤를 쫓는다. 아이들은 두 팔을 벌려 페리케 앞을 가로막고, 공장의 젊은 직공들이 뒤를 쫓아가고, 상인들이 소리를 지른다. 페리케는 갑자기 멈춰 섰다가 시장 쪽으로 뛰어들어 요구르트와 치즈 판매대를 무너뜨리고, 소시지를 굽고 있는 포장마차 한가운데를 뛰어다니다 포장마차 다리 사이에서 장난을 치고는, 라피아로 짠 바구니 뒤에 웅크리고 앉아서 오이가 담긴 병을 박살내고, 밀짚모자 판매대를 뒤엎고, 그러고는 돗자리 밑으로 숨어든다. 나는 흠뻑 젖은 녀석의 몸을 두 팔에 안고 돌아간다. (페리케는 타는 듯한 8월의 토요일 오후, 맥주 석 잔에 기분이 좋아져 긴 다리로 느릿느릿 광장을 건너가는 석탄 하역부에게 사탕 달린 끈으로 발목이 묶인 참새처럼, 또는 천장 대들보에서 밀가루가 반쯤 담긴 가마솥으로 뛰어내려 배를 가득 채운 뒤, 빠져나가려고 몇 번이나 뛰어오르지만 번번이 실패하고, 매끈매끈한 가마솥 안에서 미끄러져 떨어지고, 그럭저럭하는 사이에 그만 꼬리가 잡혀 홈통 밑 물통에 힘껏 내동댕이쳐지고, 이 세상에서 가장 싫어하는 오통통한 고양이에게 짓밟혀 등뼈가 부러진 채 발버둥치며 먼지 속에서 괴로워하는 생쥐처럼, 오들오들 떨고 있다.) 나는 페리케를 꽉 끌어안고 머리에 입을 맞추고는, 잔소리를 해대는 상인들과 놀란 눈으로 바라보고 있는 시장 손님들에게 둘러싸여, 피해를 입은 사람들에게 충분한 변상을 약속하고, 성냥갑 같은 집으로 급히 도망쳐 들어간다. 그리고 페리케를 침대에 다시 가둬놓기로 결심한다.

그 후 페리케는 침대 밖으로 나오지 못한다. 설사 페리케가 아무리 수평과 수직의 공간을 갈망해도, 나는 단호하게 침대 안으로 아이를 추방한다. 침대 밖으로 쉽게 나올 수도 있겠지만, 반둘라가 시도했듯이 발목을 묶어두는 원래의 습관으로 되돌아갔으니까 그렇게는 안 된다. 만약 난간을 뛰어넘으면, 이번에는 나무주걱으로 머리를 때린다. 페리케는 비명을 지르며 주걱을 물어뜯는다. 나는 녀석의 이빨을 억지로 벌리고 주걱을 빼내어, 이번에는 무릎을 때린다. 그리고 녀석이 도망갈 때마다, 이 세상이 아무리 넓다고 해도 오줌으로 썩어가는 침대야말로 녀석이 자리를 잡고 눌러앉을 수 있는 유일한 곳이고, 남에게 혼나지 않고 자유롭게 숨을 수 있는 곳임을 그 느슨해진 이성으로도 알 수 있을 때까지, 나는 며칠 동안이나 되풀이해 가르쳤다.

그러는 동안, 우리의 관계는 어두워지고 복잡해진다. 내 손은 음식을 주고, 목을 간질여주고, 반듯이 누운 페리케의 갈비뼈를 쓰다듬어주고, 녀석이 쾌감으로 꺄악꺄악 비명을 지르며 다시 한 번 해달라고 졸라대면 순순히 거기에 따라주기도 한다. 그러나 왠지는 모르지만 내 손이 고통도 준다는 것을 아이는 배운다. 나는 피곤하여 녀석에게 화풀이를 하고, 녀석을 잊어버리고 싶어 한다. 녀석은 내 중립적인 선의의 대상이 되는 것만으로는 만족하지 못하고, 단순히 시중을 받을 뿐만 아니라 날마다 내가 주는 것보다 더 많은 것을 요구한다. 녀석도 침대도 하루에 몇 번씩 씻어주고, 배설물을 신문지에 싸서 버리고, 걸레로 오줌을 닦아내고, 침대 시트에 묻은 음식 찌꺼기를 털어내고, 페인트가 칠해진 벽에서 더러움을 닦아내고, 당근과 사과와 양배추 껍질을 벗기고, 언제나 뭔가 씹을 것이 있도록 호두를 깨고, 고기를 요리하고, 우유를 먹이고, 통풍이 시원치 않아 악취가 진동하는 방에서 살고, 녀석이 느닷없이 터뜨리는 분노(이것은 아마 다른 음식이 먹고 싶거나, 가스가 배에 가득 찼거나, 기후 변화가 녀석을 흥분시키기 때문일 것이다. 이럴 때면 페리케는 몸을 부들부들 떨고, 이를 갈고, 머리를 벽에 쾅쾅 찧어대고, 주먹으로 침대 난간을 두드리고, 침을 뱉고, 발을 동동 구르고, 시트 위에 있는 것을 전부 걷어찬다)를 가라앉히고, 공포만이 아이를 침대 안에 묶어두고 있는 상태이기 때문에 끊임없이 녀석을 지켜본다. 때로는 날마다 반복되는 이런 시중으로 머리가 뒤죽박죽되어버린다.

무더운 날은 더욱 그렇다. 창문이 서향이어서, 밖에 열기가 떠도는 오후가 되면 우리 방은 푹푹 찌는 가마솥이 된다. 시장에서 시든 양배추와 닭똥 쓰레기 위에 내팽개쳐진 생선 냄새가 창 너머로 침입해 들어온다. 방과 바깥세계 사이에서 공기는 거의 움직이지 않고, 열기로 가득 차 눅눅해진 침대 위에서 우리는 발가벗은 몸으로 축 늘어져 있다. 두 개의 하얀 육체가, 하나는 약간 크고 또 하나는 약간 작은 네모꼴 속에서 꿈틀거릴 뿐이다. 머리를 쳐들면 페리케가 눈에 들어오고, 눈을 감으면 녀석의 목소리가 귀에 들어온다. 페리케의 비명 소리에 눈을 뜨고, 녀석이 중얼거리는 곁에서 잠을 잔다. 그러나 페리케가 아무 소리도 내지 않고 내가 녀석에게 등을 돌리고 있어도, 가볍게 내는 소리나 잠자는 숨소리, 몸이 스치는 소리를 듣고, 그런 소리마저 없을 때에도 나는 아이의 존재를 온몸으로 느끼고 있다. 페리케의 감옥은 침대이고, 내 감옥은 이 방이다. 나는 그의 간수이고, 그는 나의 간수다. 이렇게 된 원인은 내가 여기로 옮겨왔기 때문이다. 나는 서서히 그리고 정확하게 반둘라를 이해하기 시작했고, 반둘라의 뜻에 거역하여 아이를 지킬 권리 따위는 아무에게도 없다는 것을 알게 되었다.

7

원래 이곳을 오래 비워둘 생각은 없다. 때로는 가족을 찾아가고 싶기도 하지만, 내가 하는 일을 그들이 아무리 끈기 있게 참아준다 해도, 내가 이곳에 온 이유와 여기로 다시 돌아오는 이유를 설명해야 할 테니까, 일단 가족을 찾아가면 돌아오려 해도 돌아올 수가 없다. 내 동료와 친구들은 조만간 난처한 질문을 해올 텐데, 나는 납득이 가도록 대답할 수가 없을 것이다. 어쨌든 짧게는 대답할 수가 없고, 길게는 대답하고 싶지 않다.

아마 미망에서 깨어난 랍비* 이야기가 좋은 예가 될 것이다. 그는 신자들에게는 존경받고 있었지만, '계약의 궤'** 앞에서 점점 불쾌해지는 노래를 부르게 되었고, 여호와의 엄격함으로 죄인을 위협하거나 선량한 자들에게 기쁨을 주는 것을 더 이상 바라지 않게 되었다. 그는 교회를 떠나 변장을 하고 방랑길을 떠났다. 비바람도 제대로 가리지 못하는 오두막에 들러, 세상에서 버림받은 채 죽어가고 있는 한 노파를 만났다. "난 그저 평생 동안 고통만 받아왔다오. 도대체 무엇 때문에 살아왔을까요?" 하고 노파가 물었다. "그 고통을 견디기 위해섭니다." 그는 이렇게 대답하고 죽어가는 노파를 안심시켰다. 노파의 얼굴에 헝겊을 덮을 때, 앞으로는 벙어리로 행세해야겠다고 결심했다. 사흘째 되는 날, 그는 죽은 아기를 업고 있는 젊은 여자를 만났다. 랍비는 무덤 파는 일을 도와주고, 죽은 아기를 헝겊에 싸서 구덩이에 묻고 흙을 덮은 다음, 여자와 함께 빵을 먹었다. 그리고 여자의 말에 오직 몸짓으로만 대답했다. "불쌍한 그 아이는 즐거움도 괴로움도 맛보지 못했어요. 그런데도 태어난 의미가 있었을까요? 말씀 좀 해주세요." 변장한 랍비는 말을 못한다는 시늉을 했다. 그러나 여자가 고집스럽게 대답을 요구했기 때문에, 랍비는 그렇다고 고개를 끄덕였다. 그래서 앞으로는 벙어리만이 아니라 귀머거리 흉내도 내기로 결심했다. 그는 속세에서 달아나 바위 동굴에 틀어박혀 있다가 족제비를 보았다. 족제비가 발에 상처를 입고 있었기 때문에 랍비는 약초

---

*유대교의 율법학자를 이르는 말. '나의 스승', '나의 주인'이라는 뜻이다.
**기독교에서 하느님과 이스라엘 민족의 계약 증표로 지성소에 안치했던 나무 상자. 그 안에는 제사장 아론의 지팡이와 십계명 석판이 들어 있었다고 한다.

를 발라주었고, 족제비는 그를 위해 맛있는 나무열매를 모아왔다. 은둔자는 기도를 올리고, 족제비는 코를 벌름거렸다. 둘은 서로를 좋아했다. 하루는 독수리가 날아와 동굴 입구에서 볕을 쬐고 있던 족제비를 랍비의 눈앞에서 채어갔다. 이때 랍비는, 앞으로는 눈도 감고 지내는 편이 낫겠다고 생각했다. 그러나 벙어리에다 귀머거리에다 장님까지 되어버리면 그다음에는 죽음을 기다리는 일밖에 남지 않는다. 죽음을 서두르는 것은 옳지 않다고 생각한 랍비는 동굴에서 나와 신자들에게로 돌아가서, 다시 그들에게, 여호와의 계율에 따르면 무엇이 선이고 무엇이 악인가 하는 주제에 관해 설교했다. 부끄러운 짓을 거듭하면서, 과거에 했던 일을 다시 되풀이한 것이다.

8

가족을 찾아가는 것은 무리라 해도, 나는 이 방에서 나가 행인들 속에 기꺼이 끼고 싶다. 유령들 사이를 미끄러지듯 나아가고, 반투명한 베일 속에서 나타나 내 등 뒤로 가라앉는 그들의 얼굴을 기꺼이 알아볼 것이다. 멍한 시선들이 아주 잠깐 동안 내 수염 난 얼굴에 멎으면, 나는 고마움에 얼굴을 붉힐 것이다. 살짝 고개를 숙이고 발길을 돌려 발끝으로 살금살금 도망치다가, 길이 혼잡해지면 팔까지 쳐들 것이다. 맞은편에서 오는 행인이나 운전사들과 다정하지만 전혀 강요되지 않은 인사를 나누고, 고개를 가볍게 끄덕여 사과할 수 있도록 일부러 누군가를 살짝 건드릴 것이다. 사람들은 자유롭고 대등한 참가자로서, 형제가 형제에게 길을 양보하는 이 유쾌한 행진에 떼를 지어 모여들 것이다. 거리에서 시간을 보낼 수 있을지도 모르지만, 내가 막을 수도 있는 어떤 사건이 집에서 일어나지나 않을까 하는 걱정이 앞선다. 요즘은 잠깐 동안만 집을 비운다. 이런 불안은 아이 때문에 생기는 불안보다도 나를 더 불안하게 만든다. 나는 집에서 끝낸 일거리를 납품하고 필요한 물건만 사면, 축일이건 평일이건 아무 사건도 없는 우리 방으로 곧장 서둘러 돌아온다. 때때로 우리의 공동생활은 이제 머지않아 끝나는 게 아닐까 하는 생각이 든다.

만약 아무도 방해만 하지 않는다면, 앞으로도 15년 이상은 이 방에서 충분히 살아갈 수 있다. 우리의 공통된 미래를 상상하는 일이 쉽지는 않다. 페리케가 어른이 된 뒤에도 나는 그 볼품없는 벌거숭이를 그 몸집에 알맞은 침대에 가둬야 할 것이다. 밖에 내보내주면 뭔가를 걷어차거나 뒤엎고, 어른이 될 때까지 손잡이 돌리는 방법 정도는 배울 테니까 비틀거리며 복도로 나갈 것이다. 그리고 닫힌 문들을 기다란 팔로 더듬으며 휘청거리는 걸음으로 나아가다가, 문이 열려 있는 집 부엌으로 들어간다. 어쩌면 잠시 동안 우뚝 서 있다가 그냥 밖으로 나올지도 모르지만, 도마 위에 썰어놓은 고기나 산들바람에 나부끼는 앞치마를 두른 채 부들부들 떨고 있는 주부가 녀석의 관심을 잡아끌어, 페리케는 고기를 먹기 시작하거나 주부를 털이 더부룩한 가슴에 끌어안을지도 모른다. 지나치게 발달한 아래턱을 그녀의 목에 찰싹 붙이고 근육질 허벅지를 그녀의 몸에 눌러대다가, 마침내 여자가 공포에 억눌려 있던 비명을 내지르면, 나는 바람처럼 달려가서 녀석을 때려눕혀 침대로 데리고 돌아온다. 다른 방법은 없다. 그냥 잡아끌고 오다가는 복도 난간에서 밑으로 내동댕이쳐질 게 뻔하다.

그때까지 훈련이 조금은 진전되었을 경우의 상황을 상상해 보자. 아무에게도 나쁜 짓을 하지 않고, 항상 싱글거리고, 자기 이름을 알아듣고, 바지를 입고, 혼자서 화장실에 간다. 복도에 내보내주면 이웃 사람들에게 쿡쿡 웃음을 뿌리고, 그들은 그에게 미소를 보낸다. 길게 늘어진 뻣뻣한 머리카락 밑의 살집 좋은 이마에는 주름살이 잡히고, 책상다리를 하고 앉아서 고양이와 아이들, 그리고 담벼락 위를 걷고 있는 비둘기를 멍하니 지켜본다. 굴곡도 없이 두루뭉술한 얼굴을 햇빛 속에 내밀고, 엉덩이에서 소리가 나는 고무 난쟁이를 가지고 논다. 아이들은 페리케의 발 위로 점프를 하고, 버터빵 한 쪽을 주고, 먹다 남은 것을 떠맡긴다. 아이들이 선물을 받으면 그에게 보여주지만, 때로는 고무 난쟁이를 빼앗고, 그가 울면 돌려주고, 그가 인형에게 입 맞추는 것을 지켜본다. 아이들은 페리케의 도톰한 귓불을 잡아당기기도 한다. 그렇게 해주면 좋아한다는 것을 알기 때문이다. 그리고 페리케가 계단 쪽으로 가려고 하면, 바지를 붙잡고 끌고 와서 그의 자리에 앉힌다. 아이들은 곁에 앉아서, 소리를 음절로 단락짓는 인간의 말에 페리케가 흥미를 보인다는 것을 알고 있으므로, 교과서를 큰 소리로 읽어준다. 이따금 아이들이 슬픔을 털어놓으면, 페리케는 마치 알아듣기라도 하는 것처럼 함께 한숨짓는다. 나는 이따금 창문으로 페리케의 모습을 바라보고, 동의의 표시로 그에게 고개를 끄덕여 보이거나 집으로 불러들인다. 녀석은 휘청거리는 걸음으로 순순히 내 뒤를 따라와, 그릇에 든 죽을 잔뜩 입에 넣고, 집게손가락으로 그릇을 깨끗이 훑고 나서, 누더기를 뒤집어쓰고 잠을 잔다.

이렇게 될지 저렇게 될지, 나는 모른다. 그리고 별로 흥미도 없다. 차라리 무슨 전염병으로 어이없이 죽어버린다는 결말 쪽이 훨씬 믿을 만하다. 분명히 나는 그보다 오래 살 것이다. 그가 죽은 지 두세 시간이 지나면, 나는 방문을 잠그고, 관리인에게 열쇠를 건네주고, 남은 돈을 주머니에 넣고, 새 옷을 사고, 목욕을 하고, 단정한 차림으로 가족에게 돌아갈 것이다. 만약 나를 받아들여준다면, 그곳에 머물러 살면서, 그동안 중단했던 일들을 다시 계속할 것이다.

9

아이는 살아 있고, 다섯 살이고, 나는 그 곁에 있다. 지금 또 가라앉힐 수 없는 오랜 발작을 일으켜 울고 있다. 머리가 온통 피투성이가 된 채 침대 한구석에 앉아, 얼굴을 들고 눈을 감고 턱을 바싹 끌어당기고서, 겁이 날 만큼 엄숙하게 울부짖고 있다. 울음소리의 숲을 쌓고, 그 한가운데에 앉아 있다. 이것이 그의 주된 일이고, 그것은 비판을 용납하지 않는다. 칼로 불알에 상처를 입혀도 이보다 큰 소리를 지를 수는 없을 것이다. 내 머리꼭지에서 발바닥까지 녀석의 울음소리로 뒤덮여 있고, 나는 슬픔의 주임 사제가 되어 이미 동정심조차 느낄 수 없다. 이렇게 계속 울어댄다면 나는 교리를 바꾼다. 나 자신이 울음을 터뜨리기 전에 밀랍으로 귀를 틀어막지만, 울음소리는 거의 약해지지 않는다. 나는 일을 하지도 잠을 자지도 못하고, 내 손과 발은 물을 잔뜩 머금은 스펀지 같아서 달아날 엄두도 낼 수 없다. 집 밖으로 나와도 울음소리는 여전히 들려온다. 밖에 오래 머물 수는 없다. 집으로 돌아와서 보면, 나갈 때와 조금도 다름이 없고, 그동안 잠을 좀 잤는지 오히려 기운이 넘쳐 보인다. 나는 온갖 방법을 써본다. 음식을 앞에 놓아주어도 아이는 알아차리지 못한다. 우유를 먹이려고 하면 컵을 내던지고, 익살맞은 짓을 해 보이면서 나를 쳐다보려고도 하지 않는다. 입에 재갈을 물리면 짝짝 찢어버리기 때문에, 머리에 수건을 둘둘 감는다. 그러면 아이는 목 혈관이 거무스름해질 만큼 수건 너머로 울부짖는다. 땅속에 파묻는다 해도 녀석을 잠잠하게 만들 수는 없을 것이다. 이윽고 내 머리가 빙빙 돌기 시작한다. 나는 손을 아이의 입에 눌러대고, 헐떡이면서 명령을 내리고 때린다. 이웃 사람들도 틀림없이 듣고 있을 것이다. 아이는 몸을 떨면서 나를 바라보고, 놀라서 소리도 없이 헐떡거리다가, 얼굴을 숙이고는 일부러 더 날카로운 소리로 계속 울어댄다.

나는 놀라고 질려서, 아이 곁에 털썩 주저앉는다. 비행기는 활주로에 나가면 일단 정지한 다음 요란하게 엔진을 회전시키면서 비행을 시작하고, 공중에서는 다시 일정하고 조용한 소리로 돌아오는 법인데, 이 녀석은 마치 비행기 엔진처럼 계속 울어대고 있다. 아이는 이 수평 비행에서 아주 잠깐 동안 휴식을 취할 뿐, 어느새 달아나서 의기양양하게 더 높은 소리로 울어댄다. 그러다가 결국 조용해지고, 잠깐 잠을 잔 다음, 윗몸을 일으키고 생글생글 웃는다. 내가 안아주면, 아주 연약한 아이처럼 몸을 찰싹 붙여온다. 머리를 받쳐주지 않으면 덜컥 꺾여 버린다. 둘이서 창밖을 내다보고, 나는 녀석의 발바닥을 간질여주고, 녀석은 오랜 방랑에서 돌아온 양치기 개처럼 조심스럽게 실눈을 뜨고 나를 바라본다. 복수는 끝났다. 그건 이제 지난 일이고, 고민은 아무것도 없다.

10

짧은 노크 소리가 나더니, 내 응답도 기다리지 않고, 내 후임자가 된 나의 옛 보좌역이 들어온다. 그는 "T— 씨?" 하고 새삼스럽게 내 이름을 불러 나를 확인하고, 내 얼굴을 자꾸만 힐끔거리며 기억을 되살리고, 특별사면으로 석방된 옛 동료에게 인사하듯 과장되게 친밀감을 보이며 악수를 청한다. 석방된 건 좋지만, 곰팡이가 핀 듯한 얼굴이군. 벌써 목욕을 끝냈는지도 모르지만, 다시 한 번 해도 나쁘지 않겠어. 누군가 와이셔츠를 빌려주면 좋겠는데……. 그는 아이를 비스듬히 바라보고는 등을 돌리고 앉아, 빈틈없이 재빠르게 방 안을 둘러보고 나서, 내가 입을 열기 전에 내가 일했던 관청에 대해 이야기하기 시작한다. 나는 기꺼이 귀를 기울이지만, 그의 피상적인 이야기는 어렴풋하여 박진감이 없고, 그 5층 건물은 내 의식 속에서 이미 죽은 존재가 되어 있다. 마법에 걸린 관리들이 얼음처럼 차가운 수화기와 볼펜과 버터 바른 롤빵을 들고 앉아 있다. 그리고 잘게 자른 스틸사진 조각에 신랄한 의미를 주고 있다. 그의 말들은 무의미한 화면들이 토막토막 이어진 영화 필름 같다. 누구는 보너스를 받았고, 누구는 이혼을 했고, 누구는 지각을 하지 말라는 경고를 받았고, X는 조직 검사 결과를 기다리고 있고, Y는 과장이 되었고, Z는 여비서와 팔짱을 끼고 어두운 거리를 걷고 있는 장면을 들키고 말았다. 냄새가 되살아난다. 향수, 담배 연기, 오전 간식으로 먹는 소시지 샌드위치. 사무실 앞 복도를 어슬렁거리고 있는 듯한 착각에 빠진다. 전화로 나누는 대화, 남을 즐겁게 해주는 인사말, 소문의 단편들, 천식에 걸린 기침 소리와 그 뒤를 잇는 이야기 소리. "또 양말을 이 지겨운 못에다 걸어놨군." "자, 이 담배를 한 대 피워보게." "이 시계는 늦어. 그런데 당신 시계도 이제야 겨우 3시 15분인가?"

"뭣 하러 왔나?"

"아이하고 어떻게 지내고 있는지 보러 왔습니다."

"아이하고?"

"예. 아이의 상태가 어느 정도인지 보려고……."

"그런 데엔 왜 관심을 갖나?"

"일시적이나마 동지의 일을 대행하고 있으니까요."

"감시하러 온 건가?"

"천만에요. 오히려 상황을 보고, 이야기를 하러 왔습니다. 사무실에서는 동지가 없어서 쓸쓸해요."

"보다시피, 아이에 관해서는 옛날 아이 아버지가 하던 대로 하고 있네. 시중을 들면서 하루하루를 보내고 있지."

"저게 아이 침댄가요?"

"그래. 더럽지만, 그렇다고 15분마다 쓸어낼 수도 없으니까."

"몸이 차가워질 텐데요."

"옷은 입히지 않네. 입힐 수가 없어."

나는 이유를 설명한다. 내가 지난날, 왜 침대시트에 손가락마디만 한 두께로 돼지기름을 처발랐는지, 왜 문 앞 쓰레기통에 숨어서 엿들었는지, 왜 자식들의 등에 추잡스러운 문신을 새겨 넣었는지 설명하는 방문객들의 이야기에 귀를 기울였듯이, 그는 충고도 하지 않고 말없이 듣고 있다. 의미도 없는 수많은 단편들을 서로 연결하고, 여느 때보다 높은 목소리로 이야기하고, 타다 남은 성냥개비를 셀룰로이드 상자에 떨어뜨린다.

"요즘 짜증스럽지 않습니까?"

"내가 왜 짜증스러워해야 하지?"

"이런 환경에 익숙해지기는 힘들 텐데요."

"익숙해졌어. 우린 둘 다 건강해."

"아이는 울화통 터지는 일을 많이 저지릅니까?"

"아니, 꽤 귀엽기도 해."

"저 아이한테 짜증이 나는 것도 이해합니다. 말을 해도 못 알아들으니까요."

허물없이 내 마음속에 밀고 들어와, 내가 화를 내며 아이를 괴물이라고, 오직 한 가지 방법으로 다룰 수밖에 없는 골치 아픈 짐승이라고 말하기를 기다리고 있다. 내가 그렇게 말하면 그는 고개를 끄덕이며 겸손하게 굴 것이다. 그러고는 이왕 말이 나온 김에 물어본다는 듯, "때리지 않고는 잘 안 되겠지요?" 하고 물을 것이다. 상담하러 온 어리석은 방문객한테 나도 이런 식으로 동의를 얻어내곤 했었으니까.

"자네한테 고발이 들어왔나?"

"나한테 온 게 아니라, 민원실로 들어왔답니다. 불쾌한 편지를 첨부해서 실장 앞으로 보내왔어요. 지금은 우리 대장 서랍에 들어 있지요."

"누가 보냈대? 옆방의 노부부가 보냈나?"

"누가 보냈는지는 모르지만, 이 건물에 사는 사람들이 여럿 서명했더군요."

"뭐라고 했던가?"

"반둘라가 포기한 일을 동지가 계속하고 있다고요. 직무상 아이를 보호했던 동지가 비인간적으로 아이를 다루고 있다. 우리 속에 가둬놓고 때리고, 몇 시간씩이나 울게 내버려두고, 아무하고도 말을 하지 않고, 이성을 잃고, 또 동지에게는 오직 벙어리인 집시 여자만 드나드는데, 아이가 보는 앞에서 관계를 맺고……. 나는 편지에 있는 대로 말하고 있는 겁니다. 불쾌하니까 동지가 이곳을 떠나게 해달라고 썼더군요. 그 사람들은 상황을 잘 모릅니다. 민원실에서도 이해하지 못해요. 우리한테 해명을 요구하고 있습니다."

"자넨 이해할 수 있나?"

"나도 잘 모르겠습니다."

"자네도 나와 똑같이 했을 거야."

"나라면 여기 오지 않았을 겁니다."

"오지 않을 수가 없었어."

"아무도 그걸 요구하진 않았어요."

"미친 짓이라고 생각하나?"

"동지가 옛날에 설명해준 말이지만, 이 분야에서는 뭐든지 받아들일 수 있습니다."

"자네가 내 대행을 맡은 뒤에도, 내가 왜 여기 왔는지를 한 번도 이해하지 못했단 말인가?"

"상상할 수는 있었습니다. 그게 다예요. 도움을 청해오는 사람을 모두 떠맡을 수는 없잖습니까. 한 사람에게 모든 것을 줘 버리면, 나머지 사람들에게는 아무것도 돌아가질 않아요."

"이건 이제 내 개인적인 일이야. 나는 할 만큼 했어."

"그걸로 만족한다는 건가요?"

"만족하고말고. 다른 데까지는 손이 돌아가질 않아. 이 세상에는 분배할 수 없는 게 있지. 창녀도 때로는 공짜로 몸을 줄 때가 있지 않나."

"곤란한데요. 몸을 여러 남자한테 분배하니까 창녀죠."

"그걸 알면서도 그다음을 생각하려들지 않는다면, 자신과 남을 속이고 있는 거야."

"그렇다고 해서 누가 나를 비난할 수 있단 말입니까? 일은 내 4분의 1밖에 안 하면서 봉급은 두 배나 더 받는 사기꾼들인가요? 아니면 스스로 광대가 되어 가출하고, 직장까지 버리고, 게다가 아이에 대해서도 실패한 동지인가요? 누가 내 험담을 한마디라도 할 수 있을 것 같습니까? 과장님이 묻더군요. 동지가 왜 이런 짓을 했느냐고. 그래서 이렇게 대답해뒀어요. 그 양반은 머리가 돌았지만, 이제 곧 정상으로 돌아와서 우리한테 돌아올 거라고."

"난 여기에 남겠어."

"뭐라고요? 정말로 알 수가 없군요. 아이는 여기 남지 않아요. 그건 확실합니다. 저 녀석이 들어갈 시설을 찾아놨거든요. 내일 동지가 아이를 데리고 가도록 되어 있어요."

"내가 데려가지 않으리라는 건 알고 있겠지?"

"그러면 내가 데리러 올 겁니다."

"넘겨주지 않을 거야."

"농담하지 마세요. 경찰을 데리고 오라는 겁니까?"

그는 일어나서 방 안을 오락가락하며, 아이를 살펴보고, 철사에 매달린 쪽지와 찬장에 있는 그릇들과 못에 걸려 있는 와이셔츠와 냄비 속의 음식을 살펴본다. 그리고 아이의 머리를 톡 때리며 함께 논다. 어깨의 짐을 내려놓은 것이다. 어려운 일을 끝내고 이젠 집에 있는 것처럼 행동한다. 나도 여기서는 손님에 불과하다. 내가 일어서 있으면, 의자 정도는 권해줄 것이다. 그는 버클과 원숭이를 집어서 자루 속에 집어넣는다.

"이게 돈벌이인가요?"

"몇 푼밖에 못 벌지만, 그래도 먹고살 수는 있지."

"그 일도 과장님이 주선해준 거예요. 그 양반이 한마디 해주지 않았다면 그 절반도 못 받았을걸요."

"친절도 하셔라."

"그래요. 동지에게 시간을 주려고 한 거죠."

"무엇 때문에?"

"동지가 스스로 이 사건을 매듭짓도록 하려고요. 유능한 전문가가 경건함을 가장한 외고집 때문에 몇 달 동안이나 일을 않고 있으니, 과장님도 초조해하고 있다고요. 때로는 '존경받는 직장이 있고, 누구에게나 사랑을 받고 있고, 집도 손에 넣었는데, 제 발로 돼지우리에 들어가 정신지체아의 엉덩이나 닦아주고 있다'고 화를 낼 때도 있지요. 때로는 동지의 소문조차 듣기 싫어하면서도, 다시 동지 이야기를 꺼내곤 하죠. 지난 며칠 동안 드디어 동지 문제에 대한 결정을 내린 거예요."

나는 구석으로 몸을 움츠린다.

"자네 상관이 내 문제를 결정할 수는 없어."

"좀 더 냉정해지세요. 동지의 상관이기도 하잖습니까. 과장님은 지금까지도 동지의 자리를 잡아두고 있다고요. 동지는 지금 무급휴가 중이에요. 우리 대장이 머리 좋은 사람은 아니지만, 동지를 대신해서 제법 머리를 쓴 셈이죠."

"난 돌아가지 않아."

"그럼 어디로 가겠다는 겁니까?"

"여기 남겠어."

"남을 수는 없습니다. 내일 아이를 데려가고, 동지는 이 방에서 나와야 해요. 원숭이와 심벌즈 따위의 부업으로 돈을 벌어서는 안 됩니다. 그건 신체장애자들에게 필요한 일거리니까요. 이 노릇도 이젠 막을 내려야 해요. 더 이상 계속하는 건 우스꽝스러운 일이 될 뿐입니다."

"자네 상관이 제법 훌륭한 생각을 했군."

"나도 그렇게 생각합니다. 동지의 사무실과 책상, 그리고 상담하러 오는 사람들은 동지가 돌아오기를 기다리고 있어요. 동지의 가족도요. 과장님이 동지의 부인과도 얘기를 했지요."

"그래도 나가지 않는다면 어떻게 될 것 같나?"

"글쎄요. 우리 대장을 잘 알잖습니까. 그랬다가는 정말 일이 요상하게 될 겁니다. 다들 이상하게 지레짐작을 하겠죠. 주임 의무관의 말에 따르면 동지를 철저히 검사할 필요가 있다더군요. 정신과 검사 말입니다."

"검사하려면 시간이 얼마나 걸리지?"

"경우에 따라서 다릅니다. 몇 주…… 치료까지 포함하면 그보다 더 오래 걸릴지도 모르죠."

"외래 진찰인가?"

"동지의 경우는 외래 진찰로 목적을 달성할 수 있을 것 같지 않은데요."

"그래서, 사무실에 출근하지 않으면 조치를 취하겠다는 뜻인가?"

"정신병자의 경우, 정상과 이상의 경계를 일률적으로 결정할 수 없다는 것쯤은 동지도 잘 알고 있을 텐데요."

"그래서?"

"동지의 동료이자 친구로서 충고하겠는데, 내일 아이는 내가 데려가고, 동지는 집으로 돌아가서 며칠 쉰 다음 사무실에 출근하세요. 동지의 명패도 사무실 문에서 떼어뒀는데, 돌아오면 다시 달아둘 겁니다."

그는 모자를 집어 들고, 허리 디스크 때문에 다리를 천천히 끌면서 방을 빠져나간다. 마치 다리가 저릴 만큼 오랫동안 앉아서 지껄인 뒤, 잠들어 있는 환자 곁을 슬그머니 떠나가는 것 같다. 그러다가 매복공격을 피하듯 갑자기 뒤를 돌아보며, 기울어진 상의 주머니에 왼손을 찔러 넣고 아이와 상자와 나에게 차례로 눈길을 던진 다음, 사과하듯 멋쩍은 미소를 짓고는, 손바닥에 감싸 쥔 침 묻은 파이프에서 작은 연기 덩이를 토해내며, 무슨 말인가를 하려는 듯 잠시 문손잡이를 잡고 있다. 나는 그에게, '괜찮다. 그 문제는 이제 됐다. 사람들에게는 제각기

나름대로의 방식이 있다. 모두 우스꽝스러운 일이지만, 그것도 언젠가는 옛일이 된다'는 의미의 손짓을 보낸다. 두 개의 연기 덩이 사이로 언뜻 보이는, 비쩍 여윈 얼굴과 콧날까지 내려온 토끼털 모자. 이어서 문이 닫히고, 초라한 가구와 아이와 나만 남겨진다. 이렇게 우리가 함께 있는 것도 이젠 내일 오전까지뿐이다.

11

  한 블록만큼 넓은 육각형 마당이 딸려 있고 두꺼운 벽으로 둘러싸인 건물 안, 수평으로 늘어선 창문들 밑에 철판으로 덮인 장식 띠가 붙어 있다. 과거의 군대 막사, 원래는 회색으로 칠해져 있었지만 세월과 함께 황토빛으로 변하고 탄흔만 마마자국처럼 하얗게 남아 있는 병원 왼쪽 건물 1층, 안마당 모퉁이의 연결 부분에서 여덟 발짝쯤 떨어진 곳, 콘크리트 토대 위에 성채 같은 벽돌벽으로 둘러싸인 운동장 뒤쪽에
  방 두 개와 복도로 이루어진 남자 정신병자
  격리병동이 자리잡고 있다……
  길 쪽으로 난 창문은 먼지투성이의 촘촘한 철망으로 덮여 있고, 복도의 창문은 건물을 떠받치고 있는 말뚝이 불안정한 지반 때문에 가라앉는 바람에 높이를 줄여야 했다. 그래서 이 창문으로는 운동장을 둘러싼 벽의 일부와 운동장에서 자라는

플라타너스의 우듬지밖에 보이지 않는다…….

이 격리병동에서는

한 방에 서른 명씩의 환자들이 3주일 내지 25년 동안이나 요양하고 있다. 환자들은 단추가 다 떨어져서 펄럭거리는 누더기 파자마를 입고 바지가 흘러내리지 않도록 바지춤을 움켜잡고 있지만, 때로는 바지가 흘러내리게 내버려두기도 한다. 그들은 길고 낮은 벤치에 빽빽이 모여 앉아서 빵을 우적우적 씹어 먹거나, 복도 끝의 손잡이 없는 문 뒤에서 제자리걸음을 하거나, 코와 이마를 댄 자국 때문에 기름이 번질거리는 복도 창문으로 플라타너스 우듬지를 멍하니 바라보거나, 한 뼘 길이만 남기고 다리를 잘라버린 쇠침대의 매트리스에 주기적으로 머리를 부딪치거나, 목덜미를 톡톡 두드리거나, 침대 속에서 끈을 손에 둘둘 감거나, 문 뒤의 자유구역에서 동그라미와 십자 모양, 또는 직선을 의례적으로 그리며 오락가락한다…….

이 격리병동에서는

간호사가 비교적 정신이 맑은 환자들에게 카드놀이를 허락해주면 트럼프로 시간을 보내기도 하고, 가족이나 친척이 이따금 담배 한두 갑을 차입해주거나 유복한 동료 환자가 불붙은 담배꽁초를 건네주면 담배를 피우기도 하고, 만성 설사병 환자의 몸을 씻어주거나, 길게 자란 발톱을 손가락으로 잡아당기거나, 빵 조각을 구걸하거나 몰래 감추어두거나, 계산을 하거나, 혼자서 또는 둘이서 아니면 여럿이서 자위행위를 하거나, 슬리퍼를 씹거나, 행복에 넘친 듯 몇 시간이고 얼빠진 미소를 짓고 있거나, 30분마다 한 번씩 찔끔찔끔 오줌을 누거나, 베개 싸움을 하거나, 지네 그림을 그리거나, 침으로 뒤덮인 사진들을 감추거나, 비참한 메시지를 판독하거나, 결국에는 꿀꺽 삼켜버리게 마련이지만 의사에게 할 말을 궁리하거나, 밖에서 나는 자동차들의 경적 소리를 열광적으로 헤아리거나, 망령과 격투를 벌이거나, 몇 년 동안이나 침묵을 지키며 벽에 찰싹 달라붙어 몸을 움츠리고 있거나, 흘러간 유행가를 몇 시간이고 흥얼거리거나, 표현할 말을 잃어버린 영역—영원히 끝나지 않는 영화가 상영되고 동료 환자들의 유령 같은 움직임이 시야에서 사라지는 영역—에 자기 자신을 투영하면서 시간을 보낼 수 있다. 이 모든 것은 등화관제용 전등만 켜진 어두운 방에서 의사들이 회진을 도는 동안, 죽은 사람들이 실려 나가는 동안, 수도꼭지 밑에서, 심지어는 그들이 당신 입에 담요로 재갈을 물려도 얼마든지 할 수 있다. 전기 충격기에서 나오는 1만 볼트의 전류가 뇌 속에서 번개처럼 폭발하는 순간까지는……

결국은 내가 들어가게 될지도 모르는
이 격리병동이
나는 죽도록 무섭다.

모든 게 너무 단순하다

1

 유혹으로 가득 찬 긴 하루, 자신의 가능성을 마지막으로 생각해보는 것도 헛일이었다고는 말할 수 없다. 두 갈래로 나뉘어 서로 다른 길을 가리키고 있는 화살표를 따라 앞으로 나아가면서, 잠정적인 미래의 도로망을 우왕좌왕하고 있다. 재미도 없는 두 가지 해결 방법—제정신으로 파멸을 서두르거나, 아니면 정신병원으로 끌려가거나—외에는, 있는 그대로의 내 모습밖에 생각할 수가 없다. 너무 바쁘고, 평균 소득을 얻고, 별로 나이 들지도 않았고, 그렇다고 해서 별로 젊지도 않고, 조직의 권력과 권위의 순위에서는 중간 정도에 위치해 있고, 전과도 없고, 가정을 가진 공직자의 환상. 남을 위해 노력을 아끼지 않고, 기준과 사실, 법적 원칙과 사회, 기대와 인간의 능력 사이에서 균형을 취하고, 그가 감시하는 사람들과 그를 감시하는 사람들에 대해서도 모두 잊고 싶어 하는 공직자는 다양하게 시도해보고 무질서하게 확신시켜가고 신물이 날 만큼 목록으로 작성하는 기술밖에는 생각지 못한다.

　제한된 예견 능력이나 개인적인 확률 계산법의 긴 도식이나 거짓된 모험을 내버리고 정신지체아 소년의 꿈을 지키면서, 공짜로 매장된 반둘라 부부의 체취가 아직도 눅눅하게 남아 있는 침대 위에서 나는 이미 나 자신의 한계를 정확히 포착할 수가 있다. 나는 공포와 침묵의 힘으로 묶여 있는 내 역할 속에 얌전히 머물지 않으면 안 된다. 아침마다 정각 몇 분 전에 출근부에 서명하고, 책상 위에 쌓인 서류를 효과적인 법규에 따라 기한 내에 처리하고, 나를 걷어차고 달아나는 소년을 질질 끌어다가 관용차에 태우고, 술집 뒷방에서 몸을 팔고 있는 흐트러진 머리의 어머니들을 적발하고, 늑대 같은 불량배가 책상 앞에서 셔츠를 잡아 찢어 팔의 문신을 힐끗 보이면서 빠진 이빨을 드러낼 때에는 그를 꾸짖고, 몇 시간씩 기다리는 방문객이 훔쳐보고 있는데도 복도 쪽으로 나 있는 창문에 무자비하게 커튼을 치고, 오직 내 서류를 줄이기 위해 그들을 여기저기 다른 부서로 보내어 쓸데없는 헛걸음을 시키고, 당연한 일이지만 실현 불가능한 진정에 대해서는 그럴듯한 핑계를 둘러대어 거절하고, 내 담당 범위를 벗어난 요구를 해오는 무기력한 늙은이들을 쫓아내고, 각급 관청으로 하여금 기록과 명령을 사무적으로 보내게 하고, 개인적인 관심사를 자발적으로 연장한 근무시간 내에 처리하고, 사건에 관한 변덕스러운 감정을 억누르고, 아침마다 수염을 깎고, 새 와이셔츠로 갈아입고, 동료들의 생일잔치에 참석하고, 상관에게 제출하는 보고서에는 정보와 은폐를 의도적으로 뒤섞고, 나에게 홍수처럼 쏟아지는 말에 대해 이따금 "네" 하고 중얼거리고, 회의석상에서는 되도록 눈에 띄지 않는 구석 자리에 앉아 꾸벅꾸벅 졸고, 발언자가 땀을 뻘뻘 흘리며 자리에 앉으면 나도 남들과 더불어 박수를 치고, 칭찬의 악수와 금테 장식을 두른 표창장과 상금—이 상금으로 드디어 맏아들에게 새 코트를 사줄 수 있을 것이다—을 받으러 연단으로 성큼성큼 걸어 나가고, 전화로 한참 이야기하는 동안에도 전화교환대의 눈먼 노인이 전화 내용을 녹음하고 있다는 사실에 신경을 쓰면서, 누구의 봉급이 올랐는지, 상관이 아침에 누구의 인사에 답례를 했는지, 누가 군대에 지원했는지, 국경일에 누가 관청 건물을 둘러보는지, 누가 소장한테 함께 사냥을 가자는 초대를 받았는지, 비밀서류를 처리하는 임무가 누구에게 맡겨졌는지를 마음에 새겨두면서, 또한 관청의 통상적인 예외와 위반, 비밀과 폭로, 동맹과 배반, 유혹과 결별 등 온갖 자질구레한 뉴스에 관심을 기울이면서, 책상 뒤에 도사리고 있지 않으면 안 된다.

나는 그런 위치에서 떠나려 애쓰고 있는, 이 존경할 만한 공직자를 관찰하고 있다. 발돋움하거나 안간힘 쓰지 말라고, 성인도, 좋은 의미에서의 어릿광대도 되지 말라고, 기껏해야 추격자가 쫓아올 때까지 어딘가 구멍 속에 숨을 수 있을 뿐이라고 전해주지 않으면 안 된다. 아무래도 차분하게 있을 수 없다면, 방문객들을 위해서 그들의 요구사항을 대신 호소할 수도 있다. 한꺼번에 많은 사람이 따분해하고 있는 대기실에서는 그도 청중의 주의를 10분 내지 15분 정도는 끌 수가 있다. 그러나 그것도 하지 않는 편이 현명하다. 10년이 지나고 보면, 터득한 처리 방식을 조용히 시행하고, 익숙해진 부끄러움을 견디고, 쾌적하든 말든 결정을 내리고, 서로 상충되는 이해 가운데 한쪽을 적당히 망설이면서 말소하고, 때로는 그럴듯한 거짓 평계로 일을 지연시키고, 이런 식으로 주의 깊게 여기저기에 발이 걸려 비틀거리면서 자신의 권력 의식과 싸우고, 나이와 정신의 퇴화 때문에 몇 푼의 연금을 받아 퇴직할 때까지 무난하게 근무하는 편이 가장 낫다는 것을 그에게 설명해줄 필요가 있다.

2

세 번째 방에 사는 웨이트리스 F— 안나가 하룻밤 함께 지낼 손님을 데리고 광장으로 들어온다. 그녀는 6주 동안만 아이를 맡아주게 될 것이다. 그녀는 무심하게 다가온다. 나 자신의 생활이 변할 수 없기 때문에, 그녀의 생활을 바꾸려고는 상상도 하지 않는다. 그녀가 나에게 상담하러 찾아온 지도 10년이 지났다. 내 인생에서 한 달이나 되는 시간을 그녀에게 할애해주었으니까, 이번에는 그 시간을 돌려받겠다. 그저 고마운 마음뿐이라면 아이를 6주 동안이나 돌봐주지는 않을 것이고, 그 동안 손해 보는 수입을 내가 공금으로 보충해준다 해도, 그것만으로는 아이를 떠맡지 않을 것이다. 아마 이해득실을 따져서 맡아줄 것이다. 우리는 거래를 한다. 아이를 돌봐주는 대가로 반둘라 부부의 빈 방을 그녀의 것으로 해준다. 그러기 위해서는 그녀의 자식을 돌려줘야 하겠지만, 나는 기꺼이 그렇게 하겠다. 국가가 키우는 것보다 그녀가 키우면 싸게 먹힌다. 다만 아이에게는 대개 아버지가 필요하다. 따라서 집을 얻으면, 착실한 홀아비와 결혼시켜야겠다. 반면에 남편과 자식이 있는 여자는 매춘을 그만두는 게 옳다. 따라서 안나는 모범적인 아내가 될 것이다. 처음에는 별로 기뻐하지 않더라도, 그리고 손해라고 생각한다 해도, 두려움 때문에 받아들일 것이다. 안나는 아들 문제로 국가에 큰 빚을 지고 있기 때문에, 나는 그녀의 돈벌이를 금지할 수도 있고 방종한 생활방식을 고발할 수도 있다. 따라서 그녀도 유리하고 도리에 맞는 내 제안을 받아들일 거라고 확신한다. 그녀는 문 앞에서 아직도 무심하게 손님과 웃고 있다. 어려운 상황 속에서 완수해낸 이 역할을 이제 곧 그만두어야 한다고 생각하니 유감이다. 모든 게 너무 단순하다.

안나, 나는 너를 꽤 자주 생각한다. 넌 가장 오래된 내 방문객 가운데 하나야. 10년 동안 우리는 서로에게 짜증을 내왔지. 그리고 이제는 여러 가지 점에서 서로 닮아가고 있어. 우리는 수많은 타인들 속을 헤쳐 나왔다. 너는 필요 이상으로 고분고분하게, 그리고 나는 약간 제멋대로. 네가 고아가 된 자초지종을 네 이모님이 나에게 털어놓는 동안, 너는 책상 맞은편에 앉아서 어린애 같은 가슴에다 천천히 8자를 그리고 있었다. 네 아버지가 마을 변두리 외딴 집에서 질투에 미쳐 울타리 나무로 네 어머니를 때려죽인 이야기가 나오자 너는 말했지. "우리 엄마는 아주 예뻤어요. 학교 선생님이 사랑해주면 무척 기뻐했어요. 하지만 아버지는 성질이 고약하고, 다른 광부들처럼 주정뱅이였어요. 손톱은 새까맣고 석탄가루 때문에 눈은 누랬죠. 그래서 엄마한테는 이제 자기가 필요 없다고, 지하 채굴장에서 그렇게 믿어버린 거예요." 그때서야 나는 네 사팔뜨기 눈과 계란 같은 입술과 뾰족한 귀를 바라보았다. 너를 네 이모의 딸로 입양시키긴 했지만, 아직도 너와 인연이 있을 거라는 예감이 들었다.

2년 뒤, 이모가 네 죄상을 늘어놓는 동안, 너는 구부린 다리를 뚫어지게 바라보면서 또 내 앞에 앉아 있었다. 너는 밤마다 싸돌아다니면서, 길거리에서 사내들에게 눈웃음을 치고, 낯선 사내에게 꼬리를 흔들어 팔찌를 얻었다. "내 동생의 피를 물려받은 거예요. 그 불행한 아이의 핏줄이에요." 이모는 결말을 짓듯 그렇게 덧붙였다. 넌 처음부터 이상한 아이였어. 자면서 이를 갈고 큰 소리를 지르다가, 느닷없이 벌떡 일어나서는 미친 듯이 화를 내며 네 이모부의 얼굴을 긴 막대기로 때렸다.

이튿날, 나는 너를 정신과 의사한테 데려갔다. 나는 경찰견처럼 뭔가를 냄새 맡고 있었던 거야. 너는 수면제로 혼수상태에 빠져, 이모부와의 일을 고백했다. 단 둘이 있을 때 이모부는 "넌 정말 못 말리는 애야" 하면서 너를 끌어안고, 사타구니 사이로 손을 집어넣어, 소름이 돋을 때까지 손가락으로 거기를 만지작거리고, 목덜미에 숨을 토해내면서 "네 엉덩이를 깨물게 해주면 유원지에 데려가서 오후 내내 롤러코스터를 태워주마"고 말했다. 너는 고개를 숙이고 있는 동안, 맞은편 거울 속에서 이모부의 코가 납작해지고 입술이 잇몸까지 말려 올라가는 꼴을 보고 있었다. 롤러코스터는 도저히 바랄 수 없다는 걸 알고 너는 이렇게 말했다. "50포린트를 주세요. 그 대신 어딜 깨물어도 좋아요. 돈을 주지 않으면 엄마한테 이를 거예요." 이모부는 돈을 주고 너의 온몸을 깨물었다. 너는 그 돈으로 모조 진주 목걸이를 샀다. 네가 잠을 깨기 전에 늙은 정신과 의사는 "대단한 악마 새끼로군. 50포린트에 맥을 못 추다니, 일류 매춘부가 될 거요" 하고 말했다. 정말 그렇게 생각하느냐고 물었다. "추해지기 전에는 그럴 거요. 추해지면 고작 이류나 삼류지. 그걸 조심하지 않으면 감옥에 가게 될 거요." 의사의 말대로 되는 걸 바라지는 않았지만, 사실 조금은 추해지고, 결국은 그 말대로 되었다. 부모가 죽어서 몸도 마음도 갈기갈기 찢어졌기 때문이라고 나는 변명하듯이 말했다. 그랬더니 늙은 의사가 너한테 아버지가 어떻게 죽었는지를 물었다.

　너는 이모부 이야기라도 하듯 냉정하게 그리고 자세하게 그 일을 이야기했다. 엄마가 살해되고 나서, 너는 비명 소리를 듣고 마당에서 현장으로 달려갔지. 얻어맞은 관자놀이에서 가느다란 두 줄기 피를 흘리며 바닥에 쓰러져 있는 엄마를 보고, 어떻게 하면 좋을지 알 수가 없어서 아버지 뒤를 쫓아갔다. 아버지는 아무도 없는 국도를 황급히 걸어가다가 네가 따라오는 것을 보고는 쫓아 보내려고 했지만, 너는 계속 따라갔지. 아버지는 국도에서 샛길로 들어가 너에게 흙덩어리를 던지고, 양어장 쪽으로 걸어갔다. 그런데 연못가에 멈춰 서지 않고 연못 속으로 곧장 들어가는 거였어. 여름 가뭄으로 물이 말라서, 물은 아버지의 겨드랑이에도 닿을락말락했지. 아버지는 연못 한가운데에 서서 물속에 처박았던 머리를 내밀고 세차게 흔들었다. 그러다가 너를 보고는 물가로 걸어왔다. 수초가 가시처럼 몸에 휘감겨 있었고, 발에는 진흙이 잔뜩 묻은 채 뭍으로 올라왔다. 그러고는 연못가에서 젖은 100포린트짜리 지폐를 너에게 몇 장 던져주었다. 너는 그걸 줍고는 아버지를 뒤따라 달려갔지. 아버지는 진흙투성이가 된 채 소 방목장을 가로질러, 벌써 둑 위로 다가오는 화물열차 쪽으로 달려가고 있었다. 기관차보다 몇 걸음 먼저 둑 위로 나갈 수 있었지. 아버지는 재주넘기를 하는 것처럼 펄쩍 뛰어 목덜미를 기차 바퀴 밑에 내던졌다. 목이 떨어져 나간 몸뚱이가 이쪽 언덕으로 튕겨 나왔다. 너는 그 몸뚱이를 만져보았지만, 얼른 손을 움츠렸다. 몸뚱이가 다시 한 번 허공으로 튀어 올랐기 때문이다. "그때까지는 모든 게 괜찮았는데, 어느 날 갑자기 이렇게 되어버렸어요. 어처구니없는 일이잖아요? 남자들에게 사랑을 받으면, 언젠가는 나도 남편한테 맞아 죽을 거예요."

이모부는 체포되고, 너는 임시로 보호시설에 수용되어 있다가, 이따금 이부자리에 오줌을 쌌기 때문에 요양시설로 보내졌다. 어느 날 오후에 나는 구빈원을 개조한 그 시설로 너를 찾아갔다. 너는 턱 밑까지 단추를 채운 감청색 드레스를 입고 내 앞에 앉았다. 그러고는 잘 지내고 있다고, 여자 감독관 앞에서 몇 번이고 거듭해서 말했지. 너를 카페로 데려갔더니, 난방도 시원치 않고, 침실에는 이부자리가 부족하고, 밤마다 두 번씩 벨 소리를 듣고 일어나, 한방에서 같이 잠자는 28명의 아이들과 함께 방 한가운데에 늘어서 있는 양동이로 비틀거리며 걸어가서 오줌을 누는데도, 아침이면 젖은 이부자리 위에서 잠을 깬다고 너는 말했다. "어린애들은 나를 따르고, 나는 그 애들에게 글을 가르쳐요. 그 애들은 내 팔에 키스하지만, 그중 한 아이가 얼마 전에 펜촉으로 내 엉덩이를 찔렀어요. 아직도 그 자국이 남아 있어요. 오줌싸개라고 욕먹는 것도 따귀를 맞는 것도 이젠 질렸어요. 남자애들이 만날 다락방으로 끌고 가려고 해서 그 애들과 싸우는 것도 이젠 지쳤어요. 그런 머저리 같은 애들은 딱 질색이에요. 요전 날은 여자애 둘이서 알몸에다 담요 한 장만 두르고 도망쳤지만, 그날 밤도 채 지나기 전에 도로 끌려왔어요. 내가 도망친다면, 난 잡히지 않을 거예요." 너는 나에게 아내가 있느냐고 묻고는, 만약 없다면 우리 집으로 옮겨와서 어떻게든 야뇨증을 고치고 싶다고 말했다. 그때는 내 아들이 태어난 직후였다. 너는 내가 유부남이어서 유감이라고 말하고는, 내 아내 사진을 보여달라고 졸라댔다. 그러고는 사진을 한참 바라보다가 말없이 돌려줬다. "이제부터 내 뒤를 따라와보세요." 넌 이렇게 말하면서 어느 골목길로 달려갔다. 돌아오기를 기다렸지만, 너는 쏜살같이 달려가버렸다. 너를 쫓아갔을 때는, 누가 더 땀에 흠뻑 젖었는지 알 수가 없었다. 아버지를 놀리다니, 따귀라도 때려주라고 어떤 노파가 나를 부추겼다. 그러자 너는 그 노파에게 "난 저이의 자식을 낳을 참이에요" 하고는 나에게 팔을 내밀었다. 돌아오는 길에 너는 "내가 도망치면 찾아줄래요?" 하고 물었다. "내가 찾든가, 내 동료가 찾든가, 어쨌든 찾아낼 거야" 하고 나는 말했다.

내가 너를 데려오려고 집시 마을로 갔을 때, 넌 열다섯 살이었다. 그때 너는 어떤 풋내기 녀석을 남편이라고 소개했지. 그 녀석은 자기가 두렵지 않으냐고 나에게 묻더니, 갑자기 문간에 무릎을 꿇고 울음을 터뜨리며, 제발 너를 데려가지 말라고 애원했다. 별로 놀라지는 않았지만, 네가 그 녀석한테 작별인사도 하지 않는 게 눈에 띄었다. 그 후로는 다시 수용시설과 도둑질과 감화원을 전전했지. 그러다가 어떤 선원과 겨울 한 철을 한 침대에서 뒹굴며 보냈다. 너를 찾아갔을 때, 너는 따분함과 위스키, 그리고 아마 선원에게 들었을 남극 이야기로 멍해져 있었다. 뾰족한 해결책도 없어서 그냥 내버려두었다. 하지만 4월이 와서 항해 시즌이 되자 그 선원은, 아라비아의 노천시장에서 사온 값진 물건들이 가득 있는 집을 문단속하려고, 너를 불쌍히 여기면서도 어쩔 수 없이 쫓아냈다.

너는 이런 이야기를 편지로 써 보내면서 작은 그림을 동봉했다. 선원이 배를 타고 떠난 뒤에는, 나비넥타이를 맨 늙은 마술사와 함께 시골을 돌아다닐 때 타고 다녔던 반 톤짜리 고물 트럭 이야기도 써 보냈다. 그리고 편지 끝에는 마술에 쓰는 소도구가 그려져 있었지. 닳아빠진 실크해트, 구멍 뚫린 달걀, 털 갈이를 하고 있는 토끼, 트럼프, 상아구슬 세 개, 시골 마을회관 무대에서 네가 마술사에게 건네주는 마술 막대기. 마술이 잘 되지 않으면 네가 물구나무를 서거나, 옆으로 재주를 넘거나, 사타구니를 내보이거나, 얼마 안 되는 탐욕스러운 손님을 웃기려고 옛날 홍등가에서 불리던 노래를 부르곤 했지.

너와 마술사는 농가의 눅눅한 침대에서 함께 잠을 잤지만, 마을의 높으신 분이 자기네만 전용으로 쓰는 호텔 레스토랑의 밀실, 벽에는 모자이크가 장식되어 있고 술 냄새가 물씬 풍기는 사냥꾼 오두막 같은 방으로 너만 초대하여 시골요리와 사슴 고기를 먹여줄 때면, 이따금 밤늦게야 침대로 돌아오곤 했지. "돌아와 보면, 언제나 머리를 베개 밑에 처박고는 울고 있어요. 하지만 기름 값과 회관 임대료를 내야 한다면서 나한테 돈을 달라고 조르는 거예요." 이렇게 너는 편지에서 말했다. 가을이 되어, 네가 임신한 채 재주넘기를 하자 관중들은 불만스러워했다. 그리고 편지에서 너는 아이 아버지가 누군지 모르겠다고 말했다. 어느 날 밤 사랑을 나누다가 지쳐버린 마술사가 거품을 물고 헐떡거리기 시작하자, 너는 태어날 자식의 장래에 무관심해져버린 것일까? 어쨌든 너는 덜컹거리는 트럭에 노인을 실어서 시골 병원에 입원시키고는, 완쾌될지 반신불수가 될지 알 수 없는 진찰 결과를 기다릴 생각도 하지 않고, 트럭과 토끼와 실크해트 따위를 병원 문 앞에 놓아둔 채 기차를 타고서, 어떻게든 해달라며 나를 찾아왔다. 이미 너는 어린애가 아니었으니까, 임신만 하지 않았다면 네 자신의 인생을 시작할 수 있었을 텐데. 그때 나는 너에게 지금 쓰고 있는 방을 주선해주었다. 그리고 네가 낳은 아들을 보호시설로 데려가서, 네가 부탁한 대로 아버지 직업란에다 대학교수라고 적어주었다.

여기는 내가 너에게 알선해준 다섯 번째 레스토랑이다. 술통 모양의 의자, 그 움푹 파인 곳에서 타오르는 촛농투성이 양초, 알루미늄 은박지에 싸여 붉은빛 속에서 부드럽게 익어가는 쇠간, 그리고 모조 대들보가 있는 풍경에서 네가 떠나지 못할 거라고 생각했다. 그리고 가게 문을 닫은 뒤, 길모퉁이에서 손님이 기다리고 있으면 너는 포도주 때문에 무거워진 머리로 멈춰서서 손님의 팔짱을 끼리라는 것까지도 나는 상상하고 있었다.

나는 그저 너에게 잠잘 곳을 마련해주고 싶었을 뿐이고, 여기서 그걸 찾아낸 건 순전히 우연이었다. 네가 반둘라와 한 지붕 밑에서 사는 걸 생각하면 참 야릇했다. 작은 나무열매 같은 그의 눈 속에 담긴 모욕당한 자유, 그리고 뭔가를 두려워하는 엄숙함, 그리고 한 손 가득 덮일 만큼 커다란 너의 두 젖가슴. 어쩌면 머리가 모자란 아이와 현관을 헤매는 아내가 있기 때문만이 아니라, 오히려 그의 비열한 노예근성 때문에, 그가 너의 문 밖에서 코를 훌쩍이는 건 내버려두면서도, 욕실로 가거나 들어와도 좋다고는 말하지 않고, 계속 그의 옆구리를 걷어차는 듯한 태도를 취해왔는지도 모른다. 네가 한참 그 짓을 하고 있을 때 열쇠 구멍으로 엿보곤 한다고, 언젠가 반둘라는 나에게 털어놓았다. 너도 성난 기색조차 보이지 않고, 그럴 때마다 반둘라의 한숨 소리가 들린다고 말했다. 한 번쯤은 그의 요구에 응해줘도 좋았을 텐데. 자살자는 낙하할 때, 때로는 가느다란 나뭇가지에 걸리는 수도 있으니까 말이다.

3

문을 열고 등잔 불빛 속에 서서 안나를 맞이한다. 귀가 커다란 대머리 손님이 그녀의 등 뒤에서 실실 웃고 있다. 두 팔에 하나씩 목이 가는 술병을 안고 있다가, 그중 하나를 나한테 떠안기며 "돈만 내면 당신이 와도 좋아요. 형제처럼 반반씩 합시다" 하고 지껄인다. 안나도 나도 대꾸하지 않는다. 그는 둘이서 안나를 어떻게 분배하고, 누가 어디서부터 시작할 것인지를 설명하고, 그건 모두 인간이기 때문이라고 말한다. 그는 성큼성큼 방 안으로 들어와 아이의 머리에 넓적한 손바닥을 얹고는, 어느 겨울날 두 여자를 공원에 데려갔는데, 그중 하나는 그저 이부자리 대신 눈 위에 눕히기 위해 데려갔을 뿐이라고 지껄여댄다. 그는 손바닥으로 병 밑을 때리면서 마개를 따려고 한다. 그러자 안나가 그에게 나가라고 말한다. 손님은 싫다고 거절하지만, 그녀가 친구 주소와 소개말을 쓴 쪽지를 내밀자 받아든다. 엉덩이가 펑퍼짐하고 허리가 가느다란 그 빨강머리 여자는 바로 이웃 거리에 살고 있다. 안나보다 값도 싸고, 셋이서 하자고 해도 선선히 응해줄 것이다. 포도주는? 마개를 딴 술병

값은 내가 치른다. 그는 나에게 명함을 내밀며, 언제 한번 5시의 다과회에 함께 가자고, 어쩌면 흙 속의 진주를 찾아낼 수 있을지도 모른다고 말한다. 그는 쾌활해서 누구에게나 호감을 산다. 그는 또 한 병의 포도주를 내게 떠안기며 흐응 하고 코웃음을 치고는, 검은 리본이 달린 밀짚모자를 비스듬히 쓰고, 실실 웃으며 멀어져간다.

내가 원하는 바를 안나에게 이야기한다. 안나는 술을 마시면서 아무 대답도 하지 않고, 저녁이나 먹고 가라고 말한다. 아이의 침대를 정돈하고, 담요를 다시 덮어준다. "이 부탁을 생각해냈을 때, 직장을 그만두고 이 아이를 돌보기 위해 아예 이리로 이사 올까 하는 생각도 해봤어" 하고 내가 말한다. 안나는 그거 참 좋은 생각이라고 좋아한다. 하지만 내가 왜 직장을 그만두어야 하는지를 이해하지 못한다. 나는 일을 계속하고, 자기는 아이를 돌보고, 자기 자식도 집으로 데려와서, 넷이 함께 살자고 한다. "역시 난 바보였어. 이번 일도 너무 복잡하게 생각하고 있었던 것 같아." 그런데 당신네 가족은요? 정말 집을 나오고 싶으세요? "아니, 내 뜻으로 나오는 건 아니야." 그렇다면 집을 나올 필요까지는 없어요. 다만 오늘 밤은 여기 있어요. 시설에 맡길 때까지 내가 아이를 돌봐줄게요. 하지만 나는 가족이 기다리고 있으니까 집으로 돌아가야 한다고 말한다. "오늘 밤은 어찌 됐든 집으로 데려가려고 했는데, 이렇게 되면 놓고 갈게." 좋으실 대로 하세요. 하지만 이 포도주는 이 방에서 마시고 가도 되잖아요. 그녀는 곰 가죽이 깔려 있는 침대에 나를 앉히고, 포도주잔을 채우며 말한다. "우리 함께 자도 좋을 것 같은데." "그럴지도 모르지. 하지만 지금까지 그런 운명이 아니었으니까, 그만두겠어. 혼동해선 안 돼." 그녀는 단추를 풀고 내 곁에 바싹 다가앉는다. 끌어안아도 상관없다. 타성으로 그러는 것일 뿐이니까. 그녀는 내 머리카락을 만지작거리다가 내가 눈을 뜨자, 단추를 채우고 있다. "나랑 사랑할 수 있겠어요?" 나는 고개를 끄덕인다. "하지만 하고 싶지 않죠?" 나는 다시 고개를 끄덕인다. "그럼 다음에 해요." 나는 그녀의 팔을 어루만져준다. "어쨌든 아이를 몇 주 동안만 맡아줘. 응?" "그런다고 했잖아요. 다만, 돈은 주지 마세요." 그녀는 반둘라를 위해 울었다고 말했다. 그의 사진을 한 장 갖고 있었다. 벽에 기대 놓는다. "좋은 분이었는데." 나는 곰 가죽을 깐 침대에서 일어선다. "너도 좋은 여자야." "난 창녀예요." "그런 건 아무 의미도 없어. 우리 모두 창녀야." 나는 포도주를 좀 더 마시고 싶지만, 가방을 들고 문을 나선다. 아이는 잠들어 있다. 이제는 돌봐줄 사람도 있다.

이름 없는 사람들

1

인기척이 없는 광장에서는 밤늦게 길을 걷는 행인들의 발소리와 다른 소음이 구별되어 있다. 마지막 상영이 끝난 영화관에서 쏟아져 나온 관객들이 무더운 어둠 속에서 차가운 밤공기 속을 지나, 광장에 나 있는 여덟 갈래의 길로 말없이 흩어져간다. 수은등이 유약을 바른 벽돌 건물과 둥근 유리 지붕과 자물쇠가 달린 철문과 함께 울타리가 둘러쳐진 시장 건물을 유백색으로 내리쬐는 불빛 속에 돋을새김하고 있다. 나는 차도를 가로지른 다음, 쌓아올린 상자들과 끈으로 묶은 바구니들, 벽돌로 고정시킨 방수포, 비닐 보자기에 싸인 순무와 양배추 더미를 지나고, 상자와 자루 위에 누워 있는 장사꾼 여자들(이들은 손수레 위에 반듯이 누워서 무릎을 마음껏 뻗고 잠을 자는 짐꾼들과는 달리, 무릎을 구부리고 얼굴이 서로 맞닿을 정도로 가까이 붙어 있어서, 작은 꾸러미처럼 보인다)을 지난다. 낮에는 그토록 휘황하게 빛나던 상점들이 전혀 새로운 얼굴로 변해 있다. 널빤지, 막대기, 철제 스탠드, 벤치, 좌판들이 초라한 부품으로 분해되어 손수레 위에 아무렇게나 실려 있다. 나는 닭장 속에서 자고 있는 닭들과 시들어가는 양배추의 역겨운 냄새 사이를 지나, 순찰하는 야경꾼의 흔들리는 그림자를 밟으며, 통합되고 분류된 창고와 지하실 또는 굴속에서 발효되고 용해되어 향긋한 습기를 내뿜는 카네이션과 목련과 하얀 장례용 꽃다발로 장식된 이별의 행렬을 뒤에 남기고, 고동치는 소비와 약동적인 보충, 그리고 달빛에 비친 텅 빈 결투장에 등을 돌려, 광장에서 뻗어 있는 여덟 갈래의 길 가운데 하나를 임의대로 선택한다. 아마 피곤한 탓이겠지만, 길 입구에서 나는 잠깐 현기증을 느끼고, 쇠장식이 달려 있는 길가 나무판에 기댄 채 기억을 더듬어 창가에 화분이 장식되어 있는 광장 맞은편 건물의 불 켜진 창문을 찾는다. 불빛이 새어나오는 창문은 날씬한 여자의 실루엣으로 양분되어 있다. 나는 고개를 내밀고, 다시 어두운 창문으로 시선을 돌린다. 아까 나는 그 창문 뒤에서 이 평화로운 밤에 정신지체아의 손을 잡고 다른 쪽으로 남몰래 넘어가려 했다.

2

황혼은 밤에, 길은 귀가시간에 자리를 양보한다. 근무를 마친 미용사와 웨이트리스, 현금출납계원, 청소부, 방적공장 여공, 가구에 윤을 내는 여공, 유리 여공, 오퍼레이터, 봉제공장 여공, 검표원, 설탕공장 여공, 접시닦기 여자들이 귀가를 서두른다. 징 박힌 구두 뒤축을 또각또각 울리며, 무릎까지 올라오는 부츠로 길바닥을 뚜벅뚜벅 울리며, 부드러운 샌들로 발을 튀기며, 고무 밑창에 몸무게를 싣고, 트랜지스터와 꾸깃꾸깃한 영화 광고지를 손에 들고서 열심히 걸어간다. 가구장이, 지붕장이, 창고지기, 크레인 운전사, 식료품가게 점원, 술집 주인, 석탄 하역부, 세차장 일꾼들이 길을 서두르고, 주위를 두리번거리고, 따분한 진열장 앞에 걸음을 멈추고, 남에게 뒤떨어지거나 앞서고, 이 길에서 저 길로 휩쓸리고, 이 골목에서 저 골목으로 밀려가고, 담배에 불을 붙이고, 앞을 다툰다. 그들은 저마다 희생자를 점찍고, 다섯 걸음 떨어져 걸으면서, 비스킷을 먹거나 쇼윈도를 바라보거나 머리카락을 매만지거나 콧노래를 부르거나 장바구니를 들고 있거나 지쳐 있거나 화장이 지워진 여자들, 다리가 굵거나 잘빠진 여자들, 다리에 털이 많거나 매끈한 여자들을 따라간다. 스커트와 스웨터 너머로 비어져 나온 속옷 자락을 유심히 바라보고, 고양이처럼 굽은 등이나 곧은 허리, 풍만한 가슴, 마르고 가벼운 다리, 정맥이 튀어나온 무거운 다리를 힐끔힐끔 바라보고, 이윽고 광장에 이르면 갑자기 긴장하여 여자와 몇 마디 말을 나누고 금방 같은 방향으로 걷기 시작하거나, 몇 마디 말을 나눈 뒤 혼자 골목길로 꺾어들어 주위를 살피고는 이해할 수 없는 거만한 태도로 방향을 바꾸어 왼손을 바지 주머니에 찔러 넣고, 아무 효과도 없이 싸돌아다닌 뒤의 초조감을 굳어진 얼굴에 떠올리며 왠지 조급해져서, 잘될 것 같은 해결책에 대한 조심스러운 기대감을 품고, 허락해주기만 한다면 아무 여자라도 좋다는 마음의 각오가 이미 되어 있다. 하루가 끝나려고 하는데, 아직 아무 일도 일어나지 않고, 밤은 깊어가고, 땀내 나는 하숙집의 밤, 너무 잘 아는 친구의 축축한 발의 감촉에 진저리가 나서, 유일하게 남아 있는 가능성에 매달리려 하고 있다. 사내들은 벗겨진 단추와 내려진 지퍼, 훅이 끌러진 브래지어, 말려 내려간 스타킹, 어린애 머리통만 한 젖가슴, 소년들이 꿈에 그리는 엉덩이, 무엇이든 빨아들이는 보지, 뭐라고 형언할 수 없는 첫날밤, 살과 피부와 머리카락의 향연, 정열과 도취와 방종의 정점을 향해 걸어간다. 다락방, 지하실, 곰팡내 나는 구석방, 셔터가 내려진 어두운 가게, 메아리가 울리는 지하실 입구, 석유 드럼통으로 가득 찬 구멍을 향해 걸어간다. 쑤시는 발바닥과 따끔거리는 관절이 이름도 없는 네거리에서 이젠 그만 잠자는 게 좋다고 말해줄 때까지 계속 걸어간다.

3

구세주가 하늘을 쳐다보고 있다. 액자 가게의 쇼윈도에서 장밋빛 얼굴, 앵두빛 입술, 비단결처럼 굽이치는 금발머리에 가시관을 쓴 구세주, 그 밑에 쓰러져 있는 소나무 위에서는 판에 박힌 새끼 곰 세 마리가 놀고 있다. 가늘게 잘라진 내 얼굴도 금테의 나뭇잎 장식이 달려 있는 관 모양의 거울 속에 비쳐 있다. 검은 개울이 살구빛 새벽의 숲 속으로 숨어들고, 그 주위에는 실크해트와 프록코트에다 나비넥타이를 맨 개들이 승마용 채찍을 들고 안경을 코에 걸고 서 있다. 신부용 면사포를 쓴 사자가 가스등의 한 줄기 빛 속에서 억지웃음을 짓고 있고, 금빛 중산모를 쓴 로봇이 우주선 옆에서 색소폰을 불고 있다. 그리고 거기에는 결코 썩지 않는 생일 케이크도 있고, 케이크 위에는 모자를 쓴 토끼 머리, 춤추는 집오리, 가짜 사탕 장식으로 그려진 축복의 말이 올라앉아 있다. 둥근 얼굴의 유행가 가수, 축구팀, 세계적인 스타, 몇 층 높이의 두개골과 주먹 크기의 광대뼈로 이루어진 레닌도 장식되어 있다. 나는 이상하게 생긴 전쟁 기계들, 리모컨으로 조종되는 붉은 탱크, 불을 뿜는 기관총, 바퀴가 여덟 개 달린 트럭 위에 실린 고무로 만든 로켓, 수류탄을 던지려 하고 있거나 구식 총검으로 감청색 플라스틱 병사들을 찌르려 하고 있는 노란색 플라스틱 병사들에게 눈길을 뗄 수가 없다. 우리의 도취, 세상의 고민, 축제의 순간, 그리움, 전지전능, 열기에 가득 찬 전쟁의 상징을 새삼스럽게 재인식하는 놀라움으로 바라본다. 그리고 그동안, 치과기공사와 봉제공, 만년필 수리공, 페디큐어 미용사, 가스배관공, 가발 기술자, 슬리퍼 장수, 코르셋 장수, 조화 장수, 구두 안창 장수, 묘비 석공, 의상 대여업자의 작은 일터나 가게 옆을 걸어가면서 건물 아래층 창문으로 새어나오는 등잔 불빛 덕분에 반쯤 벌거벗은 마리아를 볼 수도 있고, 도려내진 심장의 작은 횃불, 찬장 위의 매실 절임 사이에서 레이스 스커트에 빨간 팬티를 입고 다리를 들고서 캉캉 춤을 추고 있는 인형, 유리장식이 잔뜩 달려 있는 샹들리에에 매달린 담황색 파리잡이 끈끈이, 그리고 그 밑에 앉아 있는 노파의 눈처럼 새하얀 머리카락, 녹색으로 흐려진 어항에 기대어 세워진 목발, 그 끝에 감겨 있는 가죽끈, 확대된 가족사진(아이들은 바닥에 책상다리로 앉아 있고, 할아버지와 할머니는 의자에 앉아서 등을 곧게 펴고 있고, 그 뒤에는 중간 세대인 부모가, 한 사람은 모자를 쓰고 또 한 사람은 모자를 쓰지 않은 채 서 있다), 조문 전보들이 압핀으로 나란히 붙어 있는 지저분한 벽, 빨강과 하양과 초록색으로 칠해진 벽시계에서 밖으로 나와 한쪽 발을 들어올리고 다시 시계 속으로 들어갈 때를 기다리고 있는 경기병도 볼 수 있다. 나 자신도 어딘가에 한자리 잡고 있는 그 바로크적 세계의 공상에서 벗어나자마자, 광장에서 뻗어 있는 여덟 갈래의 길 가운데 하나를 선택하여, 그 공상을 형제로서 이해하며 쏜살같이 나아간다.

4

빈 택시가 남의 눈을 끌려고 천천히 길 가장자리를 달리고 있다. 택시를 불러 세우는 사람은 아무도 없다. 나는 해부되고 마취된 생쥐 냄새가 코를 찌르는 동물실험연구소의 철창 앞을 지나는 동안 숨을 죽인다. 내 구두 바닥이 남긴 석회 자국을 바라본다. 이런 발자국을 남기고 다니면 쉽사리 뒤를 밟힐 것이다. 지금 흥분한 윤리 감독관이 나를 손가락질하며 내 과거를 보고하라고 명령한다 해도 기분 나쁘게 생각지는 않을 것이다. 내가 설명하는 동안 그의 남은 수명도 끝나버리고, 결국에는 다른 누군가가 심문을 이어받겠지만, 나는 그 사람도 진절머리를 내게 만들 것이다.

비좁은 전차 안에 빼빼 마른 여차장이 앉아, 손거울을 보면서 주름진 입술에 연지를 바르고 있다. 그 색깔이 꽤 좋다고 안심시켜주면 좋겠지만, 나는 그저 괜찮다는 뜻으로 고개만 끄덕인다. 그녀는 나를 보고 깜짝 놀란 듯, 다시 손거울을 들여다본다. '강림한 신의 집회'가 열리고 있는, 자물쇠가 채워진 지하실 입구에서 두 소년이 쇠막대기로 펜싱을 하고 있다. 한 아이가 한 발짝 앞으로 나아가면서 끝까지 싸우자고 소리친다. 또 한 아이는 헐떡이면서 쇠막대기를 떨어뜨리고, 회색 철문 앞에서 손을 든다. 불쾌한 아이들이다. 원하건 원치 않건 상관없이, 내 근무시간은 그 아이들의 것이다. 때로는 그들이 좋아질 때도 있어서 뭐든지 해주지만, 때로는 그들의 장래를 위해 손가락 하나 까딱하지 않을 때도 있다. 나는 어떤 일에 열중하기를 좋아하지만, 그 아이들은 그런 나를 닮지 말았으면 좋겠다고 생각한다. 우리 사이에 대차관계 따위는 존재하지 않는다. 나는 내 일을 하고, 나머지는 그 아이들의 문제다. 우리의 관계에서는 이해(理解)만 있으면 충분하고, 친절은 필요 없다.

가죽점퍼를 입은 소년이 여자애의 겨드랑이를 끌어안고 그 소녀의 이마를 뒤로 젖힌다. 이제는 남자애가 키스를 할 수도 있다. 몸집 작은 인도인 두 명이 그들 옆을 지나쳐, 불쾌한 듯이 뒤돌아본다. 소녀는 한참 입을 맞추다가 느닷없이 웃음을 터뜨린다. 불빛이 새어나오는 지하실 침대 위에 젊은 집시 셋이 책상다리로 앉아 있다. 침대 앞 빈 구석에서는 목이 긴 젊은 여자가 하얀 레이스 드레스를 걸치고 모델 같은 몸짓으로 오락가락하고 있다. 젊은 집시들은 고개를 끄덕이며 다갈색 손으로 커튼을 친다.

네거리 상공에 유기적인 광채를 내는 평행선, 즉 전차의 전선이 지나고 있다. 달리는 전차의 불꽃이 지난 세기부터 존재해온 칸막이벽, 들창이 있는 안마당의 흔적과 균열에 의해 무너진 칸막이벽을 떠오르게 한다. 그 위에는 매연과 역사의 상처 자국과 오랜 비바람으로 거무스름해진 흔적이 보인다. 옛날, 벌써 오래된 옛날, 젊은 아가씨가 이 벽에 서 있었다. 맞은편의 조금 떨어진 곳에서는 아버지가 어느 집 문간에 숨어서 딸을 기다리고 있었지만, 소녀는 이미 죽어 있었다. 몸을 꿰뚫은 총알로 눌어붙은 그녀의 코트는 벽의 회반죽에 찰싹 달라붙어 있었다. 아버지가 용기를 내어 벽에서 떼어내자, 딸은 핏자국으로 거무스름해진 코트와 함께 그에게 쓰러졌다. 아버지는 잠시 딸을 떠받치고 있다가, 이윽고 땅바닥에 내려 눕혔다. 기억이 없는 현재가 벽 저편 천장 높은 방을 넘칠 듯이 가득 메운다. 불 켜진 방에서 잠옷 차림의 두 소녀가 울긋불긋한 비치볼을 서로 던지고 있다. 볼은 이쪽 창문에서 저쪽 창문으로, 노란 장미꽃이 그려진 정물화에서 물고기가 그려진 정물화로 튀면서 공중을 헤엄친다. 버스 종점에서 한 중년 남자가 버스에 오르는 한 중년 여자를 도와주고 있다. 자신은 버스에 타지 않는다. 여자는 버스 뒤편 창가에 서서 생일날 생각지도 않은 축복을 받은 사람처럼 미소를 짓고 있다. 남자는 두꺼운 안경 너머로 그녀를 바라보다가, 버스가 떠나자 손을 흔든다. 여자의 모습은 이제 어두컴컴한 두 개의 창이 되어버렸는데도 그는 여전히 손을 흔들고 있다. 반대방향에서 다른 버스가 다가온다. 승객이 다 내리자, 차장은 차장석에서 나와 앞좌석에 앉아서 운전석으로 통하는 유리창을 열고 몸을 앞으로 굽혀, 담배를 피우고 있는 운전사의 귀에다 입을 맞춘다.

나는 정치가도 목사도 신자도 될 수 없다. 역사적 인물과 성직자들이 형제애를 가장하는 것은 나를 당황하게 할 뿐이다. 그런데도 어린 반둘라가 내 손을 떠난 뒤 아직 가족에게 돌아가지 않은 나는 지금 어린 반둘라와 내 가족 사이에 놓여 있는 무인지대에서 나와 같은 인간을 찾고 있다. 누구의 땅도 아닌 도시의 이 골목길, 철조망에 덮인 아무도 없는 지하실 창문, 피막이 벗겨져 비어져 나온 케이블, 신성모독적인 낙서로 가득 찬 대리석 돌비, 건축 예술의 역사에서 탈락한 것들이 뒤섞여 구별할 수 없는 이곳에서 나는 맞은편에서 다가오는 사람과 내 옆을 지나가는 사람은 선택받은 또 한쪽 인간이 분명하다고 확신한다. 나는 그의 이름을 부를 수 없지만, 이제 낯선 사람은 아니다. 나는 내 곁을 지나가는 그를 부서질 만큼 자세히 바라본다. 내가 그를 알아보았기 때문에 그는 나를 데려간다. 나는 욕심 없는 내세의 골짜기를 오간다. 이따금 내 형제는 나를 불러 세우고 불을 빌려달라고 요구한다. 나는 성냥불을 켜서 그의 얼굴을 보는 데 걸리는 시간만큼만 살고 죽는다. 다른 경우에는 그보다 오래 걸린다.

 마름모꼴 광장의 밤나무 밑 벤치에 할머니들이 네 사람씩 앉아 있다. 몇몇은 뜨개질을 하거나 가로등 불빛 아래서 책을 읽고 있지만, 대부분은 아무것도 하고 있지 않다. 팔꿈치를 통해 옆 사람을 느끼고, 집에서 전기를 낭비하지도 않는다. 그중 한 벤치 뒤를 지날 때, 백발을 조그맣게 틀어 올린 네 개의 머리 매듭이 눈에 들어온다. 무릎 위에는 구식 손가방과 개봉한 편지와 끝이 구부러진 지팡이가 놓여 있다. 그들은 수심이 가득한 얼굴을 숙인 채 앞을 지나가는 사람을 보고 있지만, 대개는 눈길을 돌린다. 나는 뇌연화증에 걸린 세 할머니를 생각한다. 그 노파들은 말하지도 먹지도 싸지도 못했고, 어떤 자극에도 반응을 보이지 못했으며, 몇 년 동안 침대에 누운 채 하루 종일 히죽거리며 얼굴을 서로 맞대고 있을 뿐이었다.

 두 소년이 광장의 한 벤치에 말을 타듯 걸터앉아 가로등 불빛 아래서 체스를 두고 있다. 옆에 쌓여 있는 벽돌 위에는 체스 시계가 놓여 있어서, 아주 짧은 간격으로, 때로는 거의 동시에 두 소년의 남은 시간을 알린다. 주위에서 남자들이 팔짱을 끼거나 턱을 쓰다듬으며, 긴장이 감도는 정적 속에 서 있다. 잠시 후, 한 소년이 "졌다"고 말한다. 또 한 소년이 체스 말을 상자에 담고, 체스 시계를 겨드랑이에 낀다. 그러고 나서 두 소년은 악수를 나누고, 양쪽 방향으로 헤어져간다. 구경꾼들은 잠시 동안 탁구 시합을 보듯 고개를 이쪽에서 저쪽으로, 다시 저쪽에서 이쪽으로 돌리며 소년들의 뒷모습을 쫓는다.

뭘 좀 마실 필요가 있는 것 같다. 한 술집 앞에는 철제 셔터가 내려져 있지만, 그 옆집은 아직도 장사를 하고 있다. 적갈색 얼굴의 상이군인 두 명이 입구에다 목발을 교차시켜 놓고, 세관원 특유의 버릇없는 태도로 덧문을 지켜보고 있다. 아무도 그들에게 술 한 잔 사지 않는다. 나는 술잔을 들고 눈먼 피아니스트 곁에 가서 선다. 그는 하얀 얼굴을 흔들며 친구에게 푸념을 늘어놓는다. "고민도 많고, 괴로운 일도 한둘이 아니야. 자네만 이 세상에 사는 게 아니지. 가끔은 내 생각도 좀 해줘." 두 사람은 서로 끌어안았다가 다시 밀쳐낸다. "자네들 사이에 다툴 일이 있어도 나를 끌어넣진 말아줘." 석탄 하역부가 스튜 세 그릇을 앞에 놓고 큰 소리로 말한다. 그런데 스튜를 부러운 눈으로 바라보는 사람들이 있다. 얼굴이 주름살투성이인 노인과 앞머리를 설레설레 흔들고 있는 노파다. 노인은 아래턱을 꿈틀거리고, 노파는 죽은 어머니 이야기를 흥얼대고 있다. 또 한쪽 카운터에서는 두 젊은이가 세 번째 젊은이의 머리에 가죽 모자를 씌우려 하지만, 그는 모자를 바닥에 내던진다. 하얀 칼라를 단 선원이 가슴 큰 웨이트리스에게 오늘 밤 함께 잘 수 있느냐고 묻는다. 여자는 배식구에 머리를 들이밀고 엉덩이를 쑥 내밀고 있지만, 선원은 끈기 있게 서 있다. 이윽고 여자가 돌아보며 흠칫 놀란다. 그는 오늘 밤 함께 잘 수 있느냐고 다시 한 번 묻는다. 보라색 작업복 차림에 승마 모자를 쓴 종업원이 나타나, 쇠파이프로 돌바닥을 두드리기 시작한다. 손님들은 항의와 함께 야유를 보내지만, 사냥 모자는 끄떡도 하지 않는다. 바텐더들이 우리한테 소리친다. "더 이상 빈둥거리지 말고 어서들 집으로 돌아가요. 문 닫기 전에." 장화를 신은 할머니가 비눗물을 돌바닥에 끼얹기 시작한다. 오늘 밤은 이제 끝났다.

5

나는 광장을 성큼성큼 가로질러, 가로등을 가슴에 껴안고 있는 주정뱅이에게 담배를 건넨다. 그는 통행을 막기 위해 쳐놓은 쇠사슬을 타고 넘어 차도를 비스듬히 가로지른다. 자동차 범퍼가 그의 바지를 스쳐 지나가고, 간신히 맨홀에 이르자 조심스럽게 두 손과 두 무릎으로 엎드려 맨홀 속에다 토하기 시작한다. 나는 주유소와 석유 탱크와 압력계 주위에서 자동차가 규칙적으로 끊임없이 원을 그리는 광경이나 뒤따르는 자동차의 앞유리창에 달려 있는 브레이크 램프를 바라보기를 좋아한다. 나는 전차가 정류장으로 들어서는 땡그랑 소리와 점멸등의 신호 소리를 묵묵히 기다리다가, 길을 건너 공중화장실에서 일을 보고, 자동판매기에서 담배와 공중전화용 동전을 사고, 전화 부스에 들어가 집으로 전화를 건다. 위로 갈수록 넓어지는 전화 부스의 둥근 유리통 속에서 벽에 등을 기대면, 피로 때문에 어깨가 갑자기 앞으로 쏠린다. "여보세요" 하는 아내의 목소리가 들릴 때까지 몇 초 동안 빨간 호출 단추를 누르고 있어야 한다는 것도 미처 생각나지 않는다. 아, 30분 뒤에 돌아갈게. 오늘은 정말 긴 하루였어. 아니, 아무 일도 없어. 여느 때와 마찬가지야. 다만 일이 조금 겹쳤을 뿐이야. 동전 투입구를 손톱으로 긁적거리고 동전으로 다이얼에 장난을 친다. 하마터면 아이를 집으로 데리고 가야 할 처지가 될 뻔했어. 어떤 아이냐고? 좀 이상한 녀석인데, 그래도 귀엽게 생겼어. 아니, 결국 잘됐어. 물론 집에 돌아가야지. 내일은 제시간에 돌아갈게. 영화 시간에 늦지 않도록 말이야. 작은애는 어때? 아직도 기침해? 열은 없고? 기다려줘서 고마워. 늦어도 40분만 지나면 집에 도착할 거야.

길 맞은편에서 나는 승차대에 막 도착한 택시를 피한다. 반시간 뒤에는 빈으로 가는 열차가 떠날 것이다.

대합실 벽에는 해변 호텔과 온갖 색깔의 비치파라솔, 모래사장에서 피부를 태우는 사람들, 물속에서 헤엄치고 있는 작은 머리들이 있다. 오후 근무를 마치고 귀가하는 교외의 노동자들이 두꺼운 손톱 사이에 아무렇게나 담배를 끼우고, 벽에 나붙은 고대 그리스의 수도교나 로마의 개선문, 터키의 이슬람 사원을 바라보고 있다. 4번 홈에서 열차가 출발합니다. 4번 홈 쪽에 계신 분은 주의해주십시오. 빨간 스타킹, 빨간 옷, 검은 외투, 검은 모자, 하얗게 칠한 입술, 파랗게 칠한 눈꺼풀, 사냥개들, 짐꾼들, 배웅하는 사람들, "옷을 보내 줄게." 피라미드 묘실에서 발굴된 개머리 모양의 황금 술잔, 은팔찌, 공작석으로 만든 화장먹 단지, 용머리 모양의 귀걸이, 장식용 단검, 데스마스크, 파라오의 무덤에서 발굴된 조각상. 햇볕에 목덜미를 그을린 병사들이 등줄기를 곧게 펴고서 사진을 바라보고 있다. 그들은 부대로 돌아가야 한다. 귀밑털을 길게 기르고 선원 바지를 입은 젊은 농부가 신사용이라고 써진 문에서 바지 단추를 채우고 나온다. 보조경찰이 매부리코에 머리를 치렁치렁 늘어뜨린 여자를 눈여겨보고 신분증을 보여달라고 요구하지만, 여자는 침을 탁 뱉고 사람들 속에 섞여든다. 그때 우연히 대합실 입구에 서 있던 사복경찰이 여자에게 이리 오라고 손짓을 보낸다. 여자는 순순히 신분증을 꺼낸다. 새로 설립된 코크스 공장, 정유 공장, 실린더 공장, 파이프 공장, 방향을 자유자재로 바꿀 수 있는 차량이 딸린 케이블카 방식, 실린더나 통나무 모양의 사무실 빌딩, 각도가 완만한 면도날 모양의 집, 별로 높지 않은 고층 빌딩, 저장 탱크 사이에 설치된 활 모양의 창살, 사다리, 그물 모양의 파이프, 타워 크레인, 가벼운 기둥에 떠받쳐진 회의장. 기름이 밴 감청색 옷차림에 허리띠에 단검을 매단 집시가 축 늘어진 머리에서 피가 뚝뚝 떨어지는 새끼 양을 신문지로 싸서 어깨에 둘러메고 있다. 저 멀리 눈 덮인 산들, 야자나무가 늘어선 산책길, 조용하고 푸른 강어귀에 닻을 내린 하얀

어선들. 여행자들은 대합실 의자들을 이어 맞춰 그 위에 드러 눕거나 탁자에 얼굴을 묻고서 자고 있다. 노인 하나가 자전거 타이어를 목에 감고, 접어 개킨 윗도리에 이마를 누르고 있다. 손은 뚜껑 달린 컵을 움켜쥐고 있다. 젊은이 셋이 팔을 쭉 뻗어 그 위에 머리를 기대고서 손목을 축 늘어뜨린다. 무릎 사이에는 작은 여행가방이 놓여 있다. 천지창조의 빛 속에서 바람에 머리카락을 휘날리며 사타구니를 나뭇잎으로 가리고 불타는 듯 새빨간 사과를 물고 있는 뱀과 함께 춤을 추고 있는 아담과 이브. 테이블 위에 펼쳐진 헝겊, 그 위에 펼쳐진 아마포, 다시 그 위에 펼쳐진 포대기, 그 속에서 잠들어 있는 아기, 그 앞에 앉아서 열심히 아기를 바라보고 있는 젊은 엄마. 화장품, 단체 여행, 새로운 디자인의 수영복, 캠핑용구, 비행기 여행, 예술제 광고. 중년 농부가 대합실 탁자에서 젊은 여자에게 뭔가를 열심히 설명하고 있다. 아마 딸인 모양이다. 집으로 돌아가자고, 시골에서도 얼마든지 일자리를 구할 수 있다고 말하는 것이리라. 젊은 여자는 따분하다는 듯이 흘려들으며, 도장이 달린 볼품없는 반지를 만지작거리면서 실팍한 오른발을 구두에서 빼낸다. 그녀의 시선은 벽에 걸린 고대의 파충류와 매머드, 거대한 고래, 온갖 민족의상의 그림을 바라보고, 농산물 생산량을 나타낸 막대그래프 위를 지나, 미용실과 산장, 비치웨어, 방수 텐트, 관광버스, 야외극장 등의 광고 포스터에 멈춘다.

　급행은 시골역에서 불과 30초 동안 멈췄고, 대여섯 명이 내렸을 뿐이다. 그래도 열차 타는 곳까지 걸어온 만큼의 의미는 있었다. 나는 창 너머로 하나의 얼굴을 골라내어, 그의 은밀한 여행 목적에 동행한다. 나도 기차 여행을 한 적이 있어서, 고개를 옆으로 돌린 여행자가 실눈을 뜨고 창밖을 날아가는 전신주나 역 앞에 모여 있는 시골 사람들을 어떤 식으로 바라보는지 알고 있다. 지금은 내가 억지웃음을 띤 채, 파랗게 빛나는 국제 특급열차의 유리창에 이마를 찰싹 붙이고 있는 여행자를 바라보고 있다. 지붕이 고풍스러운 역 구내의 초라한 벽, 인공 달빛에 떠오른 여행자와 환송객들의 무리 속으로 우리는 빨려 들어간다. 멀어져가는 그는 나와 그곳에 머물러 있는 사람들에 관해 일반적으로 알 가치가 있는 것이라면 뭐든지 알고 있다. 모레 아침까지는 여행자의 등 뒤에서 몇 개의 국경이 닫힐 것이다. 그는 사진이 붙어 있는 여권과 유효한 비자를 손에 들고, 각양각색의 모자를 쓴 국경 감시인의 경례를 받을 권리를 얻은 셈이다. 그는 검은 가축들, 하얗게 단장된 교회들, 자동차 안에서 전화를 걸고 있는 정부 고관, 오토바이를 타고 있는 흑인 수녀, 헬리콥터에서 통제하고 있는 국도의 차량 통행, 백화점 지하에 브래지어를 착용한 226개의 마네킹, 핀볼 기계에서 끌려나온 매춘부들, 먼지를 날리며 행진하는 걸스카우트, 화를 내는 경찰관 앞에서 훌쩍거리고 있는 거지 여자, 카페에서 말짱한 얼굴로 찔끔찔끔 마시면서 여름휴가 때 무엇을 먹었는지를 서로 이야기하고 있는 노동자들을 보게 될 것이다. 그도 게와 새우와 바닷가재, 죽순을 넣은 오리고기, 닭볏에 포도주를 넣어 끓인 요리를 좋아하게 될 것이다. 그리고 초가을 오후에 이제까지 겪어본 적이 없을 만큼 평온한 기분으로 모래밭에 목덜미를 대고, 돌고래 떼와 빨강-파랑-은색으로 칠해진 원자력 공업단지 저편에서 원을 그리며 날고 있는 갈매기 떼, 그 아래 소금기를 머금고 해안으로 밀려 올라온 밀짚모자 옆에 누워, 주머니에서 꺼낸 바나나 껍질로 모래를 두드리고, 이름도 모르는 애인이 눈꺼풀을 어루만지면서 이제는 귀에 익숙해진 외국어로 뭘 생각하느냐고 물으면, 아무 생각도 안 한다고 대답하거나, 또는 내 뒤쪽의 폭격으로 난타당한 대륙을 생각하고 있다고 대답할 것이다. 그는 아마 이곳을 떠날 수도 있겠지만, 아직도 며칠 동안은 해변 호텔에 머물다가, 물과 조개와 어부들과 영원히 헤엄치고 싶어 하는 스웨덴 아가씨와 눅눅한 바람이 부딪치는 창가의 붉은 포도주와 양파 수프에 싫증이 나면, 좀 더 내륙으로 들어가 신문에서 고향 소식을 읽고, 날마다 오르는 물가에 화를 내고, 서랍에 지도를 집어넣고, 길을 묻지 않아도 숙소로 돌아갈 수 있고, 그의 살 냄새와 담배 냄새와 비누 냄새가 방에 흡수되고, 지하철 플랫폼에서 눈먼 중국인을 위해 오렌지주스 판매기에 세 번이나 동전을 대신 넣어주고, 공공건물의 어두운 복도에서 얌전히 줄을 서고, 파이프를 피우며 귓등을 긁고 있는 관리에게 벌써 오래전부터 여권에 스탬프를 찍기 위해 기다리는 중이라고 말할 용기가 없다면, 감히 말하건대, 우리 사이에는 그다지 많은 차이가 없는 것이다. 그는 어디에 있든 나와 마찬가지다. 결국 내 피부 속에도 있을 수 있다. 그것은 이 역의 플랫폼에서, 고풍스러운 지붕의 역 구내에서, 점점 줄어드는 군중 속에서, 자정이 다 되어가는 한밤중에, 많은 날들과 거의 구별할 수 없는 하루, 그저 조금 피곤할 뿐인 하루가 끝난 뒤, 우리가 반평생의 습관으로 이미 단단하게 묶여 있는 육지의 도시, 종횡으로 잘라진 이 도시에 있는 것과 마찬가지다.

초대

1

결국 나는 내일도, 그리고 이제까지 10년 동안 그렇게 해왔 듯이 앞으로도 20년 동안, 아침 8시 반에 철문에 들어서서, 변덕스러우면서도 불평불만이 많은 스파이 같은 수위와 죽은 사람들—그들의 잡동사니조차 연민을 불러일으킨다—을 기념하는 벽에 둘러싸여, 적외선으로 난방이 되고 동료들의 다정함으로 가득한 엘리베이터를 타고 4층으로 올라가 내 명패가 붙은 사무실에 이르면, 수많은 사람들의 손이 닿았던 손잡이를 돌리게 될 것이다. 세월은 재고품 목록에 기록된 가구와 장비를 서서히 파괴했을 뿐만 아니라 재고품 목록에는 오르지 않았지만 방을 채우고 있는 것들도 파괴했다. 서류 캐비닛과 그 안에 고정된 운명들 사이의 관계, 파괴할 수 없는 레밍턴 타자기와 분해되어가는 내 이목구비 사이의 관계, 가죽 소파(제국시대 관료주의의 유물이지만 아직도 좋은 상태를 유지하고 있다)와 내가 그 속에 깊이 묻어둔 연상 사이의 관계는 점점 수상쩍어진다.

　나는 질문하고, 설명하고, 증명하고, 반박하고, 격려하고, 위협하고, 승인하고, 부인하고, 요구하고, 시인하고, 판단하고, 해결한다. 나는 법의 원리와 규정의 이름으로 법과 질서의 안정, 기껏해야 그것만을 지키고 있는 것에 불과하다. 내가 지키는 질서는 거칠고 상스럽지만, 무너지기 쉽고, 불쾌하고 냉담하다. 그보다 나은 아이디어가 몇 개쯤은 있어도 좋을 것 같고, 좀 더 나은 방법이 있어도 좋다고 생각한다. 다시 말해서 나는 현행 질서를 좋아한다고는 할 수 없다. 그런데도 나는 그 질서를 따르고 있다. 그것은 어쨌든 질서이고, 기능을 발휘하고 있으며, 질서의 도구인 나와 비슷하고, 나는 이미 그 기관을 알고 있기 때문이다. 나는 질서를 단순화하거나 복잡하게 만들고, 늦추거나 재촉하고, 나를 질서에 맞추거나 나에게 질서를 맞춘다. 하지만 이런 느긋한 전문가적 기술 이상의 것은 받아들이지 않는다. 별로 오래된 것은 아니지만 과도기적인 엄격한 감시 하에서 핸들로 조작해야 하는 기계에 관해 아는 체하면서 어떤 제안을 하거나, 이상하게 감상적인 환상이나 계획안을 갖고서 모든 것을 새로 시작하려드는 영웅들을 물리친다. 개인적 구제를 추구하는 고위 사제와 이타주의를 실천하는 감상적 자선가들을 나는 물리친다. 그들은 평범하고 부분적인 책임을 세계사적 범죄에 대한 미학적 전달이나 보편적 사랑을 실천하자는 쓸데없는 구호와 맞바꾼다. 나는 이 주일학교의 어릿광대 흉내내기를 거부하고, 그보다는—나는 내 한계를 잘 알고 있다—회의적인 관료로 만족한다. 내 최고의 소망은 전혀 중요하지 않은 중간급 공무원이 최대한 눈을 크게 뜨고 사는 것이다.

하지만 그러는 동안 내 배는 불룩 튀어나오고, 다리는 가늘어지고, 입은 금니로 가득 차고, 손등의 솜털은 하얘지고, 인간적 실패의 연속으로 나는 피곤해지고 무기력해질 것이다. 나는 금방이라도 무너질 듯한 서류 더미 위로 발을 질질 끌면서 오르내리고, 이 서랍에서 저 서랍으로, 이 선반에서 저 선반으로 아직 처리되지 않은 서류를 옮기고, 먼지를 뒤집어쓴 채 허리를 굽혀 서류를 찾고, 잠깐 화장실에 갈 때도 책상에 열쇠를 채우는 심술궂은 노인으로 변해가고, 법령집을 아무에게도 빌려주지 않고, 칼로 잘라낸 종이에 깨알 같은 글씨를 적어 넣고, 걸핏하면 나이와 경험을 내세우고, 옛날이야기나 충고를 되풀이하고, 방문객을 혼동하고, 그들의 이야기를 들으면서 꾸벅꾸벅 졸고, 누군가가 내 말을 중간에 자르거나 말을 너무 많이 하면 혀를 차고, 그들의 불평과 하소연을 가볍게 다루고, 누군가가 울음을 터뜨리면, 화를 내면서 냄새 고약한 싸구려 담배를 뻐끔뻐끔 피우게 될 것이다.

2

그럼에도 나는 방문객을 기다린다.
아이들아, 우리를 시험하는 자들아, 어서 오라. 뜨거운 손과 향기로운 머리, 시계추처럼 영원히 흔들리는 끈 달린 구두, 메달처럼 떠오르는 미소, 격세유전의 공포, 놀라운 탐구욕, 망집과 감언이설, 냉혹한 이기주의와 이겨낼 수 없는 나약함, 순종으로 인한 상처, 거울에 비친 우리 자신의 타락상을 가지고……

아이들아, 어서 오라. 병원에, 신생아실에, 의사의 진찰실에, 낯선 사람의 무릎 위에, 공원 벤치 위에, 쓰레기통에 버려진 아기들, 몸이 차갑게 식고, 오줌에 젖고, 피부가 꺼칠꺼칠해지고, 베개 밑에서 질식할 뻔하고, 가스가 가득 찬 방에서 간신히 구출되고, 벽에 짓눌리고, 바닥에 내동댕이쳐지고, 유리 조각과 감자 껍질 사이에 버려져 있는 아기들, 그 초대받지 않은 복수의 적들아……

시설에 수용된 아이들아, 어서 오라. 번호가 새겨진 속옷 차림에 눈이 퀭한 아이들, 아무도 면회 오지 않는데 창살 너머에서 기다리고 있는 아이들, 애원하는 편지를 보내도 답장이 오지 않는 아이들, 감옥에서 나온 엄마에게 보내지거나, 발가락 사이를 불타는 종이로 지지는 끔찍한 벌을 받거나, 잉크로 얼룩진 성기를 숨기는 아이들, 하루 종일 개를 지키게 하거나 우유를 사러 보내기 위해 양자로 입양된 아이들, 미친 노파가 이탄과 톱밥이 흩어진 다락방에서 베이컨 몇 조각을 준비해놓고 기다리기 때문에 크리스마스를 손꼽아 기다리는 아이들아……

숲이나 고해실, 면화 더미, 모래 상자, 또는 빈 돼지우리에서 밤을 보낸 뒤 붙잡힌 도망자들아, 어서 오라. 어머니가 새

애인을 재우려고 침대에서 마룻바닥으로 쫓아냈기 때문에 어떤 말로도 위로받을 수 없는 소년아, 뜨거운 부젓가락으로 이복언니의 눈을 찌르려다가 마지막 순간에 부젓가락을 떨어뜨리고 밖으로 달려 나간 소녀야, 마당에서 칼을 든 아버지에게 쫓겨 다닌 젊은이여(그가 하마터면 아버지에게 붙잡혀 칼에 찔리려는 순간, 신앙심 깊은 이웃집 과부가 빗자루로 아버지 다리를 걸어서 넘어뜨리고, 젊은이를 자기 집으로 끌어들여 웃고 울고, 젊은이가 밥을 먹고 잠을 자는 동안 줄곧 키스를 퍼부었다)……

반쯤 미친 상태의 어느 노부부가 쓸데없는 억측에 사로잡혀 찾아다니고 있는 또 다른 젊은이여, 어서 오라. 사탕을 아무리 많이 사주어도, 아무리 눈물을 흘리며 애원해도, 장난감 기차를 사주어도 집에 붙어 있지 못하는 아이들, 창문으로 빠져나와 학교 가방을 지하실에 던져 넣고, 구두 안창 밑에 훔친 돈을 숨기고, 컴퍼스와 부엌칼과 종이가면과 손전등으로 무장하고, 바다 건너 새로운 세상을 향해 국경으로 떠나지만, 결국 하루 걸러 한 번씩밖에 밥을 주지 않는 감옥에 갇히는 아이들, 감옥에서 풀려나면 밀고자를 찾아내어 사타구니를 걷어차는 아이들, 집에 돌아가 어머니를 두들겨 패고 돈궤 열쇠를 빼앗는 아이들, 수갑을 찬 채 기차에서 뛰어내리고, 법원 밖에 모여 있는 호기심 많은 노인들 속을 뚫고 도망치다가, 간수들이 숨을 헐떡이며 쫓아오면 지나는 트럭에 뛰어오르는 아이들, 감옥 농장의 옥수수 밭을 포복으로 빠져나가, 도랑에서 죄수복을 벗어던지는 아이들아, 어서 오라. 감방에서 빠져나와 담장을 넘지만, 늪지에서 덜덜 떨고 있거나 주말 별장에 침입하거나 화물차의 사탕수수 더미 위에서 잠을 자다가 붙잡히고, 애인의 침대에 누워 있다가 애인이 경찰에 밀고하는 바람에 붙잡히는 젊은이들, 결국은 기결수 부류에 들어가고, 백발이나 대머리가 되어 감방이나 교도소 마당의 손수레 위에 하릴없이 앉아 있고, 말도 별로 하지 않고, 신체검사를 할 때 빼앗길 만한 소지품도 없고, 석방되는 날 교도소장이 악수를 하며 잘되기를 빌어주면 울음을 터뜨릴 젊은이들아……

모두 나에게 오라. 광적인 열중, 복수하겠다는 위협, 패션 잡지와 포르노 잡지의 사진을 짜맞춰 만든 콜라주, 구두약 상자에 감춰놓은 단파 수신기, 전동식 자위기구, 독약이 든 살구잼, 핀과 못과 생선뼈가 잔뜩 들어 있는 케이크, 질 속에 가득 들어 있는 보석류, 갓난아기 머리에서 꺼낸 파리 알, 칼집 속에 숨겨진 쇠사슬, 그 밖에 교활한 속임수와 범죄의 증거를 모두 가지고 오라. 눈알을 굴리고 검게 변색한 이빨을 빠득빠득 가는 사람들, 손톱을 물어뜯는 사람들, 손바닥을 할퀴는 사람들, 털모자로 얼굴을 가리고 울부짖는 사람들, 물총으로 황산을 쏘는 사람들, 제 머리를 똑똑 두드리거나 비누거품을 부는 사람들, 이웃 사람들이 들여다보지 못하도록 유리창에 물감을 바르고, 수위에게 강간당하지 않으려고 출입문 위에 물이 가득 든 양동이를 올려놓는 사람들, 아내가 손대지 못하도록 밤마다 바늘과 실로 주머니를 꿰매고, 정체를 들키지 않으려고 만날 때마다 다른 가명을 쓰고, 형사들의 주의를 딴 데로 돌리려고 자신을 고발하는 익명의 편지를 쓰고, 빨강머리 유대인 넝마주이의 아기를 뱃속에서 꺼내려고 임신한 자기 딸을 부엌 식탁에 꽁꽁 묶어놓고, 물을 끓이고, 빵 써는 칼을 가는 사람들, 종이로 조화 만드는 법을 배우고, 한 달에 한 번씩 인형극 보는 것을 허락받고, 밖에서만 열 수 있는 하얀 문 뒤에서 가상의 방문객을 기다리고, 싸구려 흡수지에 타자된 편지로 통지를 받은 친척들이 마침내 그들을 찾아오거나 그들의 털자켓과 결혼반지를 받으려고 찾아올 때까지 줄무늬 잠옷을 입고 치료 효과가 있는 화분들과 수북이 쌓인 수놓은 식탁보 사이에 서 있거나 쪽모이 세공된 마룻바닥의 일부만 밟으려고 조심하면서 이리저리 돌아다니는 사람들아……

실체가 없고 무어라 이름 붙일 수도 없는 암 같은 상처를 가지고, 아집이라는 앵무새 우리 속에 갇혀 제멋대로 구는 폭군들이여, 어서 오라. 전화가 연결되지 않는다는 이유로 전화통에 분통을 터뜨리는 사람들, 변명에 도취하는 사람들, 궁극적으로는 결코 자신을 무죄 방면할 수 없는 비밀 판사들, 마지막에는 희극적인 오해로 말미암아 목숨을 잃는 순교자들이여, 어서 오라. 사랑의 거머리와 햄스터, 추위에 떠는 추방자들, 아무도 생일을 기억해주지 않는 나병 환자들, 앞에서 껴안으면 등이 벌써 외로워지는 사람들, 반짝이는 새 동전이 생기면 항상 까치한테 도둑맞는 사람들아……

영원한 패배자들이여, 나에게 오라. 몇 년 동안 용수철에 갈비뼈를 짓눌리고 있는 사람들, 배우자에 대한 사랑 때문에 다리를 쭉 뻗지 못하는 사람들, 인도적인 감옥에서 죄수가 누리는 만큼의 공간도 가져본 적이 없는 사람들, 숨을 죽이고 섹스하는 사람들, 지하실 창문으로 오가는 사람들의 신발만 보는 사람들, 4등급 관 속에 누웠을 때에야 비로소 난생처음 혼자가 되는 사람들, 그들 주위에서 쇠는 녹슬고 회반죽은 부스러지고 나무는 썩고 헝겊은 낡아서 올이 보이고 창문은 금이 가거나 안개 낀 것처럼 뿌옇게 흐려지고, 엔트로피*가 올라가는 바람에 더 이상 회전하지 않고 낡아서 부서져가는 물건에 둘러싸여 있는 사람들, 때로는 볼만하고 난잡한 행렬(일요일에 입는 나들이옷, 침대 시트와 베갯잇, 겨울에는 여름옷, 여름에는 코트가 먼저 나가고, 벽에서 성모마리아가 내려오고, 도자기로 만든 개들이 달려 나가고, 라디오가 뒷걸음질로 문을 빠져나가고, 식탁보가 그 뒤를 따른다. 찬장이 텅 비고, 말털을 넣은 매트리스가 발가벗겨지고, 전선에서 전류가 빠져나가고, 그다음에는 가구들이 천천히 덜컹거리며 출발한다)을 이루는 사람들, 와이셔츠나 침대 커버를 전당포 주인한테 더러운 기저귀처럼 취급당하는 사람들, 쓰레기 같은 놈이라고 모욕당한 용의자들, 새로운 관계를 맺으려 하는 회색 손가락의 영웅들이여……

    서투른 기계공들이여, 나에게 오라. 쓰다 남은 자질구레한

---

*물체의 열역학적 상태를 나타내는 변수. 엔트로피의 양이 늘어 에너지가 열로 변하면 모든 현상은 죽음과 멸망에 이른다고 한다.

부품으로 자기 자신을 조립해내지 못하는 사람들, 단 하나의 셔츠 단추, 공중전화용 동전, 또는 아스피린 한 알이 없어서 자기를 실현하지 못하는 사람들, 공짜로는 아무것도 얻은 적이 없는 소외당한 사람들, 꿈속에서도 끝에서 두 번째 자리에 머무른 채 더 이상 앞으로 나아가지 못하는 불우한 사람들, 벽을 등지고 사는 사람들, 항상 숨을 곳을 찾고, 위협당하기도 전에 지레 움츠러들고, 어머니가 내일 자기를 알아볼지도 확신하지 못하는 사람들, 문 앞에서 어정거리다가 결국 초인종을 울리지 않기로 마음먹는 사람들, 항상 따돌림당하고 입술을 바르르 떠는 사람들, 상대를 뭐라고 불러야 할지 몰라서 결국 편지를 쓰지 못하는 사람들, 학교 운동장에서 어떤 팀에도 뽑힌 적이 없는 사람들, 모자가 항상 남의 엉덩이에 깔리고 옷깃에는 마늘이 문질러지는 꼴을 당한 사람들, 푸딩이든 아내든 항상 남들이 차지하고 남은 것 중에서 골라야 하는 사람들, 공교롭게도 항상 위에서 떨어지는 가래침과 불붙은 담배꽁초와 사과 씨 아래를 지나가는 사람들, 일주일에 한 번 목욕하고 먼지를 털고 섹스를 하는 사람들, 항상 떠나는 사람한테서만 어떻게 지내냐는 안부 인사를 받는 사람들, 거울 앞에서 자주 우는 사람들, 햇살 받은 복도 벽에서 성당 제단의 은빛 천사들을 상상하는 사람들, 친숙함이 낳은 무관심과 혐오 사이를 오락가락하다가 부드러운 애정의 특권을 누릴 수 있는 순간, 메스칼* 덕분에 생각난 크리스마스트리의 꼬마전구에 불을 밝힐 수 있는 사람들, 자신의 하찮음을 경험하고 그 경험 위에서 양도할 수 없는 자유의 법칙을 찬양하는 사람들아……
 원하는 사람은 누구나 오라. 우리 가운데 어느 한쪽이 이야기하면 다른 한쪽은 귀를 기울일 것이다. 적어도 우리는 함께 있을 것이다.

*멕시코에서 용설란 액을 발효시켜 만든 증류주.

해설

헝가리 문학의
새로운 이정표

김석희(번역가)

콘라드 죄르지는 1933년에 헝가리 데브레첸 근처의 베레티오우이펄루에서 태어나, 홀로코스트의 재난을 구사일생으로 살아남았다. 대학에 다니던 무렵부터 논문이나 문학평론을 발표했는데, 1956년에 대학을 졸업하자 곧 언론 출판계에 투신했으나 '1956년 혁명'이 좌절로 끝나자 일정한 직업도 없이 임시변통으로 이런저런 일을 하면서 생계를 꾸렸다. 그 후 1959년부터 1965년까지 부다페스트 제7구에서 아동복지감독관으로 일하는 동시에, 헬리콘 출판사에서 러시아와 프랑스의 고전 문학을 편집하는 일에 종사했다. 그의 첫 작품인《방문객》은 그러므로 이 기간 동안의 다양한 체험이 문학적으로 영근 결실이라고 할 수 있다(이후의 약력에 대해서는 '연보'를 참조할 것).

《방문객》은 1969년에 발표되자마자 '경악'으로 표현된 센세이션과 함께 찬반양론의 소용돌이를 불러일으키면서, 헝가리

문학에서 중요한 위치를 차지하게 되었다.

헝가리 문학은 그동안 뛰어난 작품을 생산하면서도 좀처럼 국제적 평가를 얻지 못했는데, 그것은 그 주제가 지극히 헝가리적인 문제와 결부되어 있었기 때문이다. 반면에 이 작품은 헝가리 사회의 문제를 제기하면서도 그것이 헝가리의 독자적인 문제에 머물지 않고 현대 산업사회, 관료화된 사회가 똑같이 안고 있는 문제를 제기하고 있다는 점에서 기존의 헝가리 문학의 한계를 단번에 뛰어넘었다는 평가를 받았다. 1960년대까지 헝가리 문학은 농민적 리얼리즘과 사회주의화 과정이라는 두 바퀴로 굴러왔는데, 그 60년대가 끝나던 해에 콘라드 죄르지의 《방문객》을 만남으로써 새로운 이정표를 세우게 된 것이다.

실제로, 이 소설이 영어로 번역되어 미국에 소개되었을 때, 《뉴욕 타임스》는 "《방문객》은 공산권인 부다페스트를 무대로 하고 있지만, 마약이 등장하지 않는다는 점을 제외하면 자본주의 국가 미국의 맨해튼과 아주 비슷하다"고 평했다.

이 소설은 아동복지과에 근무하는 T(소설의 화자인 '나'의 이름은 이렇게 이니셜로 딱 한 번 나온다)의 수기 형식을 취하고 있다. T는 주인공이라기보다 그에게 상담하러 찾아온 '방문객'들의 증인이고 기록자이다. 방문객들은 '자살 미수자' '범죄가' '알코올 중독자' '이상 성욕자' '정신 이상자' 등등, 체제에서 낙오한 최하층 사람들이다. 그가 맡은 일은 이 방문객들의 탄원과 거짓말과 하소연을 들어주고, 그들을 어떤 집이나 사무실로 보내거나, 아니면 그들이 살고 있던 길거리로 돌려보내는 것이다. 그는 방문객들을 동정하지만 그들에 대해 어떤 환상도 품지 않는다. T는 "나는 불행을 교통정리하여, 외로운 사람들을 덮치는 무거운 짐을 여기저기의 공공시설에 분배하고 있을 뿐"이라고 말한다. 사회에 적응하지 못하는 그 수많은 희생자들을 누가 처리할 수 있겠는가?

그러나 이 소설은 단순히 체제를 고발하고 있는 것만은 아니다. 콘라드는 이 책이 나온 직후에 이렇게 말했다.

"관리의 기본적인 딜레마는 자기가 하는 일의 '대상'이 다른 사람이라는 겁니다. 그 결정은 생활에까지 침투합니다. 노르마, 이익, 원칙을 토대로 판단을 내립니다. 그 결정이 눈앞에 서 있는 방문객에게 충분히 잘 작용하는지 어떤지를 항상 충분히 고려할 수 있는 것은 아닙니다. 판단 기준이 되는 사회의 노르마는 추상적인 데 반해, 복잡한 개인적 고민을 가지고 눈앞에 서 있는 방문객은 구체적입니다. 그를 일반화하고 이름 없는 존재로 다루어야 합니다. 물론 관리도 단순한 도구는 아닙니다. 그에게도 개인적인 감정과 확신이 있습니다. 즉 명령과 방문객의 이익, 그리고 관리의 감정 사이에는 세 개의 극으로 이루어진 힘의 길항작용이 존재합니다. 거기에서 가능한 결정이 생겨납니다."

T는 때로는 체제의 편에 서서 방문객들의 허약함과 게으름과 편협한 태도를 비난하고, 때로는 방문객의 편에 서서 법규의 획일성과 차가운 관료주의의 경직성을 비판한다. 그리고 이

런 비난의 화살은 결국 체제 내의 관리자인 자기 자신을 향하게 된다.

"정신과 의사는 전문가의 눈으로 정상인을 미치광이로 간주하고, 형사는 무고한 사람을 죄인으로 간주하고, 산역꾼은 건강한 사람을 죽음의 선고를 받은 사람으로 간주한다. …… 내 서류에 등장하는 인물들은 어떻게든 사건을 해결하려고 애쓰거나 결국은 그 과정에서 사라져버리거나 둘 중 하나지만…… 내가 무엇을 할 수 있겠는가? 아무것도, 거의 아무것도 할 수 없다. 그저 가만히 지켜보고, 재난에서 교훈이나 끌어내고, 실패를 기록할 뿐이다. 희미해져가는 추억이 사건의 자초지종을 기록한 사진에 자기 위치를 넘겨준다. 참는 자, 사건을 일으키는 자, 이해하지 못하는 자, 복수하는 자, 울부짖는 자, 몸을 떠는 자, 불행을 찾는 자, 가지각색이다. 나는 무관심하고 평범한 조정자로서 계약을 존중하려고 애쓰지만, 때로는 상관들을 까맣게 잊어버린다. 그들의 몸을 파괴하지는 않지만 몇 해 동안의 사건을 파괴해버리는 고뇌 때문에, 나는 이 세상에서 추방당하는 나의 희생자들을 짓누르고 있다."

이 같은 딜레마를 안고 있는 T는, 전쟁으로 몰락한 뒤 일정한 직업도 갖지 못한 채 자작시를 팔러 다니며 술을 구걸하던 법학박사이자 정치학박사인 반둘라와 그의 아내가 음독자살로 죽어버리자, 혼자 남겨진 다섯 살짜리 정신지체아 페리케를 맡아줄 보호시설이 없어서, 자기가 직접 돌보기로 결심한다. 말하자면 똥오줌도 가리지 못하는 페리케와 함께 반둘라 부부가 살았던 더럽고 음침한 방에 틀어박혀, 방문객들의 현실을 몸소 체험함으로 자신의 딜레마를 끊으려 하는 것이다.

하지만 T가 아이와 함께 보내는 시간은 그를 정신적으로 전혀 고양시키지 않는다. 아이는 거의 동물처럼 살고 있다. T는 아이를 돌보려고 애쓰지만 아이는 거기에 반응하지 못하고, 회복될 가망도 전혀 없다. 따뜻한 마음을 주고받는 순간들은 덧없이 지나가버린다. 나머지는 오물과 분노와 좌절뿐이다. 하지만 절망은 아니다. T는 자신의 행동을 정당화하기 위해 고귀한 이상을 주장하지 않는다. T는 달리 선택의 여지가 없다. 달리 어떻게 해볼 도리가 없다. 사람들은 천사가 아니라 인간이기 때문에 인간성을 보여준다. 거기에는 찬란한 아름다움은 없지만, 그것은 우리의 일부다. 두려운 것은 우리가 이 기본적인 사실을 간과할 때다.

그러나 이 단계에 이르기 위해서는 인생의 부침을 모두 경험해야 한다. 결국 이것이 소설의 배경(콘텍스트)이기 때문이고, 텍스트 자체이기 때문이다. 작가는 주로 인간의 불완전성을 묘사하는 데 많은 지면을 할애한다. 그것은 인간의 부정적인 특징들을 분간하고 제거하는 과정이다. 이 과정을 통해서 우리는 그들에게 남은 것을 발견하게 되는데, 그 남은 것은 그들이 인간이라는 것, 바로 그것이다. 소설은 우리의 인내심을 시험하지만, 삶도 마찬가지다. 소설의 줄거리는 우리를 어디에도 데려가지 않는다. 목적지가 없기 때문이다. 우리는 여기에 있고, 어디에도 도달하지 않지만, 그러면서도 계속 가고 있다.

헝가리어에서 직접 옮겨야 옳겠지만 그럴 수 없는 사정 때문에 일본어 번역본을 가지고 중역할 수밖에 없었다. 다행히 대본으로 삼은 책이 일본 고분샤(恒文社: 동구권 전문 출판사)의 '동유럽의 문학' 시리즈의 하나로 출간된 것이고, 그 번역도 일본 PEN의 번역문학상을 수상할 만큼 평가를 받은 것이어서 다소 위안을 삼을 수 있었다. 여기에 영어판을 가지고 대조하면서 문맥을 놓치지 않도록 조심했다. 변명 삼아 한마디 더 보태자면, 책을 읽다 보면 말도 안 되는 말들, 그러니까 말장난과는 다른 난센스의 말들이 나오기도 하는데, 번역자로서도 어쩔 수 없는 대목은 어쩔 수 없었다(일어판은 원서를 그럭저럭 옮겼으나, 영어판은 아예 빼버린 경우도 있었다). 이 점에 양해가 있기를 바란다.

**콘라드 죄르지
연보**

4월 2일 헝가리 데브레첸 근처의 베레티오우이펄루에서, 성공한 유대인 철물상 아버지와 유대인 부르주아지 출신 어머니 사이에서 태어남.	1933
제2차 세계대전으로 헝가리가 독일군에 점령된 뒤 콘라드의 부모는 체포되어 오스트리아로 추방됨. 콘라드의 유대인 초등학교 친구들은 모두 수용소로 끌려가 죽었으나 콘라드와 누나, 사촌들은 종조모 덕분에 스위스가 후원하는 은신처에서 살아남음.	1944
독일군이 물러간 뒤 누나와 함께 고향으로 돌아가고, 몇 개월 뒤 부모도 귀환함.	1945
데브레첸의 마인 개혁 중학교에서 학업을 시작하는 한편, 데브레첸의 명문인 개혁 칼리지의 실습생이 됨.	1946
1951년까지 4년 동안 부다페스트의 머다크	1947

김나지움에 다님.

아버지의 가게와 집이 국유화되자, 부모도 | 1950
부다페스트로 상경.

부르주아지 출신이어서 취직에 어려움 겪다 | 1951
가 대학 러시아연구소에 간신히 일자리를
얻음. 그러나 1953년에 이곳이 레닌연구소
로 개명되면서 해고됨.

가을, 외트뵈스 로란트 대학으로 옮겨 문학 | 1953
과 사회학 및 심리학을 공부하고 1956년 졸
업. 이곳에서도 두 번 쫓겨났지만, 교수로
재직 중인 루카치 죄르지(마르크스 사상가이자
문학비평가)가 개입한 덕분에 학업을 계속할
수 있었음.

대학 동창인 버르사 베라발과 첫 번째 결혼. | 1955
《새로운 목소리》라는 잡지에 처음으로 글
발표.

비판적 논조의 잡지인 《엘레트케페크》의 창 | 1956
간에 참여하지만, '1956년 혁명' 발발로 발
행 계획 중단됨. 대학 공동체에 다시 들어가
국민방위군의 일원이 되어 민주화 혁명에
참여. 혁명은 11월 4일 소련군이 진주하면
서 막을 내림. 직장이 문을 닫고, 가족과 친
구들 서방으로 이주. 그러나 콘라드는 조국
에 남는 쪽을 택함.

가정교사, 번역, 공장 노동 등 다양한 임시 | 1956
직을 전전하며 생계유지. | ~
| 1959

부다페스트 제7구의 아동복지 감독관으로 | 1959
채용됨. 그 후 7년 동안 이 일에 종사하면서

첫 작품인 《방문객》의 토대가 될 다양한 경험을 쌓음.		
헬리콘 출판사에 고문으로 채용됨. 편집장으로서 고골과 투르게네프, 톨스토이, 도스토옙스키, 바벨 등 러시아 작가와 발자크의 작품을 편집.	1960 ~ 1965	
랑그 율리아와 재혼. 이후 슬하에 오누이를 둠.	1963	
도시건설연구원으로 직장을 옮겨, 헝가리 과학원의 사회학 연구진과 함께 도시사회학을 연구하기 시작. 도시사회학자인 셀레니 이반과 긴밀한 협력 관계를 맺고 광범위한 저술 활동과 연구 활동 펼침.	1965	
셀레니 이반과 함께 페츠와 세게드라는 도시에 대한 사회학적 연구를 감독. 도시계획 전문가로 쌓은 경험은 두 번째 소설인 《도시 건설자》의 소재가 됨.	1967 ~ 1972	
《방문객》 출간. 공식 비평은 부정적이었지만, 비공식적으로는 긍정적인 호응을 얻어 며칠 만에 서점에서 매진됨. 곧 13개 언어로 번역되고, 헝가리 작가들만이 아니라 외국의 주요 출판사와 비평가들에게도 호평을 받음.	1969	《새로운 주택개발의 사회학적 문제에 관하여》(셀레니 이반과 공저), 《방문객》
공장 내의 인간관계나 집단구조를 기술한 하라스티 미클로시의 《노동자 나라의 한 노동자》를 높이 평가하고, 이 원고를 외국으로 몰래 빼돌리려다가 국경에서 압수당함. 이 일로 보호관찰을 받게 되고, 실직하게 되며, 이후 3년 동안 여행이 금지됨.	1973	
부다페스트 근방의 초방카라는 마을에서 셀	1974	

레니 이반과 함께《계급 권력에 이르는 지식계급의 길》공동 집필. 콘라드와 셀레니의 협력 관계는 깊은 우정으로 발전. 이 책이 마무리된 직후, 정치경찰은 두 저자들을 미행하고, 가택 곳곳에 도청장치를 설치하고, 철저히 수색함. 이 과정에서 콘라드가 쓴 일기의 상당 부분이 압수되고, 저자들은 반국가행위를 선동한 죄로 체포됨. 당국은 해외 망명을 제안하나 콘라드는 헝가리에 남아 국내 이사를 택하고, 그에 따르는 모든 불이익을 감수함. 원고는 외국으로 밀반출되어 훗날 출간됨. 한편 콘라드, 반년 동안 도바의 정신병원에서 보조간호사로 일함.

여행 금지 해제. 베를린 예술가 단체인 '독일학술교류원(DAAD)'의 초청으로 베를린에서 1년 동안 특별연구원으로 지냄. 그 후 미국 출판사에서 정기적으로 받는 돈으로 미국에서 다시 1년을 보냄. 아내, 아이들과 별거. 이 시기에 장편소설《공범자》쓰기 시작.	1976	
당국의 검열을 받은 형태로만 출판이 허용되어《도시 건설자》뒤늦게 출간됨.	1977	《도시 건설자》
《계급 권력에 이르는 지식계급의 길》출간.	1978	《계급 권력에 이르는 지식계급의 길》
라크네르 유디트와 동거 시작. 이후 슬하에 세 아이를 둠.	1979	
유럽의 정치적 현상 전반에 의문을 제기한 평론집《반(反)정치 – 자치권의 유혹》출간.	1980	《반(反)정치 – 자치권의 유혹》
1년 동안 베를린 과학대학에서 객원교수로 지냄.《정원에서 열린 잔치》집필 시작.《공범자》출간.	1982	《공범자》

뉴욕 인문학연구소에서 특별연구원으로 지냄.	1983
헤르더 상 수상. 평론집 《반(反)정치 - 중부 유럽의 명상》의 영역본 미국에서 출간. 이 책에서 유럽 평화를 위해 중부 유럽이 소련권에서 이탈할 것을 주장함. 초리 산도르와 함께 뉴욕에서 열린 국제펜클럽 세계회의에 주빈으로 초대됨. 차우셰스쿠 치하의 루마니아 작가들의 권리 보호를 호소하는 성명서를 채택하는 데 앞장섬.	1984 《반(反)정치 - 중부 유럽의 명상》 (미국판)
헝가리에서 출판 금지 해제. 《반(反)정치 - 중부 유럽의 명상》 헝가리에서도 출간.	1986
《정원에서 열린 잔치》 출간.	1987 《정원에서 열린 잔치》
미국 콜로라도 대학에서 세계문학을 가르침.	1988
헝가리 사회주의 체제 몰락. 이후 몇 년 동안 헝가리의 공적 활동에 적극적으로 참여. 자유민주연합의 창립 멤버로서, 이 정당의 전국위원으로 선출됨. 부다페스트 시장의 자문위원회 위원장으로 선임됨. 민주헌장을 제정하고 대변하는 데 참여.	1989
네덜란드와 스칸디나비아 펜클럽의 제의로 국제펜클럽 회장에 선출되어, 임기가 끝나는 1993년까지 그 자리를 지킴. 앤트워프 대학교에서 명예박사학위 받음. 코슈트 상, 샤를 베용 상, 마네스-슈페르버 상 수상.	1990
벌러톤 호수 북쪽 헤기머거스 마을의 낡은 집을 수리하여 가족과 함께 여름을 보내면서 집필. 독일 출판업 평화상 수상.	1991

예루살렘 대학교에서 자신의 생애를 회고하는 인터뷰를 하기 위해 이스라엘 방문.	1992	
《돌시계》 출간.	1995	《돌시계》
베에르셰바의 벤구리온 대학교에서 '유대교의 세 가지 길'이라는 강연을 하기 위해 이스라엘 방문. 프랑스 레지옹도뇌르 훈장 받음.	1996	
베를린 예술원 원장으로 선출되어 2003년까지 두 번 연임. 이 자리에 앉은 최초의 외국인으로서 동유럽과 서유럽 사이의 지적 교류를 확립하는 데 이바지하고, 중유럽, 특히 헝가리의 작가들을 서유럽에 소개하는 데에도 크게 기여.	1997	
《유산》 출간.	1998	《유산》
괴테 훈장 받음.	2000	
고향에서 보낸 어린 시절을 다큐멘터리적으로 묘사한 《떠남과 돌아옴》 출간. 아헨의 국제 카를 대제상 수상.	2001	《떠남과 돌아옴》
《떠남과 돌아옴》과 비슷한 성격의 자전적 소설 《일식 때 언덕 위에서》 출간. 헝가리 공화국 십자성장, 독일연방공화국의 공로훈장 받음. 노비사드 대학교에서 명예박사학위 받음.	2003	《일식 때 언덕 위에서》
《작가와 도시》 출간.	2004	《작가와 도시》
《수탉들의 슬픔》 출간.	2005	《수탉들의 슬픔》
《작가와 도시》에 좀 더 긴 에세이를 곁들여 《경이의 인물들》 출간. '초상화와 스냅사진'	2006	《경이의 인물들》

이라는 부제가 붙은 이 책에서 초상화들은 주로 친구들을 모델로 한 것이고, 그들 가운데 일부는 아직도 생존해 있음.

유럽에서 따로 출간되었던 《떠남과 돌아옴》, 《일식 때 언덕 위에서》가 《내 조국에서 손님이 되어》라는 한 권의 책으로 미국에서 출간. 이 책으로 전미 유대인 도서상(회고록과 자서전 부문) 수상. 프란츠 베르펠 인권상 수상. | 2007 | 《내 조국에서 손님이 되어》

《시계추》 출간. | 2008 | 《시계추》

《카리용》 출간. | 2009 | 《카리용》

옮긴이 김석희

서울대학교 인문대 불문학과를 졸업하고 대학원 국문학과를 중퇴했으며, 1988년 한국일보 신춘문예에 소설이 당선되어 작가로 데뷔했다. 영어·프랑스어·일본어를 넘나들면서 '세계문학의 숲'에 포함된 토머스 드 퀸시의 《어느 영국인 아편쟁이의 고백》을 비롯하여 존 파울즈의 《프랑스 중위의 여자》, 존 러스킨의 《나중에 온 이 사람에게도》, 허먼 멜빌의 《모비 딕》, 쥘 베른 걸작선집(15권), 시오노 나나미의 《로마인 이야기》 시리즈(15권) 등 많은 책을 번역했다. 역자후기 모음집 《번역가의 서재》 등을 펴냈으며, 제1회 한국번역상 대상을 수상했다.

세계문학의 숲 008

방문객

2011년 3월 24일 초판 1쇄 인쇄
2011년 3월 31일 초판 1쇄 발행

지은이 | 콘라드 죄르지
옮긴이 | 김석희
발행인 | 전재국

발행처 | (주)시공사
출판등록 | 1989년 5월 10일(제3-248호)

주소 | 서울 서초구 서초동 1628-1(우편번호 137-879)
전화 | 편집 (02)2046-2867 · 영업 (02)2046-2800
팩스 | 편집 (02)585-1755 · 영업 (02)588-0835
홈페이지 | www.sigongsa.com
세계문학의 숲 홈페이지 | www.sigongclassic.com

ISBN 978-89-527-6131-6(04890)
       978-89-527-5961-0(set)

본서의 내용을 무단 복제하는 것은 저작권법에 의해 금지되어 있습니다.
파본이나 잘못된 책은 구입하신 서점에서 교환하여 드립니다.